∽ O ∾
MENINO
QUE COMEU UMA
BIBLIOTECA

LETICIA
WIERZCHOWSKI

O MENINO QUE COMEU UMA BIBLIOTECA

2ª edição

Rio de Janeiro | 2024

Copyright © 2018 by Leticia Wierzchowski

Imagens de capa: Brais Seara / Shutterstock (arame farpado); kondrytskyi / Shutterstock (livros); Maxim Apryatin / Shutterstock (cena de guerra) e volkovslava / Shutterstock (roda da fortuna)

Texto revisado segundo o Acordo Ortográfico da Língua Portuguesa de 1990.

2024
Impresso no Brasil
Printed in Brazil

CIP-BRASIL. CATALOGAÇÃO NA PUBLICAÇÃO
SINDICATO NACIONAL DOS EDITORES DE LIVROS, RJ

W646m

Wierzchowski, Leticia, 1972
O menino que comeu uma biblioteca / Leticia Wierzchowski. – 2ª ed. – Rio de Janeiro: Bertrand Brasil, 2024.

ISBN 978-85-286-2375-8

1. Ficção brasileira. I. Título.

18-51825

CDD: 869.3
CDU: 82-3(81)

Meri Gleice Rodrigues de Souza – Bibliotecária – CRB-7/6439

Todos os direitos reservados. Não é permitida a reprodução total ou parcial desta obra, por quaisquer meios, sem a prévia autorização por escrito da Editora.

Direitos exclusivos de publicação em língua portuguesa somente para o Brasil adquiridos pela:
EDITORA BERTRAND BRASIL LTDA.
Rua Argentina, 171 – 3º andar – São Cristóvão
20921-380 – Rio de Janeiro – RJ
Tel.: (21) 2585-2000

Atendimento e venda direta ao leitor:
sac@record.com.br

"Yo he deseado no mover más los recuerdos y he preferido que ellos durmieran, pero ellos han soñado."

Felisberto Hernández

Para João e Tobias,
os meus meninos.

0.

O começo de tudo.
Se fosse um arcano, seria O Louco.

Era uma vez um menino que comeu uma biblioteca inteira.

Ele começou com Conrad e, então, passou para Shakespeare, que o alimentou por toda uma quinzena. Depois, dedicou-se a Kafka, Tolstói e Oscar Wilde — um judeu, um russo e um homossexual; vejam só, três exemplos de tipos muito malvistos na tenebrosa época na qual começa esta história. Esses três grandes gênios sustentaram as tripas do menino em questão por um longo, gélido e branco inverno polonês.

E, então, ao final de um verão azul em Terebin, o imortal Shakespeare, cuja obra, traduzida em várias línguas, ocupava muitas estantes da vasta biblioteca, voltou a ser o principal ingrediente da sua dieta, mantendo o menino saciado em seu esconderijo que cheirava a mofo, enquanto as prateleiras se esvaziavam gradativamente para encher-lhe a barriga faminta.

O nome do menino era Jósik.

Jósik Tatar.

Ele tinha grande pena de comer aqueles livros todos, pois eles constituíam o grande tesouro do seu avô Michael, o homem que mais amara no mundo.

Conheci Jósik nas lâminas do tarô da minha avó. E a minha avó, preciso dizer a vocês, jamais teve uma biblioteca... A coisa mais perto de um livro que ela chegou em toda a sua laboriosa vida foram aqueles velhos arcanos ensebados pelos anos de uso.

Bem, esta é mesmo uma longa história...

Aliás, duas longas histórias: a de Jósik Tatar e a minha. Duas longas histórias que, muitos anos mais tarde, a milhares de quilômetros daquela biblioteca empoeirada no meio da Polônia convulsionada pela mais terrível guerra da qual já se teve notícia, entrecruzaram-se e viraram uma única história.

Vou contar tudo a vocês, prometo.

Eu sei, isto pode parecer bastante confuso: *um menino que comia livros*... Sempre fui uma garota complicada, era o que dizia minha avó. Mas a velha Florência era uma mulher ranzinza, e a única coisa de bom que guardo dela é o velho baralho de tarô no qual vi, numa modorrenta tarde de verão sob uma figueira centenária, a curiosa e inexplicável imagem do pequeno Jósik comendo a biblioteca do seu avô Michael.

Eu estava lá...

Na estância onde cresci, num descampado sob a figueira, à espera de alguma brisa enquanto o pampa ardia sob o fogoso sol de janeiro. A cavalhada fora recolhida à sombra e os peões faziam a *siesta* no galpão. Nem os *perros* andavam por ali àquela hora; eu me sentia completamente sozinha no mundo.

Eu detestava aquele lugar, queria ver largas avenidas e pisar em carpetes felpudos, andar de navio e usar finas meias de seda. Queria partir como a minha mãe fizera um dia, com a boca pintada de batom vermelho e a mala de couro que ela encerara três vezes, deixando-nos distraidamente para trás, a mim e ao meu irmão, aos cuidados da avó Florência, que era velha e atarefada demais para ter paciência com crianças.

Por isso, eu roubara o tarô naquela tarde de janeiro — ele era proibido para crianças, sendo, na verdade, um ganha-pão da minha avó, uma coisa com a qual ela juntava dinheiro extra para comprar cigarros ou sapatos novos para usar na quermesse natalina.

Lembro que cortei o baralho em três montes, tal e qual vira minha avó fazer diante das suas consulentes. Surgiram-me O Louco, A Torre e Os Enamorados, três arcanos maiores. E, então, quando fui me concentrar no primeiro deles, o décimo segundo arcano maior, O Louco, quando fixei meu olhar na sua figura zombeteira, um manto caiu sobre meus olhos, uma escuridão tão negra como a mais densa das noites de inverno. Com o suor escorrendo pelas minhas têmporas, eu o vi...

Vi o garoto...

Jósik.

Ele estava escondido numa sala esquisita e absolutamente atulhada de livros. Era loiro e alto, e parecia magro. Estava morrendo de frio e de medo numa pequena vila onde nevava e o vento soprava com fúria. Perto dali, tropas de um terrível exército avançavam com seus tanques e soldados de capacete e fuzil.

Escondido naquela estranha e desconjuntada casa, enfiado no útero de uma desconjuntada biblioteca, não parecia haver ninguém que pudesse cuidar dele. (Acho que foi naquele tempo que Jósik Tatar começou a comer a biblioteca do avô, e creio que foi mesmo uma excelente ideia.)

A visão, como veio, desapareceu de chofre.

Foi como um soco no estômago. Dei um pulo para trás e caí deitada na grama seca. Quando sentei outra vez, o menino desaparecera e, com ele, toda a imensa biblioteca que o cercava como uma cordilheira.

Lá estavam, outra vez, apenas os três arcanos sob o sol ardente do verão. Juntei as cartas e corri para casa, interrompendo minha avó, que sovava o pão para o café da tarde. Eu tinha visto uma coisa impressionante e gritei, mostrando o baralho como quem mostra um tesouro.

Florência ralhou comigo furiosamente por ter roubado o seu tarô:

"Cozinheiros demais estragam o mingau", disse, arrancando-me as cartas da mão. "Esse tarô é meu. É para mim que ele sopra o futuro!"

Tentei explicar que eu tivera uma visão.

O menino loiro. Os livros, muitos livros. A neve.

Mas minha avó retrucou que tudo não passara de uma insolação ou coisa parecida. Ademais, as cartas não se mostravam para crianças; era preciso *um pouco de tutano dentro da cabeça*. Desde quando uma menina de oito anos poderia ver a vida de alguém numa simples carta de baralho?

A minha avó era boa com os arcanos. Lá na estância onde morávamos, Florência fazia uns bons pesos com o seu tarô. Via pequenas coisas, principalmente brigas em família, casamentos, uma ou outra traição amorosa, problemas intestinais, amores naufragados e meia dúzia de doenças cardíacas. Certa vez, salvou a vida de um vizinho ao diagnosticar, com a ajuda das cartas, uma apendicite quase supurada.

Mas, naquela tarde, quando eu abrira o baralho, vi mesmo aquele garoto! Ele era bonito, de uma beleza diferente, e mais velho do que eu. Lembro como se fosse hoje...

Ah, a propósito, eu me chamo Eva.

1.

O princípio receptivo feminino,
A Sacerdotisa.

Eu já lhes disse que Jósik comeu uma biblioteca inteira. Mas, de fato, foi um livro que salvou a sua vida.

Um daqueles muitos livros catalogados com amor, empilhados em ordem alfabética enquanto ainda havia espaço e, depois, enfiados aqui e ali, em qualquer cantinho, numa fenda, num oco de parede, sobre aparadores e mesas, roubando o lugar dos pratos e dos talheres, em todo o espaço disponível como uma espécie de vírus que nunca parasse de se reproduzir, tomando conta da casa inteira, subindo em pilhas até tocar as vigas do teto, entupindo a chaminé e vazando para um pequeno puxado construído para isso no fundo do quintal de *pan* Wisochy.

É que Michael Wisochy, o avô de Jósik, era um literato. Um professor universitário aposentado, um leitor voraz, um apaixonado por Shakespeare. Um desses homens de vasta cultura que parecem conhecer a humanidade e todos os seus defeitos. Sempre que alguém de Terebin — às vezes, até da vizinha Cracóvia — tinha uma dúvida muito importante, vinha bater à porta do velho Michael Wisochy.

Michael julgava muitas questões e era considerado uma espécie de sábio, embora meio maluco. De fato, avisara as gentes de Terebin desde o princípio sobre Hitler, o que logo se mostrou uma atitude bastante temerária. Ele chamara Hitler de louco e assassino aos gritos no meio da pequena praça, meses antes que o exército alemão atravessasse a fronteira — e é provável que tal episódio tenha realmente abreviado a sua vida. Talvez não, se as pessoas da cidade tivessem levado em consideração o que Michael Wisochy dissera sobre Hitler e o *Reich;* talvez sim, mas o que realmente poderiam ter feito?

Hitler já tinha criado e aparelhado a sua máquina de guerra na Alemanha, mais da metade dos judeus alemães havia fugido do país em meados de 1938, e a Áustria e a Tchecoslováquia já tinham sido invadidas pelas tropas nazistas antes que os tanques alemães cruzassem a frágil fronteira polonesa.

Toda aquela gente estava no lugar errado, na hora errada. E até mesmo o velho Michael não moveu uma única palha para mudar o próprio destino. Se vocês me perguntassem, eu diria que ele não teve coragem de deixar os seus incontáveis livros para trás... Como fugir com tão pesada bagagem?

E quanto a Jósik, o seu amado neto? Creio que, analisando o jeito como tudo aconteceu depois, o velho Michael acabou mesmo por salvar Jósik.

Está bem, está bem. Sei que preciso pôr ordem nas coisas. Não posso sair narrando a história toda assim, sem qualquer lógica. E o que quero contar dá uma estrada bem comprida... Ademais, sei perfeitamente bem que contar uma história não é a mesma coisa que abrir o tarô. Não existem pistas, não mesmo. O melhor jeito que conheço para contar uma história é começar pelo começo.

Então vamos lá...

Esta é a história de um menino...

... e seu avô.

Havia uma guerra nascendo.

E milhares de livros.

Numa casa velha, numa aldeia perdida...

... nas entranhas da Polônia.

A Polônia ergue-se bem diante dos meus olhos — meus olhos, que nunca sequer cruzaram o Rio da Prata até a Argentina!

Ela está surgindo, ainda bela e intocada pelo *Reich*, elevando-se das cinzas do tempo exatamente como era antes da Segunda Guerra, no breve período de ilusória paz que experimentou durante o governo do ditador Piłsudski.

Num canto mais ao sul, a duas centenas de quilômetros de Cracóvia, lá está a pequena Terebin. Um pontinho no mapa, uma coisinha de nada que chegou mesmo a desaparecer depois das bombas e dos incêndios, quando suas lavouras foram queimadas e as casas de fazenda, destruídas por tropas de alemães e de mercenários ucranianos pagos pela máquina nazista.

Era uma cidade tão minúscula que não passava de uma aldeia; nem estação de trem possuía. Àquela época, seus habitantes tinham chegado ao seu primeiro milhar, mas a maioria vivia espalhada pelas fazendas da região, já que a economia do lugar era basicamente agrícola. Flora e Apolinary Tatar, os pais de Jósik, moravam na parte central de Terebin, perto da praça.

O velho Michael vivia numa ruazinha do outro lado da praça, perto da igreja onde, todas as tardes, à hora das vésperas, o sino de cobre soava, conclamando os fiéis à oração. Ora, vocês devem saber que os poloneses sempre foram católicos fervorosos, e a igrejinha enchia-se de fiéis para a missa vespertina.

Agora, quero falar da casa do avô Michael Wisochy...

Era uma casa curiosa aquela onde ele vivia. Muito velha e pontilhada de goteiras, mas era uma boa e centenária casa polonesa. Tinha duas peças amplas e uma cozinha, onde reinava um enorme fogão à lenha. Construída no meio de um terreno plano, ficava escondida sob quatro carvalhos; não sei se alguém plantara as árvores ali intencionalmente ou se a casa fora erguida à sombra dos carvalhos para que seus moradores vivessem protegidos do olhar alheio. O certo é que Michael — segundo Jósik me contou muitos anos mais tarde — tinha receio das pessoas, preferindo conviver com os seus adorados livros.

Ele sempre dizia ao neto, com seus ares de maestro sem orquestra: "Os livros são as pessoas passadas a limpo!"

Aquelas árvores frondosas escondiam a casa e enchiam suas peças de sombra e silêncio. Quando o vento soprava, as folhas dançavam, roçando as vidraças, provocando um rumor tão suave e tão único que, para Jósik Tatar, aquele sempre seria o ruído da infância.

Era uma boa casa para os verões, mas os invernos poloneses a faziam sofrer. À época das chuvas que inviabilizavam as estradas e enlameavam os caminhos, as goteiras trabalhavam dia e noite. E o avô Michael espalhava a sua coleção de bacias de louça pelo corredor, pela sala e pelo quarto. Então eram obrigados a andar como crianças pulando num permanente jogo de amarelinha. O menino Jósik gostava tanto daquilo... As minúsculas piscinas de porcelana, cheias de água turva, eram uma festa para ele.

Embora a casa pingasse por invernos inteiros, Michael Wisochy não era um homem pobre. Durante anos, dirigira a escola local e, mais tarde, chegara a ministrar alguns cursos de Literatura na famosa Universidade de Cracóvia. Tinha muitos diplomas na parede sobre a cama e desdenhava deles com a sua exaltada voz de tenor:

"Ora, isso não prova absolutamente nada! O que vale são os livros que li, todos os milhares de livros! Como dizia Kafka, *um livro deve ser o machado que quebra o mar gelado dentro de nós!* Esses diplomas não passam de ridículos pedaços de gelo, querido Jósik!"

Jósik adorava os discursos inflamados do avô. Ele apreciava tudo o que o velho fazia naquela casa pontilhada de goteiras. Mas o que a casa tinha mesmo em profusão eram livros — eles ganhavam facilmente das incontáveis goteiras, pois Michael recebia uma boa pensão que preferia gastar em livros, não em reformas. A sua casa era cheinha de livros. Centenas, milhares deles.

Aqueles livros eram uma espécie de parque de diversões para o pequeno Jósik. Eram muitos, muitos mesmo! Havia livros com capas de todas as cores, livros com figuras e livros feitos somente de palavras.

Havia livros escritos em engenhosas fontes tão diminutas que a sua leitura faria os olhos da gente chorarem de esforço, e havia livros escritos em elegantes letras douradas e garrafais. Havia livros de poemas e livros em prosa, livros com desenhos e com números e com símbolos. Pelos caminhos da casa de Michael, os livros espalhavam-se feito uma praga: havia os de capa dura e com arabescos em alto-relevo, livros de veludo e em papel de cera, livros eternos e livros efêmeros, livros caríssimos e livros de segunda mão, nas línguas mais estranhas, vivas e mortas, nas línguas mais distantes, e ainda havia livros tão antigos quanto a manhã do mundo.

A casa, recheada de livros, era o paraíso de Michael Wisochy, que lá vivia feliz como um nababo. Para ele, os livros eram as verdadeiras deidades — Michael só acreditava nas palavras escritas, e essa crença, vejam só, foi inculcada com perfeição na alma do seu neto Jósik.

Tantos livros e tamanho amor pela palavra causavam certo estranhamento aos simplórios habitantes da pequena Terebin. Lá, vivia uma gente acostumada às lides da terra, cujos hábitos e pensamentos eram regulados pelo sol e pela chuva, pelo verão e pelo inverno, e Michael destoava muito do lugar.

Para aumentar a estranheza, Michael ficara conhecido na aldeia pelo curioso hábito de se desfazer do seu mobiliário. Isso começara após a morte da sua esposa, Ludmila, e vinha se agravando terrivelmente nos últimos tempos... Quando os livros estavam demais a ponto de interromper uma passagem, Michael desafogava a casa sem piedade, jogando à rua suas cadeiras, uma a uma, e depois o criado-mudo, e então a mesa, o armário de louças e as taças do enxoval da finada esposa. Como Terebin era um lugar de gente humilde, os móveis despejados pelo professor eram prontamente recolhidos pelos habitantes menos privilegiados.

Da janela, Michael Wisochy observava calmamente as suas cadeiras e os seus utensílios sendo levados para as casas alheias e suspirava feliz ante a possibilidade de novos espaços para suas aquisições literárias. Desde que jogara fora o próprio fogão — cedendo lugar para mais de duas centenas de livros! —, Michael cozinhava modestas refeições num fogareiro Primus. Dizia sempre que o seu melhor alimento eram as obras de Shakespeare, nunca cruas ou passadas demais.

De fato, dava muito pouca importância àquilo que comia: era um senhor magro e ágil, de membros alongados e olhos azuis. Seus cabelos tinham branqueado totalmente e exibiam uma constante inquietude: como uma estranha planta ao vento, suas melenas nunca se acomodavam no lugar.

A mãe de Jósik Tatar — seu nome era Flora — sofria com o desapego paterno e com aquelas loucuras literárias que com os anos vinham se agravando de maneira alarmante. A pobre Flora, que era filha única, acalentava o medo secreto de encontrar o pai, numa tarde qualquer, fazendo a *siesta* sobre uma pilha de brochuras, depois de se livrar até mesmo da antiquíssima cama de mogno sobre a qual a própria Flora entrara, havia trinta anos, neste curioso e incurável mundo.

De fato, a faina literária de Michael Wisochy causava grandes embaraços à Flora, uma mulherzinha sensata, de alma fervorosa e atitudes pragmáticas, que deixara a casa e os delírios paternos para desposar um ferroviário e, desde então, vivia entre a cozinha e o tanque de lavar roupas, mas tão feliz que parecia ter nascido de outra semente que não a daquele delirante colecionador de livros.

Um abismo separava Flora de seu pai, mas ela o amava sinceramente...

Bem, tenho que dizer que Flora guardava um certo rancor dos livros, pois culpava-os pelas maluquices do velho Michael, mantendo cuidadosa distância de qualquer volume ou encadernação que não tivesse fins culinários ou domésticos. Creio que Flora temia ser contagiada pela doença que roía sem piedade as arestas do pai.

No meio desses dois polos tão díspares foi que Jósik nasceu.

Ora essa, imaginem a situação! Dois opostos magnéticos e Jósik, como uma espécie de eixo que os unia. Mas a verdade é que Michael Wisochy, desde cedo, exerceu o seu fascínio sobre o único neto e o pêndulo moveu--se para o seu lado. O velho não era inteiramente deste mundo, não era mesmo — o que talvez explique em parte o que lhe aconteceu depois.

Mas vamos com calma.

Preciso voltar às ruas de Terebin...

Preciso contar a coisa toda em ordem. Tenham um pouquinho de paciência comigo; nunca escrevi nada maior do que um pedido de lanchonete, e as únicas vozes que ouvi até hoje foram as dos arcanos maiores proferindo os seus vaticínios.

Vejo uma mulher seguindo pelo caminho de terra sob os últimos raios de um sol outonal. Dentro das casas da vila, o fogo está aceso, a água ferve para o chá forte e escuro que aquece a alma. Do céu, sopra um vento frio que descabela as árvores e levanta a ponta do lenço colorido que ela traz amarrado à cabeça.

Essa mulher, agora posso ver bem, é Flora.

Ela usa um vestido de lã cinzenta cuidadosamente remendado em alguns pontos da saia. No antebraço direito, carrega uma cesta com ovos. Logo, a sua pequena cozinha estará perfumada pelo omelete que ela servirá com pão de centeio grosso, pepinos e coalhada. Ela apressa o passo, faz a curva numa esquina, cumprimenta o leiteiro que passa por ali e segue para os lados da sua casa, pensando no marido que chegará de viagem.

Flora cuidava bem do esposo, o bom e alegre Apolinary. Desde a morte da mãe, ela se afastara um pouquinho do pai. Era como uma criança com uma pipa colorida, muito amada, cujo fio vai se soltando, soltando, até que o brinquedo seja apenas uma mancha colorida no céu. E a criança, lá embaixo, mal pode ver a sua pipa. Porém, apesar da iminência da perda, ainda a ama e quer vê-la voar, e lhe dá corda e mais corda, ao sabor do vento, numa viagem sem volta.

O velho Michael era para Flora como uma boa e adorada pipa perdida para o vento. Ela era uma cozinheira de mão cheia — na sua casa, ninguém alimentava-se de rimas e era estritamente proibido suspirar pelo destino de qualquer personagem de faz de conta.

Acho que talvez eu não esteja fazendo jus à Flora; era uma boa mulher e uma mãe extremosa. Claro, havia aquele ranço em relação aos livros, mas ela tinha lá as suas razões... O que posso garantir-lhes é que Flora era cordial e fiel, e a sua tristeza consistia no fato de não ter mais almas para as quais cozinhar e trabalhar. O marido viajava demais, e Michael não se interessava por coisas cheirosas e crocantes como bifes e *knedles* e *pierogis*.

Na verdade, dos quatro filhos que Flora pusera neste mundo, Jósik fora o único a sobreviver. Dois haviam morrido ainda no berço por causa de uma febre, e o terceiro foi natimorto. Algumas semanas depois que Flora dera à luz o terceiro filho, sua mãe, Ludmila, caiu de uma escada quando limpava a prateleira mais alta da mais alta das estantes de livros de Michael. Ao cair, a pobre mulher agarrara-se ao móvel, que despencou sobre ela com o peso de incontáveis brochuras e milhares de histórias.

Ludmila finou-se, e essa morte prosaica foi repleta de significados para Flora, que blasfemou durante semanas contra os livros paternos. Michael não se deu por vencido, de fato não lhe parecia justo culpar a literatura: Ludmila fora esmagada por quilos de papel, e não pela prosa de Proust, Henry James ou Tolstói. O velho andou cabisbaixo por algum tempo, triste pela morte da esposa, resistindo à raiva da única filha, mas não deixou de amar sua biblioteca.

Flora apartou-se do pai e só fazia ficar em casa, rezando e dormindo por tardes inteiras. Ela sentia-se punida, mas desconhecia os motivos de tão furioso castigo. Depois de meses de prostração, um dia, subitamente, cansou-se daquela melancolia. Voltou às panelas, limpando a pequena casa até que cada recanto luzisse, e, nessas tarefas cotidianas, acabou recuperando a sua sanidade.

Numa das folgas do esposo, que era maquinista e vivia em viagens pela ferrovia, Flora decretou o fim do seu luto e meteu-se com ele outra vez na alcova. Ao fim de um mês de boas práticas, estava grávida de Jósik. Ela rezou e rezou, dando graças pela nova chance que a vida lhe oferecia, pois queria um filho mais do que tudo. Até o velho Michael, que se proclamava agnóstico, desfiou orações para a semente do neto — rezou-as em ídiche, em polonês, em árabe e em grego, folheando seus livros santos com a alma por um fio, pois tinha certeza de que a filha não suportaria uma nova falcatrua da vida.

No tempo certo, numa úmida tarde de outono, o pequeno Jósik chegou a este mundo — muito branco e rosado, com os mesmos olhos azuis do pai. Durante largos meses, fartou-se no leite da serenada mãe. Ao contrário das três crias que tinham vindo antes, nenhuma doença, reles ou grave, sequer roçou as suas carnes. O garotinho ficava ali no berço, perto do fogo, enquanto a neve se espessava lá fora, e o velho Michael deixava seus livros de lado e atravessava a nevasca duas vezes por dia para estar com o bebê. Em horários inespecíficos, aparecia à porta de Flora, enrolado em peles, a fim de recitar um poema épico ou contar uma fábula dos Grimm para o netinho rechonchudo e sereno.

A voz de Michael, a mesma que dava voltas na sala aquecida pela lareira, ecoou nos ouvidos do menino por toda a vida. Quando o pobre Jósik escondeu-se sozinho na casa do avô durante os terríveis tempos da ocupação nazista, era a voz de Michael que o sustinha com as suas histórias imemoriais... E, depois, no campo de Majdanek, também ela o manteve vivo, falando com ele a cada alvorecer, incitando-o a resistir. Nas terríveis noites de desesperança, às vésperas das chamadas no campo de concentração, a mesma voz cantava-lhe para que dormisse e sonhasse um pouco.

"A vida é como um sonho", dizia a voz do avô nos ouvidos de Jósik, "é o acordar que nos mata".

O velho avô sussurrava Virginia Woolf para o neto, e as palavras acalmavam o rapaz.

Mesmo mais tarde, já aqui no Uruguai, em Punta del Este, completamente livre do passado — tanto quanto alguém poderia se livrar do próprio passado —, Jósik ainda podia ouvir a voz de Michael nas noites de vento que varriam a península, como se as altas copas dos pinheiros escandissem as antigas palavras que o avô deixara neste mundo.

Mas isso foi muito mais tarde...

Ah, tenho que ser muito criteriosa ao contar esta história, vocês sabem.

No começo, só havia a sala aquecida pelo fogo, o avô e o neto, ainda bebê. Envolvida com as lides domésticas, Flora permitia os poemas do pai e, até mesmo, as velhas fábulas desfiadas ao pé do berço — ela fazia ouvidos moucos a essas tertúlias, achando que seu filhinho ainda era imune ao feitiço das narrativas.

Tal descuido, imaginem vocês, revelou-se fatal aos planos de Flora. Aos três anos, o pequeno Jósik já enrolava-se nas compridas e finas pernas do avô, esperando impacientemente por uma das suas maravilhosas histórias.

Quando o menino ficou um pouco maior, Michael levou-o a sua casa atulhada de livros, onde Jósik desenvolveu o gosto por se perder entre as páginas de figuras, gastando tardes inteiras a ouvir as aventuras que o avô narrava, sacudindo a cabeleira branca com aquela sua voz de barítono. Sim, o velho, apesar da magreza, tinha voz possante e era cheio de histórias como um peru de natal é recheado de farinha com miolos.

Acho que toda boa infância sempre teve um avô ou uma avó, como uma planta tem a sua raiz escondida sob a terra...

Até mesmo eu, com a minha infância modesta de aventuras naquele descampado lambido pelo vento, tive minha avó Florência atazanando e colorindo os meus dias. Afinal, foi ela quem me deixou esse ensebado tarô, sem o qual — verdade seja dita — eu não estaria aqui contando esta história, feliz, feliz da vida, mesmo depois de tantos anos de desventuras.

Mas, meus caros, voltemos a Jósik...

Aos cinco anos, Michael já ensinara o neto a ler. E Flora constatou que seu filho único e seu pai maluco eram complementares, como duas partes de uma mesma coisa, dividindo igual fervor pelos livros. Isso a deixou muito triste, embora Apolinary garantisse que os livros e o conhecimento que eles guardavam é que faziam o mundo girar:

"Se todos andassem com uma enxada na mão, a roda ainda nem teria sido descoberta, Flora!"

Flora dava de ombros, magoada.

Ela considerava que o amor pelos livros era uma espécie de doença, provavelmente hereditária, e que seu filho tinha sido contaminado pela terrível enfermidade. Sentia um medo atroz de que o silêncio secular dos livros penetrasse nas camadas mais sutis do corpo do seu menino adorado, roubando-lhe o sono e a fome, como sucedera com Michael, que trocava sem pestanejar um bom prato de comida pelo consolo impalpável de um soneto.

Era difícil explicar à Flora que os livros, ao contrário do que ela imaginava, guardavam em si todas as vozes e todas as vontades do mundo. No começo, Michael até tentou dissuadir a filha. Depois, apenas barganhava para que Jósik pudesse ouvir uma simples história de três parágrafos, sentado em seu colo em frente à lareira, enquanto Flora preparava panquecas na cozinha.

E, assim, eles iam, dançando a dança da vida. Cada vez mais, o menino Jósik se sentia ligado às histórias que Michael lhe contava.

Deus meu, vejam só o quanto já falei!

Tudo isso estava guardado dentro das cartas do meu tarô durante todos esses anos. As cenas vinham até mim numa espécie de conta-gotas, as visões pingando na minha mente nas tardes de pasmaceira à beira da sanga, ou no inverno, quando eu dormia com o vento uivando lá fora, ou enquanto limpava mesas, servia café ou esfregava as meias sujas de Miguelito, meu ex-marido.

Acompanhei Jósik de longe durante todos esses anos e acho que já o amava sem nem desconfiar disso — como amar alguém a quem de fato não conhecemos?

Mas as visões vinham, às vezes, cotidianamente. Até em sonhos as visões me apareciam. Depois, meses se passavam sem qualquer sinal do menino loiro em meio aos livros. Não havia um padrão naquilo, não havia mesmo. Mas, com o passar do tempo, aquele outro mundo, inominável com seus rostos e vozes, seu cheiro de lenha queimando no fogo e o frio da neve arrepiando a minha pele, aquele avesso da minha própria vida começou a tornar-se quase íntimo, como uma dessas histórias em capítulos que a gente acompanha com a alma por um fio.

Ah, meu querido e teimoso Jósik Tatar, nascido do tarô como uma espécie de presente... Quantas noites sonhei com ele sem saber que o acompanhava, que aquilo não era um sonho, mas uma outra vida cujos desdobramentos eu tinha o poder de vislumbrar?

Jósik, que atravessou meia Polônia fugindo dos alemães.

Como é que ele diz?

Os *szwaby*.

Que idioma mais difícil que ele falava lá na Polônia! Ainda hoje, a sua língua se confunde com a sonoridade macia do espanhol, depois de todos aqueles anos escalando consoantes, pilhas delas. Às vezes, durante a noite, Jósik ainda resmunga palavras daquele tempo, deitado ao meu lado na nossa cama.

Pois bem, ele contou-me uma parte desta história, e eu completei-a com as minhas visões. Até mesmo o velho Michael, com a sua notória cabeleira branca e o seu jeito de chapeleiro maluco... Bem, eu o conhecia como se fosse um vizinho de porta ou coisa assim, e ele visitou-me em sonhos também. Às vezes, eu repetia os ditos do avô de Jósik, as coisas engraçadas que dizia, e minha avó Florência balançava a cabeça, preocupada, achando que eu estava ficando doida ou coisa parecida.

Mas o fato é que Michael Wisochy era um homem peculiar, era mesmo. Não apenas nos hábitos como também na aparência. Embora fosse muito alto, tinha uns membros franzinos, nodosos, que lhe davam um ar estranhamente vegetal. Seu cabelo, de fios brancos e encaracolados, enfeitava-lhe a cabeça como uma samambaia gigantesca. Atrás dos óculos, os pequenos olhos de Michael Wisochy eram de um azul esmaecido pelas incontáveis horas de leitura à luz de velas, mas luziam, tão sorridentes e curiosos como os olhos de um menino. Ele tinha mãos finas e longas, as mãos do pianista que um dia sonhara ser, pois tudo em Michael confundia ficção com realidade.

Como ele saía pouco de casa, à medida que Jósik crescia, não houve remédio para Flora, a não ser deixar que o filho fosse visitá-lo. No fundo, ela preocupava-se com a solidão do pai, não conseguia entender como alguém poderia sentir-se acompanhado por histórias de faz de conta.

Quando o neto começou a ir ter com ele, o velho Michael passou a espaçar cada vez mais as visitas à casa da filha. Às vezes, com o desconsolo de um condenado, atravessava a praça e ia almoçar com Flora e Jósik. Detestava abandonar o refúgio entre seus muros e só o fazia com verdadeira felicidade quando rumava, de trem, para as suas andanças pelas pequenas livrarias de Cracóvia.

Além dos livros e da companhia do neto, Michael apreciava apenas o seu jardim. Tinha para com as flores o mesmo amor que dedicava aos personagens — assim como as histórias de Madame Bovary e de Anna Karenina, as plantas enchiam os seus dias de cor e de viço.

Quando viva, Ludmila plantara no pequeno pátio uma macieira, uma laranjeira, um limoeiro e uma dúzia de roseiras que, inexplicavelmente, floresciam até no rigoroso inverno polonês, tingindo de vermelho e rosa o jardinzinho nevado. Diante do pasmo da vizinhança, que via as rosas de Michael desafiarem as baixíssimas temperaturas como se debochassem do vento e da neve, o velho dizia sempre:

"Minhas roseiras florescem no inverno porque leio para elas histórias dos trópicos. Não há nada de misterioso nisso! Se vocês lessem bons livros, iriam saber que a ficção invade a vida real para nossa grande benesse e alegria!"

Realmente, Michael guardava absoluta certeza de que o sol de ficção também podia provocar a fotossíntese e a floração, desde que muito bem narrado por um escritor de talento... Para as suas flores, não lia os excelentes russos (o clima não era o ideal, obviamente), mas Kipling, Conrad e a louca poesia de Rimbaud, cujo deslavado ardor ele acreditava alimentar o sangrento vermelho das rosas.

A vizinhança, que ouvia o velho declamar poemas para as flores, achava-o meio desmiolado, mas na cabeça do vovô Wisochy não havia nenhum parafuso solto. Na verdade, como eu já disse, era um homem à frente do seu tempo, culto demais para a pequena e amorfa Terebin — falava muitas línguas, e sua proficiência era frequentemente confundida pelas gentes ignorantes do lugar com os sintomas da sua suposta loucura.

A figura do avô atraía Jósik como uma mariposa é atraída para a luz. Sempre que podia, o menino dava um jeito de ir até a casa atulhada de livros. Michael conhecia o toque macio dos nós dos dedos de Jósik na madeira da porta.

Atendia-o com um meio sorriso no rosto, gracejando:

"E dizem que as virtudes não são hereditárias! Neste caso, você é um menino sábio de nascença, *mój syn*."

Jósik punha-se na ponta dos pés para beijar o avô. Depois do beijo, o velho perguntava:

"Que livro vai querer hoje?"

O menino adentrava aquele santuário empoeirado, esgueirando-se com prática por entre as colunas de romances, procurando isso ou aquilo entre as grossas lombadas de muitas cores. Escolhia rapidamente um volume ao acaso e, então, avançava ao largo de impenetráveis trincheiras de poemas e prosas até encontrar o seu lugar predileto, junto à lareira enegrecida por dezenas de rigorosos invernos. Ali, instalava-se com seu livro no colo.

Por horas e horas, avô e neto perdiam a noção da vida para além daquela sala. Era mesmo um mundo à parte, posso lhes garantir. Eventualmente, Michael levantava os olhos do volume que lia, como se farejasse a presença de Jósik entre os odores vegetais das páginas. Então fixava seus olhos no rosto bonito do menino, sorrindo-lhe melancolicamente, deixando ver seus dentes pequenos e ainda brancos, desparelhos como cacos de porcelana.

Acontece que Michael Wisochy sabia demais da vida para ser otimista... Ele achava aquela infância — a infância de Jósik — tão mágica como as suas rosas de inverno. Queria cuidar do menino com muita ficção, a melhor ficção possível, pois ela era o único consolo à altura das vicissitudes da realidade.

Jósik também adorava o avô. Em súbitos lampejos de amor, que faziam enrubescer as brancas bochechas de Michael, o garoto deixava seu livro de lado e atirava-se nos braços do velho, aqueles braços que tinham remado os oceanos do mundo e vencido todas as tempestades já descritas numa folha de papel. Esses arroubos davam a Michael a certeza de que o menino viera dar em seu caminho, já numa das suas últimas curvas, como um presente indispensável.

Aquele amor era também uma pesada responsabilidade...

Durante anos, a Polônia havia sido constantemente dividida e anexada por russos e alemães e, até mesmo, sumira do mapa, voltando depois a recobrar as suas fronteiras, bravia e orgulhosa. Naqueles tempos da infância de Jósik, a Polônia era a pomba branca do general Piłsudski — porém, o belo pássaro via-se encurralado entre dois furiosos lobos, a Alemanha e a URSS.

Sempre que a Alemanha era citada no rádio, o velho Michael se descompunha, tinha verdadeiro pavor do chanceler Adolf Hitler. Quanto aos soviéticos, considerava-os um bando de delirantes perigosos.

Os programas de notícias eram a única coisa que faziam o velho deixar os livros de lado. Ele ajoelhava-se próximo ao rádio, um modelo novo, com sintonização magnética, comprado de segunda mão num mercado de Cracóvia. O aparelho era grande e ocupava um bom espaço, como um armário pequeno sobre o qual o avô depositara uma coleção de autores gregos, Ésquilo, Sófocles, Eurípedes.

Ele girava os botões atentamente, e, então, pairava no ar uma voz metálica e distante, que falava de um modo macio palavras que eram incompreensíveis para o Jósik.

"O que é isso, vovô? O que o rádio está dizendo?", perguntava o menino.

O velho sorria amavelmente.

"Não é o rádio quem está falando, *mój syn*... É uma pessoa. Um homem do outro lado da Alemanha, numa ilha, o Reino Unido... A voz vem de Londres e fala inglês."

·"Ah", retrucava o menino. "Inglês, como Shakespeare..."

E o avô, que era dado a surtos de fúria, saía bradando pela pequena sala atulhada de volumes:

"Esse bastardo do Hitler não vale o pão que come, *mój syn*! Ele é... é... é um vilão digno de Shakespeare! Você tem razão, Jósik, tem razão, como sempre." E declamava: "*Por todos os juramentos violados pelos homens, mais numerosos que todos aqueles feitos pelas mulheres...* Hitler vai acabar com a Europa, pode escrever o que estou dizendo!"

E andava em círculos, balançando seus cabelos volumosos.

O futuro doía em Michael feito uma unha encravada...

Assim, desde cedo, Jósik conviveu com aquele mau pressentimento, com a sensação silenciosa e impalpável de que a Polônia caminhava para alguma tragédia. Mas ele não comentava sobre esses serões ao pé do rádio em casa, adivinhando, com razão, que seriam motivo de angústia para Flora e que talvez o proibissem de visitar o avô todas as tardes. As notícias no rádio e a revolta que elas suscitavam no avô Wisochy eram um contraponto quase fascinante aos idílios literários que ambos viviam. Jósik considerava aquilo tudo — a raiva, as premonições e as blasfêmias do avô contra o chanceler alemão — apenas mais uma das deliciosas maluquices, das instigantes lições com as quais o velho enchia a sua vida, de resto tão sem graça.

2.

Do outro lado do mundo,
lá estou eu.
O meu arcano: A Roda.

Muito, muito longe daquela casa polonesa abarrotada de livros, lá estava eu.

Era preciso correr o dedo pelo globo, escorregando pelo canto da Europa, descendo até a África e seguindo pelo Marrocos e pela Mauritânia, flutuando morosamente à esquerda por todo o Oceano Atlântico até topar com o Brasil. E, então, avançando ainda mais para baixo, com a energia curiosa dos viajantes, para os lados do meridiano 57W, pela altura do paralelo 31, você chegaria ao Uruguai, a minha pátria pequena e tranquila, este cisco de chão, terra azul e dourada de pobrezas e de maravilhas.

Não era uma viagem qualquer.

Ah, não era...

Mesmo com o dedo correndo sobre o globo (até hoje me espanto que Jósik tenha realmente chegado aqui — se bem que os sobreviventes daquela guerra espalharam-se pelo mundo como partículas de pó sopradas ao vento), era uma longa, uma longuíssima viagem.

Mas aqui estava eu, enquanto Jósik Tatar lia Homero e Kipling e Lewis Carroll na inconcebível e mágica biblioteca do seu avô.

Eu era uma menina magra e desengonçada tentando sobreviver a uma resma de dias tristonhos e de comida pouca. Embora só de adulta é que tenha pegado gosto pelos livros, sei muito bem que a boa literatura não se faz sem uma certa quantidade de tristeza — tive uma boa dose disso nos meus dias, e o céu lá em cima é testemunha, mas as minhas desventuras não tiveram muita graça.

Não vivi nada que possa ser comparado à história de Jósik...

Eu nunca comi livros, por exemplo — embora possa dizer que juntei algum dinheirinho com as cartas do tarô. Mas a vida, a vida em si — essa chama —, não hipotequei nos arcanos do meu baralho. Quando abria as cartas para alguém, nunca foi pelo meu pescoço — no máximo, por um par de meias de seda ou um maço de cigarros.

A minha família era pequena e pobre. Minha avó Florência trabalhava de cozinheira numa enorme estância de gado. Vivíamos em uma casinha úmida de paredes de pedra. Era um lugar terrivelmente frio no inverno e quente como um forno no escaldante verão. Minha avó passava os seus dias com a barriga encostada no fogão, pois preparava o almoço e o jantar dos trinta peões da fazenda. Quando não estava tostando ao calor do forno à lenha, remexendo ovos numa enorme frigideira negra, Florência se ocupava dos dois netos: meu irmão e eu.

Minha mãe, cuja única imagem que nos ficou foi a de uma fotografia que a avó guardava na sua caixa de costura — uma moça-velha de cabelos de um loiro esquisito —, tinha ido embora. No retrato, ela estava enfiada num vestido vermelho muito justo, parada em frente a um *quiosco* de beira de estrada, talvez no dia mesmo em que fugira com o objetivo de ir cantar no teatro de revista em Buenos Aires.

"Foi embora sem olhar para trás", dizia a avó sempre que dava de cara com aquela fotografia. "Nem sequer disse *adiós* a vocês dois."

Quando ela partiu, meu irmão Juan tinha quatro anos, e eu, cinco. Seu nome era Luna, e não parecia mesmo nome de mãe... Parecia nome de artista, um nome que deve ter enchido sua cabeça de sonhos vãos. No verso da fotografia, estava escrito com esferográfica: *mayo de 1936.*

Ainda me lembro da letra inclinada, azul e elegante. Mas, da mãe, não lembro nada, a não ser a pose do retrato.

Minha avó, sempre exausta e com um lenço de pano prendendo seus cabelos maltratados, recheou a minha memória de sonoros palavrões, pois ela sempre se descompunha quando o assunto era a filha fujona: *una puta, perezosa, dormilona, tan estúpida como una perra!*

Ainda posso ouvir os gritos...

Pois é, a avó era mesmo bem desbocada. E a filha nunca mandara sequer um postal — desaparecera no rastro das luzes de Buenos Aires sem deixar nem umas moedas para o próximo jantar dos filhos. Florência, uma mulher cansada, teve de arcar com a nossa infância, o que foi um peso excessivo para ela. Ela nos amou e nos odiou em igual medida, e com um peculiar fervor que me punha confusa. Não sei dizer se foi boa comigo: era exigente e irritadiça, mas tinha aquele tarô, e isso sempre me importou bem mais do que o seu humor furibundo.

Os arcanos eram meus amigos, todos eles.

Com as suas faces estranhas, aquelas figuras sem lógica me enfeitiçavam desde pequena. Coloridas, misteriosas, cheias de detalhes curiosos; eu perdia horas examinando cada uma das lâminas, passando O Louco pelos meus dedos, acarinhando Os Enamorados com as suas promessas... A Estrela e O Sol sempre me enchiam de alegria, serenando meu coração mesmo depois de eu ter tomado umas lambadas da avó, quando o traseiro ainda latejava.

O Mundo e A Roda da Fortuna eram figuras empolgantes, que eu manuseava com respeitoso cuidado, e me faziam sonhar com uma vida de viagens e aventuras em navios transatlânticos (teriam sido as cartas a enfeitiçar a alma da minha mãe?).

Os anos passaram enquanto eu esperava uma distração da avó para surrupiar-lhe o tarô, e com ele no bolso eu me mandava para o campo, onde ninguém me incomodava.

Só bem mais tarde é que descobri que sou regida pelo arcano A Roda... Sou regida pela carta A Roda da Fortuna, mas não pensem que é um sortilégio fácil. Ela representa a fluidez dos ciclos da vida, o assombro das mudanças sucessivas, do bom para o mau, do mau para o bom, subindo e descendo como as vagas do oceano ou como uma cordilheira — assim que se alcança o topo, já se começa a descer outra vez, sucessivamente. Foram muitos anos nessa labuta, posso lhes garantir — acho que somente agora consegui chegar lá no alto, fincar meu pé na terra boa e fértil e respirar um pouco.

De fato, nada ficou nas minhas mãos por muito tempo...

As coisas começaram a mudar quando, finalmente, decidi pegar da caneta e escrever esta história (que também é a história da minha vida). Durante anos, como se eu tivesse uma espécie de luneta mágica, pude enxergar a vida de Jósik acontecendo lá do outro lado do mundo, e, então, ficou claro que era preciso contá-la, registrar tudo o que houve, ele lá, eu aqui, até o dia em que nos encontramos, até o momento em que enfim nos reconhecemos.

Escrever esta história virou uma questão de honra para mim. A primeira coisa realmente verdadeira nesta minha vida de ilusões e de faz de conta. O que acontece comigo (acho eu) é que estou sempre girando, girando... Tenho também uma certa tendência à distração e à imprevisibilidade, mas saibam que é tudo culpa do arcano A Roda da Fortuna. De qualquer modo, no meio do confuso redemoinho da minha existência, às vezes aconteciam coisas raras.

Jósik Tatar foi uma delas.

A maior de todas.

Acho que a primeira coisa que me aconteceu foi mesmo Miguelito. Como uma esquina no meu destino que cruzei sem pensar direito. Eu tinha uns quinze anos naquela tarde lá no campo sob a figueira grande, em meio a um nada tão extenso e verde que terminava no infinito. O sol era quente, cansava o mundo e confundia os olhos a ponto de tudo parecer uma espécie de alucinação. Lembro que marcáramos um encontro, Miguelito e eu.

Ele veio de motocicleta, uma máquina velha, barulhenta, que crescia em direção a mim, ruidosa como um bicho que avançava pela tarde soltando flatulências. Mas eu preferia aquela estranha motocicleta a um cavalo garboso — estava cansada da convivência com os peões, e alguma modernidade era tudo o que eu podia almejar.

Quando a motocicleta soltou seu último espasmo malcheiroso, Miguelito desceu da garupa e estendeu-me a mão. Trazia-me um vidro de colônia tão verde como o fundo do mar. Ele nunca foi muito bom para essas coisas — mal me entregou a colônia, já foi me beijando; sua língua áspera descendo pelo meu pescoço, as mãos afoitas puxando o meu vestido de algodão para ver o que ele escondia.

Miguelito era um tipo bronco, vocês podem imaginar. Baixo e atarracado, bastante burro para a matemática e para as humanas, mas tinha um bom sorriso e belos olhos negros, e as moças do liceu — eu estava no último ano, depois do qual seria fadada a ajudar minha avó na estância, assumindo aos poucos as suas tarefas — costumavam suspirar por ele como se fosse uma espécie de Cary Grant.

As garotas escreviam bilhetes para Miguelito e os depositavam junto à bomba de gasolina da *estación de servicio* onde ele trabalhava. Ele era o único funcionário do único ponto de abastecimento do *pueblo*, enchendo tanques e conferindo o ar comprimido dos pneus dos poucos carros da região, enquanto contava piadinhas obscenas para os homens que se juntavam por ali a fim de passar o tempo. Mas Miguelito tinha outra ocupação bem mais rentável: vendia *marijuana* no reservado masculino caindo aos pedaços que ficava nos fundos da loja, ganhando um bom dinheiro com isso. Acho que vendeu para um número bastante alto de rapazes, até que chegou alguém mais esperto no *pueblo* e roubou a sua clientela, deixando-o furioso. Ele passou a beber demais, caindo pelas esquinas ou pelo descampado, e eu tinha de ir resgatá-lo.

Pois sim, senhores, eu me casei com Miguelito.

Foi uma coisa rápida, radical e azarenta, como um raio que cai na cabeça da gente.

Mas não vamos pular as coisas...

Naquele primeiro dia sob a figueira, não houve muito romantismo. Miguelito não era um *gentleman*, como esses homens que vejo circulando pelas ruas da península nas mansas tardes de verão, de camisa bem passada, sapatos leves, sorriso escanhoado e fresco de alfazema. Ele não tivera mãe e não costumava dizer *por favor* nem *obrigado*. No quesito "mãe", não creio que eu tenha tido experiência muito superior à dele, mas a avó Florência nos incutira as regras básicas da educação e alguma ambição de futuro.

Acontece que eu era tonta e tudo o que queria era fugir da estância e da sombra da avó, como se o seu destino fosse contagioso. Talvez eu tivesse herdado alguma coisa de Luna, a minha mãe — a sua cabeça fraca, fantasiosa, a sua tendência à ilusão.

"Sangue não é água", dizia a minha avó, sempre com a voz carregada de preocupação.

De um modo ou de outro, acabei pulando da panela diretamente para o fogo.

Depois de algumas horas sob a figueira, Miguelito voltou ao trabalho e deu com a língua nos dentes. Tinha desvirginado a neta de dona Florência, foi o que ele disse para dois ou três caras... E um deles era peão na estância.

Imaginem!

Era o ano de 1942. Do outro lado do mundo, Jósik Tatar tentava esquecer o campo de Majdanek, pois o sopro da morte ainda estava no seu cangote.

Era uma história para acabar com a honra de qualquer garota. Mocinhas respeitáveis não podiam tirar a roupa por aí — era casar sob a bênção da Santa Igreja Católica e, somente depois, certas coisas estariam ao nosso alcance.

Na manhã seguinte ao acontecido, antes de eu terminar a minha xícara de café, a história toda já chegara aos ouvidos da minha avó. Eu estava arrependida e morrendo de medo, mas nunca pensara que Miguelito contaria para alguém sobre o nosso interlúdio romântico. Lembro perfeitamente bem que Florência entrou na cozinha aos berros — era uma peça ampla, pouco mobiliada. De um lado, um imenso fogão à lenha e vários armários com latas de mantimentos; de outro, a mesa comprida de madeira escura e dois bancos onde a peonada se aboletava à hora das refeições. Os furiosos gritos de Florência deram voltas pela cozinha feito pássaros nervosos e desabaram sobre mim.

"Eu já criei *una puta*", disse ela. "Por *Diós* que não vou criar outra!"

Esperei o café assentar no meu estômago contraído e, depois, fiz a única pergunta possível:

"O que houve, vovó?"

Miguelito tinha prometido. Tinha mesmo!

A avó era uma mulher pequena, mas crescera diante de mim com toda a sua indignação.

"Você sabe o que houve, Eva! Eu sou pobre, mas uma mulher respeitável. Faça a sua mala e vá embora daqui antes que essa história chegue aos ouvidos do patrão e ele mesmo expulse você desta estância e mande Juan e a mim embora também!"

Bem, eu não tinha imaginado o alcance de certas coisas...

Fiquei um tempo olhando para o café que esfriava no fundo da xícara. A avó postou-se na minha frente, braços cruzados à altura do peito, e seu rosto pareceu amolecer aos poucos, como se suas feições cedessem da ira à tristeza, mas não disse mais nada.

Em pouco tempo, recolhi meus poucos pertences e objetos pessoais, dei adeus ao meu irmão e saí porta afora, o coração por um fio, triste por tantas coisas, mas também porque deixava o tarô aninhado na gaveta de camisolas da avó.

Só me restou atravessar o povoado sob aquele sol abrasador e procurar Miguelito, agarrada à minha sacola, a cabeça erguida e o coração em pânico.

Não poderia jamais ter certeza se era o calor ou o nervosismo que me deixavam tonta, com a vista da paisagem à minha frente como um filme fora de foco, mas eu era filha do arcano A Roda da Fortuna e não iria capitular facilmente.

Seguir em frente, seguir em frente, repetia baixinho, as palavras enrolando-se na minha boca enquanto eu saía dos limites da estância e seguia pela beira da estrada rumo ao posto de combustível.

Era cedo demais para encontrar Miguelito por lá àquela hora; ele só começava a trabalhar depois do meio-dia. Mas haveria alguém, e esse alguém me indicaria o caminho da casa dele. De repente, ocorreu-me que Miguelito deveria ter uma casa, pois todas as pessoas *moravam* em algum lugar, e era para lá que eu me encaminharia, pedindo acolhida.

Assim foi.

No posto, um senhor me indicou uma construção no fundo do terreno. Era um misto de depósito e casa de aluguel, feito um puxado de madeira pintado de azul, confundindo-se com o céu.

"Ali atrás", disse o velho.

E o meu coração: *bum-bum-bum.*

Bati à porta com os nós dos dedos, moscas zumbiam no campo, cigarras cantavam anunciando chuva, mas o céu estava tão azul e bem--composto como uma toalha de mesa num dia festivo.

Miguelito abriu a porta em ceroulas, espantado por me ver ali. Tinha os olhos baços de sono, talvez de erva, e abriu espaço para que eu entrasse. A primeira coisa que vi foi a cama desfeita, como um convite. Dei um passo para trás, envergonhada. Do outro lado da peça, havia uma pequena mesa com dois bancos e os restos do que fora uma refeição. Vi uma pia, um fogareiro, pratos e copos sujos, latas de conservas, alguns nacos de pão — uma verdadeira imundície capaz de levar Florência a um acesso de fúria. Eu me lembrei da grande cozinha impecável da estância, da qual fugira com tanta eficiência.

Miguelito não prestou atenção em nada disso, olhava para mim com um meio sorriso, apreciando o vestido colado ao meu corpo por causa do calor.

"E então, hein, garota?"

Foi isso o que ele disse. Não significava absolutamente nada e, com o tempo, com o lento passar do tempo, fui descobrindo que a maioria das coisas que dizia não tinha qualquer significado, como se Miguelito dominasse apenas uma ínfima parte do vocabulário comum e tentasse se virar com isso de algum jeito.

Quando lhe perguntei por que fizera a sandice de contar aos outros sobre nós, ele respondeu simplesmente:

"Ora, Eva... Os homens são assim, precisam desafogar o coração. Agora, me frite um ovo, que estou morrendo de fome."

Foi simples assim o nosso acerto... Eu não tinha para onde ir, não naquele momento, de modo que fui ficando, ficando, ficando, entre ovos mexidos e jogos amorosos e latas de cerveja, vivendo em intenso pecado e num tédio mortal por um ano e meio, até que engravidei, e padre Augusto (que gostava de comer *tostadas* no café onde fui trabalhar e acabou virando um bom amigo), bem, padre Augusto, o pastor das almas do *pueblo*, resolveu facilitar as coisas para nós diante de Deus, dizendo:

"Antes tarde do que mais tarde, Eva."

E nos casou num sábado pela manhã, depois da missa, na igreja já vazia de fiéis.

Mas isso foi muito depois, num dos outros giros d'A Roda da Fortuna...

Antes, tive que vencer um longo tempo de pasmaceira, no qual trabalhei, tarde após tarde, na lanchonete Luna de azúcar, que ficava no centro do povoado, fazendo para desconhecidos o que minha avó fazia para os peões da fazenda.

Ah, foram tempos áridos para mim, sem as alegrias de um bom arcano, nem as suas promessas... O tarô da avó ficara lá na estância, onde nunca mais voltei.

E Jósik Tatar?, vocês devem estar se perguntando.

Para meu espanto e minha alegria, a vida de Jósik seguiu acontecendo para mim sem grandes interrupções durante os meus sonhos, como uma novela em capítulos.

Bastava eu fechar meus olhos, entrando naquele outro mundo, e lá estava ele: o menino loiro, crescendo e crescendo (como eu), virando homem naquele lugar inóspito que eu desconhecia, já longe de casa, longe da biblioteca do avô, vivendo as suas fantásticas desventuras.

Jósik era como um estranho avatar, cuja relação com o meu destino eu sequer imaginava — nunca pensei que, entre tantos caminhos possíveis, cercado por todos aqueles perigos e vigiado de perto pelos olhinhos ávidos da morte, Jósik Tatar caminhasse justamente ao meu encontro!

Depois das largas tardes na lanchonete, eu voltava para casa, aquele pequeno quarto que limpava, espanava e organizava do melhor modo possível, preparava o jantar de Miguelito, passava seus macacões de trabalho, areava as panelas e jogava-me na cama esperando o sono chegar. Mas, então, Miguelito voltava do trabalho, requisitando-me, entre grunhidos e soluços que cheiravam a cerveja, a fim de satisfazer seus desejos sexuais invariavelmente corriqueiros.

Vivi desse modo até a tarde em que, recolhendo as mesas e limpando o chão, encontrei num canto, sobre uma cadeira, um velho exemplar de *Os trabalhadores do mar*.

Deixei o livro guardado por duas semanas, esperando que seu distraído dono viesse buscá-lo. Ao final desse tempo, levei-o para casa. Depois de limpar o quarto, tomar banho e pentear os cabelos, joguei-me na cama e abri o livro, assim por acaso.

Eu nunca lera um livro tão robusto — acho que nunca lera nenhum livro até o final, nem nunca ouvira falar de Victor Hugo. Mas ainda me lembro do calor crescendo em mim quando passeei pelas primeiras frases: "*O Natal de 1822... foi notável em Guernesey. Caiu neve naquele dia. Nas ilhas da Mancha, inverno em que há neve é memorável; a neve é um acontecimento. Naquela manhã de Natal, a estrada que orla o mar de Saint-Pierre-Port ao Vale assemelhava-se a um lençol branco: nevara desde a meia-noite até o romper do dia.*"

Imediatamente, deixei o triste quartinho onde vivia e entrei naquela paisagem branca e gélida.

Era como sonhar com Jósik, com a garantia de que o sonho continuaria enquanto eu assim desejasse e houvesse páginas a serem viradas.

Li por muito tempo naquela noite. Quando Miguelito chegou, abdiquei dos meus deveres matrimoniais alegando dor de estômago e segui com meu livro à luz de um pequeno lampião, enquanto ele, emburrado e cheio de cerveja, imediatamente pôs-se a roncar ao meu lado.

Um livro é como um tarô, lembro que pensei naquele dia, mas os destinos já estão todos traçados: quem morre, morre, o amor vence ou fenece, as boas moças se perdem nos descaminhos ou terão seu quinhão de sorte. Basta acompanhar as voltas da história e você encontrará o seu pote de alegrias e de sofrimentos — muito melhor do que a vida real, onde o sangue jorra do seu próprio corpo e acabou-se.

Depois de *Os trabalhadores do mar*, ninguém mais deixara um livro na lanchonete. Mas eu fora picada pelo bicho da leitura — nunca imaginei que fosse tão fácil escapar da mesmice da minha própria existência assim num virar de páginas.

O bom padre Augusto emprestou-me alguns livros da casa paroquial, então li *Os Maias, Moll Flanders* e *Cyrano de Bergerac*, e acho que foi quando Cyrano soprou as palavras de amor para Christian sob a sacada de Roxane que minha avó Florência morreu.

Caíra no meio da enorme cozinha de ladrilhos numa pálida tarde de abril, vítima de um ataque do seu amargo coração. Deixou-me por herança apenas o velho tarô, que me foi entregue por meu irmão Juan, que dela recebera um emprego vitalício na fazenda e a moradia na casa de pedra — onde deve estar até hoje, enrolando cigarros de palha enquanto suporta os frios invernos e os verões devastadores da região.

Isso tudo foi um pouço antes da minha gravidez... Eu começara minhas desventuras muito cedo na estrada da vida e, quando minha avó morreu, ainda não passava de uma garota.

3.

Aqui, contamos d'O Eremita,
o buscador incansável na
biblioteca da vida.

Deixo a mim mesma para trás, vejo o mundo sob o encanto dos arcanos, e A Roda da Fortuna dá outro dos seus giros mirabolantes.

Meus olhos ganham asas e sobrevoam a Europa, veem as altas montanhas que formam a cadeia dos Cárpatos, com seus picos manchados pela neve eterna feito casquinhas de sorvete ao contrário. E, sonhando de olhos abertos, no transe de misturar-me à vida de Jósik Tatar, lá estou eu, descendo as escarpadas encostas entre as secretas florestas silenciosas da terra onde ele nasceu.

Outra vez, surge diante de mim a aldeia de Jósik.

Terebin...

O nome soa como um sino numa manhã quieta, uma manhã de domingo numa vila pacata.

Terebin, bin, bin, binnn...

Os sons se perdem no azul. No azul do céu sobre uma aldeia pequenina ao pé das montanhas. Embaralho as cartas, corto-as em três montes perfeitos, e, então, Terebin é um reduto de fantasmas que faço reviver.

Vejo as casinhas sob o rigor do inverno polonês, encolhidas de frio na noite ventosa. O ar está seco, um bafo gélido vem da floresta escura e descabelada. Quando o vento parar, será a vez da neve, que tingirá o mundo inteiro de branco.

Pelos meus cálculos, estamos no final de outubro de 1938 e este é o último inverno de paz. Depois disso, a neve em Terebin e em toda a Polônia ficará rubra de sangue por vários anos.

Jósik Tatar sempre arranjava uma desculpa para vencer o frio e correr até a casa apinhada de livros do avô Michael, e Flora não podia mais do que permitir aquelas longas visitas rotineiras. O filho, trancado em casa com ela, parecia um cachorrinho afoito pelos descampados: ela via nos olhos do menino a ansiedade por estar com o avô em meio a todos aqueles livros na casa úmida, que ela faxinava com diligência uma vez por semana.

Flora Tatar não conseguia entender o filho, enquanto todos os outros garotos da sua idade corriam pela rua e preparavam seus trenós para o inverno! Mas, mesmo, assim, amava seu pequeno Jósik de todo o coração. Quando ele vinha com alguma desculpa para ir até Michael, ela apenas abria um sorriso, dizendo:

"Ora, Jósik! Eu sei o que você quer... Apenas vista o casaco, ponha um gorro e volte na hora do jantar. Se puder, traga junto o seu avô; imagino que ele não coma um bom prato de *kluski* há dias!"

Na maioria das vezes, o menino voltava sozinho. Ela, então, preparava viandas e mandava um pouco de comida quente e bem temperada "para aquecer os olhos do velho".

Quando o menino não estava na escola, Jósik e Michael passavam os dias lendo e cozinhando no fogareiro as batatas que o velho colhia da terra enregelada do quintal. Às vezes, comiam um pouco da compota de maçã que Flora fizera no último verão e que enchia uma prateleira da cozinha do avô.

Era um tempo estranho aquele, dava para sentir a inquietude no ar. Quase se podia farejar o perigo no vento que soprava desde a fronteira alemã...

Os temores do velho Michael não eram vãos; qualquer pessoa com razoável conhecimento de política poderia adivinhar o negro futuro que aguardava a nação polonesa. Michael tentava manter um clima alegre e cordial em companhia do neto, um clima *literário,* como ele dizia: propenso às fábulas italianas pela manhã e mais sério à tarde, quando se concentravam nos russos, naquilo que de bom a nação russa tinha, dizia Michael, as suas letras.

"Tolstói teria vergonha, teria uma grande vergonha...", gemia o velho, folheando páginas entre suspiros que Jósik não podia compreender.

Não se falava muito da guerra com o garoto, é claro.

"Para quê?", perguntava Apolinary, o pai de Jósik. "Assustar o menino, um menino tão bonzinho?"

Apolinary, que era maquinista na companhia ferroviária PKP, *Polskie Koleje Państwowe*, atravessava o país de um lado a outro até a fronteira soviética e, depois, até a fronteira alemã. De tais viagens, voltava cada vez mais rubicundo. Depois de comer três pratos de sopa e um bom naco de pão caseiro com nata azeda, o coitado punha os pés para o alto e, na cozinha aquecida pelo fogão à lenha, mantinha longas conversas à meia-voz com Flora.

Certa noite, depois de uma viagem mais longa e dois copos de cerveja preta, disse para Flora:

"Seria prudente enviar Jósik para longe."

Apolinary elevou um pouco a voz para que se sobressaísse ao ruído do vento, e Flora fitou-o com redobrado espanto, mas nada disse. Ele prosseguiu, precisava dividir aquilo com a mulher. Afastar Jósik da Polônia era o caminho certo.

"Talvez pudéssemos mandá-lo para um colégio na América. Tenho algumas economias. Os alemães estão se preparando. As fronteiras estão em polvorosa, embora eles tentem disfarçar."

Flora, então, perguntou:

"Quer mandar o nosso único filho para longe?"

Apolinary sentiu grande pena dela, mas tomava conhecimento de muita coisa nas suas viagens ferroviárias, muita coisa assustadora. Embora Flora estivesse à beira das lágrimas, tudo o que ele queria era evitar um sofrimento maior.

"Meu tio Wacla mora na América, Flora", disse ele docemente, tomando as mãos da esposa entre as suas. "Quando tudo acabar, traremos Jósik de volta."

"Na América?", repetiu Flora, debilmente. "Mas e eu? E meu pai? Ele adora o menino, você sabe."

"O velho Michael vive mais dentro dos livros do que fora deles. A realidade importa tanto para ele quanto as chuvas do ano passado. Ouça o que digo, Flora, Hitler vai pegar a Polônia pelo pescoço."

"O papai odeia Hitler, você sabe. E mesmo ele nunca sugeriu que tirássemos o menino daqui."

Apolinary não se deu por vencido:

"Toda a aldeia sabe que o seu pai odeia Hitler, ou você esquece que Michael andou gritando isso em plena praça? Mas odiar é uma coisa; temer é outra. O velho Michael não tem medo de nada, a não ser, talvez, de uma infestação de traças na sua biblioteca. Quanto a mim, meu único tesouro é Jósik. Sei que não é fácil..."

Eles confabularam à beira do fogo e, depois disso, Flora passou várias noites em claro, remoendo o que o marido lhe dissera e antecipando a ausência do único filho. Essas conversas se repetiram muitas vezes, as vozes sussurrando na noite fria, vozes cautelosas e tristes... Eles avaliavam, faziam suposições, temiam.

Mas nunca chegavam a uma conclusão definitiva.

Era difícil demais colocar o filho num navio que atravessaria oceanos rumo a uma terra estranha, cuja língua eles sequer compreendiam. De qualquer modo, a vida é a vida: muitos anos mais tarde, sozinho neste mundo, finalmente, Jósik faria aquela viagem transformadora tantas vezes planejada por seus pais na velha cozinha em Terebin. O destino estava marcado para Jósik Tatar na figura do arcano O Mundo, e nenhum de nós foge ao destino.

Na casa do avô Michael, no entanto, aqueles dois leitores enfeitiçados pelas palavras nada sabiam das secretas conversações sobre a América. Jósik e o avô viviam no tempo dos livros, dividindo suas tardes em páginas e capítulos, trocando comentários sobre Verchinin, Olga, Acab e Dom Quixote enquanto a água do chá alcançava o ponto de fervura.

Da América, Jósik conhecia somente as frases que o avô lia para ele em voz alta quando se punha a saborear o último livro que comprara pelo correio de um escritor chamado William Faulkner, que vinha recebendo muitos elogios. Jósik deixava de lado seu próprio livro para acompanhar a vida do menino mestiço que tinha um nome tão curioso: *Christmas*.

Joe Christmas.

E bebia daquelas páginas como se fossem o chá que esfriava na sua xícara.

Era uma prosa difícil para Jósik, mas, escutando a leitura do avô, o menino podia sentir o cheiro do feno e ver as longas tardes azuis... Ouvia os insetos voando entre os tufos de grama, zunindo mansamente na quietude de um verão distante e desconhecido.

A América, pensava ele.

Aquilo tudo era a América! Tão longe...

Longe demais das águas turvas do Vístula, do Oder, das montanhas cujos cimos cobertos de neve enfeitavam as travessias ferroviárias de Apolinary. Para Jósik, a América era a voz de Michael deslizando pelas palavras de Faulkner.

Mas, às cinco horas em ponto, quando a noite estendia suas longas saias negras sobre a vila e a floresta, tudo ficava para trás. O avô fechava seu romance, *clapt*, e o doce verão americano subitamente se desfazia no ar.

"Hora de voltar para casa, Jósik."

Jósik olhava-o com tristeza, e o velho abria um sorriso maroto.

"Sua mãe deve estar com o jantar pronto, esperando o filho pródigo. Não se esqueça de quebrar um ovo cru no seu prato, estou achando você um pouco pálido."

Toda noite era a mesma coisa: o avô recomendava-lhe um ovo cru e um retorno tranquilo. Jósik então partia, o rosto escondido sob o capuz do capote forrado de pele, a cabeça ainda divagando, perdida nas incríveis leituras vespertinas.

Aquele último inverno de paz foi muito chuvoso.

Claro, depois viria a neve, branca e teimosa, caindo por horas e horas, girando no ar em graciosos redemoinhos, enchendo o mundo com seu limpo silêncio. Tudo parecia igual e, ao mesmo tempo, diferente. Era como se todos estivessem vivendo em contagem regressiva, temerosos do amanhã. Mas a neve tardou naquele ano, como se ela mesma estivesse esperando, esperando...

Jósik ouvira, é claro, os sussurros sobre a guerra, as histórias dos *pogroms* que aconteciam na Alemanha e em algumas aldeias polonesas e soviéticas. Mas o mundo da ficção sempre lhe parecera mais forte do que a realidade, e ele não pensava em nada daquilo. Anos mais tarde, porém, viria a sonhar com aquele tempo, os rostos ansiosos das pessoas, a pressa, os sussurros dos adultos, as aulas que terminavam mais cedo sem explicação.

Ele sonharia com aquele tempo vivamente por anos e anos. Até hoje, ao meu lado na cama, Jósik ainda volta ao passado. Às vezes, acorda gritando o nome de Flora e resmungando palavras em polonês.

Mas o que um menino de doze anos poderia saber do futuro?

Muito pouco.

Ele fazia planos para uma viagem até Cracóvia com o avô em busca de livros raros quando o verão finalmente chegasse e os deslocamentos voltassem a ser agradáveis.

De qualquer modo, aquele foi o derradeiro inverno para a família Tatar. As últimas noites de frio nas quais partilharam da sopa de beterraba preparada por Flora, servida com purê de batata e toicinho, ouvindo as histórias engraçadas que Apolinary contava ao jantar.

Antes das conhecidas nevascas de dezembro, a chuva caiu por semanas. O céu derramou-se por noites inteiras, por longos dias cinzentos, umedecendo os cobertores, alagando as ruas da aldeia.

A água...

Sugada pelas florestas, escorrendo dos picos montanhosos, dificultando o trânsito nas pequenas estradas vicinais, onde as carroças atolavam e os cavalos de tração se negavam a seguir em frente pelos caminhos transformados em lamaçais.

E choveu tanto que as goteiras do teto de Michael passaram a verter água dia e noite, afogando bacias e abaulando o centenário telhado. Certa tarde, em meio a uma tormenta mais furiosa do que o habitual, enquanto avô e neto liam à beira do fogo, a casa foi sacudida por um violento tremor. Foi uma coisa estranha, como se a casa estivesse viva.

Jósik ergueu os olhos para o teto e viu que as goteiras, com as quais ele e o avô conviviam em perfeita harmonia havia vários invernos, se haviam escancarado como bocarras famintas, cuspindo jorros de água no piso do corredor. As muitas centenas de livros empilhados pelo chão e emparelhados nas estantes pareciam trêmulas de medo, assim como o menino.

Jósik gritou pelo avô.

O velho, a custo, tirou os olhos da página onde estava perdido na casa dos Prosorov e perguntou simplesmente:

"O que houve, *mój syn*?", ele gostava de chamar o neto de filho, enganando um pouquinho o tempo.

"Acho que o teto vai cair."

Michael não se abalou.

"Por acaso você está lendo *O Mágico de Oz*?"

Mas o menino lia Rudyard Kipling e respondeu:

"Não, avô. Estou lendo *O elefante infante,* e não há uma única gota de chuva na parte da história onde estou. Mas acho que o teto vai cair sobre nossa cabeça... Olhe pra cima, avô!"

Por um longo momento, Michael Wisochy pareceu considerar se a vida real merecia mesmo que ele abandonasse Tchekhov. Soltou um longo suspiro, aparentemente resignado com a interrupção, e pôs de lado seu livro, erguendo-se de má vontade da sua poltrona preferida. Com atenção, olhou o teto da sala ao corredor.

Depois da inspeção, o avô parecia bem menos confiante.

"É preciso fazer alguma coisa, realmente", disse ele, sacudindo a branca cabeleira. "Ah, como a vida é trabalhosa, *mój syn*. Na ficção, bastava passar uma borracha e recomeçar de novo o capítulo."

Jósik já estava de pé ao lado de Michael. As imensas goteiras vertiam água em profusão assustadora.

"Está chovendo aqui dentro, avô."

"O teto está cedendo... Cedendo nossa cabeça como um belo melão maduro! Vou ter que fazer alguma coisa urgentemente."

Jósik Tatar esqueceu Kipling e os calores indianos. Em poucos minutos, as goteiras multiplicaram-se e a chuva escorria pelas vigas de madeira, descendo em incontáveis córregos minúsculos pelas paredes da casa. Filetes de água caíam das goteiras, formando gordas poças no chão, e começavam a empapar o belo tapete que a avó bordara em ponto-cruz durante os antigos meses de seu laborioso noivado.

Michael olhou aquilo com tristeza, pois sempre considerara que um tapete feito à mão era como um livro.

"Sua falecida avó levou meses bordando este tapete", disse, sentindo--se afrontado pela água.

A iminente destruição da sua casa pareceu enfurecê-lo subitamente: pôs-se a andar pela sala gesticulando e falando, tramando alguma coisa incompreensível para Jósik, que o olhava cautelosamente. Não demorou cinco minutos para que ele, erguendo a mão bem lá no alto e com a voz pomposa como se falasse com os exércitos de Troia, brandisse:

"Uma ideia acabou de me ocorrer!"

Num átimo, saiu correndo em direção ao pátio, enquanto Jósik, tentando ser útil, punha-se a recolher o tapete molhado, que pesava demais.

Michael voltou logo depois, tiritando de frio e encharcado até os ossos. Trazia uma escada, e seus olhos tinham um brilho tão decidido como o de Páris ao fitar os exércitos do alto da sua cidade fadada ao infortúnio. Aquele velho polonês era mais teimoso do que um troiano — teria resistido por cem anos se o destino tivesse permitido —, porém, ele de fato bradara contra os nazistas na praça de Terebin e, embora não tivesse condições de sabê-lo, estava com os dias contados.

Naquela tarde, a sua luta era contra a chuva. Nenhum aguaceiro haveria de derrubar seu telhado, destruindo séculos da mais bela literatura já feita pelo homem, não mesmo! Sem dizer mais nada, Michael Wisochy começou a fazer novas pilhas com seus livros, escolhendo os mais volumosos como base. Dava uma olhadinha na lombada de cada um deles, considerando por um momento o autor e a obra, depois ajeitava o volume na pilha. E logo outro e outro, e mais outro ainda, numa curiosa dança.

Depois de algum tempo e de várias pilhas formadas, disse para Jósik: "Ora, *mój syn*, não fique aí parado como um peixe cercado de batatas numa travessa. Venha ajudar o seu velho avô!"

O menino juntou-se a ele sem entender direito o objetivo daquela atividade — o que o avô faria com os livros, como salvaria a casa do desastre? Mas, aos poucos, Jósik foi compreendendo o raciocínio de Michael. Juntos, catalogaram e empilharam livros por um largo tempo, fazendo pilhas de prosa e pilhas de poesia — pois o velho era muito rigoroso nesses assuntos e nem a catástrofe o demoveria dos cuidados primordiais com a literatura. O avô ordenava o lugar exato onde cada nova pilha deveria nascer, responsabilizando Jósik pelos livros da base, e construindo, ele mesmo, encarapitado na escada que trouxera do quintal, a parte alta da coluna.

Ao final de uma longuíssima tarde de canseiras, apesar do chá que não fora bebido e das histórias que tinham ficado em suspenso, avô e neto contemplaram, felizes, o curioso trabalho: o teto da casa de Michael Wisochy suportava a chuva com a ajuda de sólidas colunas de livros. As goteiras seguiam pingando, porém, com menos insistência, e a água estava finalmente confinada aos limites das velhas bacias de metal oxidado. O chão, outra vez limpo e seco, esperava pelo retorno do tapete, secando junto ao fogão à lenha.

"Da ficção para a ação", disse Michael quando finalmente terminaram.

Jósik dividia-se entre o orgulho e uma certa ansiedade — colunas de livros segurariam o teto por todo inverno? Ele não tinha certeza e perguntou ao avô se não seria melhor chamarem um bom telheiro na manhã seguinte.

"Veja bem, Jósik. Até hoje, os livros supriram praticamente todas as minhas necessidades. Mais uma vez, eles nos provam a sua força. O teto está firme, absolutamente firme. Além do mais, ler Faulkner sob o barulho de um martelo seria uma agonia por demais insuportável!"

Os dois riram juntos. Sim, havia lógica, pensou o menino. Os rituais de leitura estariam perpetuados e isso era o mais importante.

Ah, o velho Michael...

Que homem ele era! Tinha muita fé nas palavras e se elas não o salvaram, ao menos souberam proteger o seu querido Jósik durante boa parte da guerra, alimentando sua alma e seu corpo nos anos da ocupação nazista.

E, assim, os livros ficaram lá, todos eles, colocados em pontos estratégicos da casa, sustentando as velhas vigas carcomidas pelo tempo e pela umidade, como pobres atlas silenciosos, condenados ao trabalho eterno.

Como as folhas caem das árvores, os dias se iam, um a um.

Choveu muito sobre o telhado de Michael, mas os livros, de fato, mostraram-se à altura das suas esperanças, e a antiga casa seguiu incólume sob o mau tempo. O mesmo, infelizmente, não posso dizer do resto. As coisas ruíam silenciosamente ao redor da pequena Terebin.

Gostaria, aqui, de improvisar um pouquinho... Mas não posso.

Não tenho o direito de maquiar o passado, como faço usando o tarô quando o futuro me parece incerto ou malvado demais — sim, às vezes trapaceio sigilosamente com os arcanos, trocando uma desgraça aqui por uma pequena alegria ali, uma morte trágica por uma doença grave, um desgosto amoroso por uma decepção passageira...

A vida que ainda não aconteceu é mais maleável do que o passado. Ele simplesmente não nos deixa mentir, de forma que não posso inventar nada, meus caros...

Sou obrigada a seguir narrando a história de Jósik Tatar do jeito que ela realmente aconteceu.

Sob a chuva que precedia as neves do inverno, graves notícias multiplicavam-se por toda a Polônia. Já fazia algum tempo que a Áustria fora anexada à Alemanha nazista. Os Sudetos também haviam sido anexados ao *Reich* com a permissão da França e do Reino Unido. Falava-se em prisões coletivas, *pogroms*, severas sanções contra os judeus alemães, que tinham seus bens confiscados e eram encaminhados para guetos e campos de trabalho construídos para tal fim. Os discursos de Hitler ficavam cada vez mais efusivos e violentos (o avô Michael ouvia-os com os lábios retorcidos de puro nojo, como quando lia um livro ruim). A Juventude Nazista marchava pelas ruas ostentando bandeiras, enchendo as manhãs frias com sua euforia vingativa. A suástica brilhava, terrível e altiva, nas largas e arborizadas avenidas berlinenses.

Apolinary Tatar ouvia muitas coisas nas suas viagens pelos trilhos da *Polskie Koleje Państwowe* e estava cada vez mais preocupado com o futuro. Flora, por sua vez, seguia aferrada às suas cotidianas angústias — o preço do trigo, a água quente para o banho, a goma das camisas do esposo. Naqueles dias, o telhado do pai, sustentado pelas vigas de livros, era a maior delas.

"A casa vai desabar sobre ele uma noite dessas!", queixava-se Flora ao marido. "Ou, então, ele pega uma pneumonia por causa da umidade."

Apolinary não se apoquentava por causa do sogro. Enchendo de fumo o cachimbo, ria das angústias da mulher.

"Quantos livros valem um telhado? Você acha que Michael vai gastar seu dinheiro com telhas?"

"E o menino lá todas as tardes? Jósik pode pegar uma febre pulmonar", dizia Flora, aos suspiros.

Apolinary até que apreciava passar a noite em discussões tão prosaicas, enquanto as notícias vindas da fronteira e, até mesmo, de Varsóvia eram tão inquietantes. Ele abraçava sua esposinha, tentando acalmá-la com palavras doces e beijinhos no pescoço.

"*Kochana, kochana...*"

"Pare com isso, Apolinary...", pedia Flora, corando como uma maçã madura. "Estou falando de um assunto sério."

Apolinary desdenhava:

"Nosso Jósik está tão bem quanto um bezerrinho no pasto verde. Aqueles dois são unha e carne! E o velho Michael? Ele é um homem culto que leu todos os autores deste mundo, um bom avô para o nosso filho. Deixe-o em paz com seu telhado cheio de goteiras."

"Apolinary, isso é um grande problema."

Então ele deixava o sorriso de lado. Baixando a voz para que o filho não pudesse escutá-lo do quarto, dizia:

"Nosso verdadeiro problema chama-se Alemanha. As coisas não param por lá. Estão prendendo todos os judeus do país. Aqueles que conseguem abandonam tudo e partem para o outro lado do mar."

"Mas não somos judeus, Apolinary! E também não somos alemães."

"Somos poloneses. Devemos ficar preocupados sempre. Estamos entre a União Soviética e a Alemanha, o que é o mesmo que estar entre a panela e o fogo."

Acho que Flora se assustava ao ouvir aquelas coisas. Sabia que o marido era um homem ponderado e bem informado e acreditava nele como uma espécie de santo protetor. Vendo-o tão preocupado, ela sentia o medo rondá-la feito um lobo traiçoeiro.

Oh, pobre Flora...

Gosto tanto dela! Seus ossos finos como os de uma pomba, sua subserviência, seu carinho maternal... Quase posso ouvir o sopro de sua respiração alterada enquanto se persignava na saleta de jantar pegada à cozinha, aquecida pelo calor do enorme fogão à lenha. Não, ela nunca gostava de ver o marido falando num tom tão fatalista!

"Do jeito que você diz, o futuro parece sombrio, Apolinary."

Apolinary tomou-lhe as mãos entre as suas carinhosamente.

"Acredite em mim, tenho ouvido coisas terríveis. Jósik ainda é muito pequeno. Se algo acontecer a nós, como ele poderia se cuidar?"

Flora pensou um pouco. Imagens estranhas cruzaram sua cabeça, velhas lembranças da sua infância em meio à guerra.

Então ela disse num fio de voz:

"Talvez você tenha razão. Devemos mandar Jósik para a América. Ele ficará algum tempo por lá com seu tio Wacla... Até que as coisas se acalmem."

Depois disso, ela baixou o rosto e chorou em silêncio — era uma dessas mulheres a quem o próprio pranto envergonhava. Mas era muito corajosa, muito mesmo. Tenho certeza de que era guiada pelo arcano A Papisa. Amava o filho com toda a sua força, e sua resignação era prova de confiança no julgamento do marido.

Porém, a vida tem seus próprios planos, e o exílio tão sonhado pelos Tatar para o seu único filho... Bem, vocês sabem, nada disso realmente chegou a acontecer.

Se tivesse acontecido, não seria eu a lhes contar esta história, e talvez eu tivesse perdido Jósik para sempre. Os caminhos da vida são estranhos e nem o tarô pode adivinhar o que se esconde em algumas das suas esquinas.

Na pequena aldeia de Terebin, o tempo seguia o seu ritmo, pingando junto com as chuvas que o céu, pesado de nuvens escuras, derramava sobre ruas, montanhas e bosques, silenciando os pássaros, encharcando as árvores, apagando em meio à bruma o cimo dos Cárpatos ao longe.

Essa monotonia era perigosamente diversionista — a tensão, aos poucos, parecia ter cedido. Falava-se tanto no *Reich*, mas, como uma cantilena mil vezes repetida, aquelas tergiversações todas acabavam por perder seu verdadeiro sentido. Jósik sentia aquela calma aparente, encharcada de medo. Mas não entendia bem as coisas que aconteciam do outro lado da fronteira, *perto demais*. O avô praguejava ao ouvir o rádio, muitas vezes desligando o aparelho antes que a transmissão acabasse.

Quanto a Flora, ainda chorou por alguns dias a difícil decisão de separar-se do filho; depois, resignou-se. Cavoucou as gavetas da sua cômoda e reuniu os papéis necessários para o passaporte de Jósik. Ainda haveria algum tempo com ele, a burocracia era uma longa estrada e os correios marítimos, uma incerteza. Jósik não iria para a América até que tudo estivesse plenamente acertado com o tio Wacla.

Enquanto isso, Jósik e o avô seguiam os seus serões.

Eles gastavam horas e horas lendo sob o teto escorado pelos volumes de Shakespeare, Goethe, Tolstói, Dumas... Dividiam xícaras de chá e suspiros, indo do Katmandu ao Chile, da França à África. Em duzentas páginas, chegavam triunfalmente a Moscou, onde permaneciam algumas tardes em companhia dos Rostov, vivendo suas angústias e tragédias.

Acho que era uma vida boa a daqueles dois... Uma vida apartada da própria vida, refinada pela ficção. Quisera eu ter estado lá com eles! Mas, naquele tempo, ainda vivia na estância onde me criei, ajudando a avó com a ordenha das vacas, lavando a louça do jantar dos peões com aquele sabão de gordura de porco cujo cheiro me enoja até hoje.

E não tinha sido enfeitiçada pela magia dos livros, ainda não.

Mas voltemos a Jósik...

Posso ver a casinha, com seu telhado torto em meio à névoa espessa que descia sobre a aldeia ao anoitecer. A noite caía cedo em Terebin naquela época do ano, e a luz amarelada da única lâmpada que pendia do teto da sala iluminava as janelas de vidraças embaçadas, bruxuleava na noite incipiente, enquanto o menino que me visitava no tarô se preparava para abandonar seu livro e voltar à casa onde sua mãe o esperava para o jantar.

Avô e neto despediam-se com um abraço apertado e, quando Jósik saía na noitinha úmida, o velho ficava sobre a soleira da porta. Quando o menino sumia no escuro, Michael finalmente entrava, pensando numa grossa fatia de pão preto com coalhada e pepinos, mas decidido a ler ainda mais uma página, uma única página que fosse. Porém, assim que voltava à leitura, era sequestrado pela magia da prosa, deixando-se ficar ali por horas, sem jantar, a barriga roncando de fome, mas a alma saciada até que o fogo se apagasse na lareira.

Quando as chuvas cessaram, a neve veio e branqueou tudo. O mundo conhecido por Jósik mergulhou no silêncio dos invernos, mas Michael seguia lendo cenas dos trópicos para suas queridas roseiras. Às vezes, como se fosse ficção, uma rosa vermelha brotava em meio ao gelo e à neve, impressionando a vizinhança, que vinha perguntar ao velho professor quais os seus segredos de jardinagem e que adubo ele usava.

Michael respondia com um risinho:

"Tenho usado Kipling... Mas Woolf é igualmente boa se você souber escolher. Ou Henry James."

E a fama de maluco do avô Wisochy aumentava mais e mais, espalhando-se pelas redondezas.

Apenas um ou outro bom leitor (o que era raro numa região de aldeões) podia entender a extrema ironia e o sutil humor dos ditos de Michael. Jósik era uma dessas pessoas, embora ninguém o levasse muito a sério, pois, naquele tempo, ainda era criança.

Depois da neve muito branca subir até a altura dos joelhos de um homem adulto, e depois de amolecer e começar a derreter, formando poças de uma lama fétida que se infiltrava por todos os lados, estragando sapatos, escorrendo dos picos das montanhas feito calda de chocolate, por fim um sol tímido rompeu a nebulosidade do céu.

O sol secou a lama. Os primeiros brotos verdes começaram a surgir aqui e ali, como se a vegetação bocejasse, despertando do longo sono do inverno. Mas o pequeno jardim de Michael seguia vivendo o seu curioso verão equatorial.

Um dia, após o almoço de carne e sopa, Michael colocou as mãos na cintura e, olhando para o teto, suspirou aliviado: as chuvas tinham terminado e o seu telhado resistira.

"O telhado aguentou firme, não é, vovô?", confirmou Jósik, orgulhoso também.

"Confio na força de Tolstói, de Shakespeare, de James... Confiei neles ao longo de toda a minha vida e nunca me arrependi." Num lampejo de curiosa premonição, ele abraçou o neto e arrematou: "Confie neles, *mój syn*, e você será provido de tudo aquilo que precisar!"

Naquele momento, Jósik soube apenas rir, mas, muitas vezes durante os anos seguintes, iria se lembrar daquela conversa.

4.

A guerra chega e separa
aqueles que se amam.
O arcano deste capítulo é
A Torre.

Como sabemos, Apolinary Tatar preparava em segredo os documentos de viagem de Jósik. No começo do inverno, enviara uma longa missiva ao seu tio Wacla; porém, da distante América, só recebera o silêncio. Teria a carta chegado ao seu destino?, era o que ele se perguntava, imerso em angústia.

Corria a notícia de que a Alemanha invadira a Tchecoslováquia, tomando o país sob "sua proteção" e anulando o Pacto de Munique, que anexaria o território dos Sudetos ao *Reich*. Em contrapartida, o Reino Unido anunciara sua proteção à Polônia, o que, de certa forma, era um alívio em meio à angústia geral.

"O Reino Unido está do nosso lado", disse Apolinary à esposa, "mas será o suficiente? Queria ver Jósik num navio o mais rápido possível."

Era sobre isso que Apolinary falava à beira do fogo naquela noite tormentosa, quando a fúria dos trovões ribombando no céu de aço subitamente acordou Jósik de um sonho.

Sob as grossas cobertas de pena de ganso, a cabeça anuviada pelo sono, o menino descobriu que estava com sede. Calçou suas chinelas e dirigiu-se à cozinha em busca de um copo d'água. Foi pisando leve pelo corredor e, à porta da cozinha, tomou um enorme susto ao escutar a conversa dos pais.

Apolinary justamente falava à Flora sobre as boas escolas americanas e sobre a cidade de Chicago, uma metrópole enorme, muito maior do que Varsóvia! Era lá que o tio Wacla vivia, trabalhando como mestre-serralheiro em uma boa fábrica, e onde *Jósik teria uma vida segura e protegida.*

Encostado à parede, sentindo o frio que subia do piso em lâminas de gelo pelos seus pés até os quadris, mas com o espanto daquela estranha conversa que o envolvia assustadoramente, Jósik descobriu que intrincados preparativos começavam a ser feitos para que fosse enviado aos Estados Unidos a fim de viver com um tio-avô que sequer conhecia.

Duas ou três vezes, o pai falara no tio Wacla, *um homem bom*, e nada mais. Era tudo o que sabia; isso e que era mestre-serralheiro, fosse lá o que isso fosse. Parado no escuro do corredor gelado, com seu pijama de flanela, tentou imaginar a cara do tio Wacla, mas não conseguiu. E como era mesmo o nome da cidade? Chicago? Muito maior do que Varsóvia?! Jósik sentiu o medo misturado ao seu sangue, fluindo do coração para os membros, fazendo seus dentes baterem.

Entre as frases sussurradas, escutou várias vezes a palavra *guerra* — sabia da guerra, sabia de Hitler; o avô, em muitas oportunidades, explicara-lhe o perigo que o *Reich* representava para a Polônia e para toda a Europa. Mas jamais imaginara que a coisa estivesse assim *tão perto*! Partir de casa num navio e ir para a América viver com o tio Wacla! Só de pensar nisso, seu estômago contraía-se provocando náuseas que ele precisou conter, com medo de vomitar no corredor sobre as chinelas de lã.

Voltou para a cama sem o copo d'água e com a alma por um fio. Passou o resto da noite lutando com seu mal-estar, sem conciliar o sono até que o céu plúmbeo deixou de rugir e foi ganhando um tom de prata fosca, pesando sobre o arvoredo do bosque para além da aldeia. Quando dormiu, teve sonhos estranhos, e seu sono foi tão leve que acordou com a mãe trabalhando na cozinha. Mas ainda ficou um longo tempo deitado, remoendo aquele terrível segredo.

Quando Jósik finalmente se vestiu e foi tomar café da manhã, o pai não estava mais em casa. Saíra em viagem para Lublin, dissera-lhe a mãe, fritando uns ovos e parecendo tão calma como em qualquer outro dia.

Sentado à mesa, o menino não teve coragem de questioná-la sobre a conversa da noite anterior. Comeu seu ovo lentamente, olhando a manhã fria e cinzenta do outro lado da vidraça e pensando no tempo em que ainda teria para ver aquela velha e boa paisagem.

"Você está estranho", disse Flora.

"Tive um pesadelo."

"Mesmo assim vai ver o avô?", ela quis saber.

"O vovô me espera à hora de sempre", respondeu ele, engolindo o último naco de comida. "Depois da escola, vou pra lá."

Flora incentivou-o a ir. Um ato falho certamente, concluiu Jósik, pois a mãe estava sempre em busca de desculpas para tê-lo junto de si por uma tarde que fosse.

Jósik passou a manhã distraído na escola. À tarde, na casa do avô Michael, não se conteve mais. Sentia tal angústia que constantemente precisava se vigiar para que lágrimas não lhe saltassem dos olhos.

Depois dos cumprimentos habituais, sentou-se ao lado de Michael com seu livro pela metade, mas a leitura não avançava. Então, entre duas páginas, recostou-se na cadeira e anunciou com a voz pesada de tristeza:

"Avô, eu vou para a América."

O velho riu, interpretando aquilo como uma brincadeira. Eles tinham lá as suas brincadeiras, pequenos jogos e charadas aos quais se propunham. Mas, ao fitar o neto com atenção, percebeu seus olhos doídos e disse então, forçando um gracejo:

"Vai para a terra de Faulkner? Mas por quê, *mój syn*? Que brincadeira é essa?"

Jósik respondeu que, infelizmente, não se tratava de nenhuma brincadeira. Ele ouvira a conversa do pai e da mãe na noite anterior.

"É por causa dos alemães. Papai disse que a guerra vem aí."

Falou, então, do tio Wacla e de Chicago, muitas vezes maior do que qualquer cidade polonesa, e o medo em sua voz fez o velho professor franzir o cenho.

Michael deixou o seu próprio livro de lado e balançou a cabeça, pensativo. Ah, a vida, aquela cadela raivosa, estava sempre no seu encalço, pronta a morder-lhe o calcanhar. Imaginou o menino do outro lado do mundo, e seu rosto tingiu-se da mesma cor das páginas que lia. Aquela maldita guerra, a despeito de todos os seus esforços, parecia imiscuir-se à sua velhice, arrombando as portas da sua fortaleza, atacando-o onde era mais vulnerável: Jósik.

A realidade era tão traiçoeira que nem a mais bem escrita das narrativas poderia domá-la completamente. Pensou em Sherazade distraindo o seu sultão por mil e uma noites, encantando a morte com personagens e histórias.

Ele, ele lera todos os livros!

Conhecia histórias de cor, poderia citar páginas inteiras de Anna Karenina, poderia dizer todas as falas de Cyrano de Bergerac, de Julien Sorel, mas de que isso adiantaria? A guerra não tinha ouvidos. Alguém poderia fazer uma besta como Hitler encantar-se com uma coisa *sutil* como a literatura? Oh, evidentemente que não! Não havia sutileza em nada daquilo, e ele nem mesmo podia sentir raiva ou hostilidade por Flora e Apolinary, quando tudo o que ambos queriam era poupar o menino. Não sabia o que dizer, e Jósik olhava-o, perdido como um cão no meio de uma feira dominical.

Michael soltou um longo suspiro. Com certa dificuldade — ele, que pulava pela casa como um boneco de mola — ergueu-se da poltrona onde estivera sentado por quase uma hora. Parecia mais velho e mais aristocrático do que jamais fora quando falou em voz baixa:

"Vou preparar o nosso chá, *mój syn*."

E assim o fez, de fato. Sem pressa, esperando a chaleira chiar enquanto botava em ordem seus pensamentos. Voltou com duas xícaras sobre uma bandeja de laca preta, e Jósik bebeu a infusão em pequenos goles, sentindo-se envergonhado pelo súbito desconforto do avô, pois nunca o vira daquele jeito.

Lá fora, o sol brilhava mansamente, derramando luz pelos telhados e caminhos, como se quisesse desmentir aquele medo insipiente nascido na sala de leitura onde antes ambos eram sempre tão felizes. Mas tudo estava ali: atrás de cada árvore acariciada pelo calor, cujas folhas renasciam depois dos meses de inverno, aguardava o espectro do futuro como se aquela palavra, *guerra*, aquela palavra terrível, houvesse se estilhaçado em milhares de cacos espalhados pela paisagem. Era impossível fugir, não havia escapatória.

Jósik terminou o seu chá. O velho seguia calado, quase com vergonha do seu silêncio. Por fim, o garoto falou:

"Não fique assim, avô. Talvez fossem apenas sonhos, coisas que eles desejam para mim. O papai e a mamãe não leem livros, só sabem sonhar em voz alta."

Michael sorriu da generosidade do neto, do brilho afetuoso dos seus olhos azuis. Esticou a mão de longos dedos e fez-lhe um agrado nos cabelos claros.

"Um fogo devora outro", disse, como tinha dito outras tantas vezes apoiando-se nas verdades de Shakespeare. "Esperemos. Esperemos para ver o que virá."

E ele tinha razão mais uma vez, o bom Michael.

Um fogo, e outro e outro ainda lançariam as suas famintas labaredas sobre todos eles, sobre a nação polonesa e sobre toda a Europa. As esperanças de paz definhariam. Não, não havia mesmo qualquer sutileza naquilo, o professor Wisochy tinha razão.

Eram os anos do gafanhoto, como na Bíblia, mas Deus não viria restituir aquele tempo a ninguém, nem nenhum exército poderia salvar os milhões de almas já condenadas.

Quando o verão finalmente chegou a Terebin, límpido e perfumado de flores, com ele veio o verdadeiro incêndio, e Apolinary Tatar não teve mais a possibilidade (nem a coragem) de sonhar com uma fuga do filho para os Estados Unidos.

No dia 23 de agosto de 1939, Alemanha e URSS assinaram um pacto de não agressão que chocou o mundo ocidental. Aqueles dois impérios eram antagonistas venais, mas o acordo estava firmado, e as diplomacias britânica e francesa falharam em evitar o começo de uma nova grande guerra.

Entre os dois gigantes famintos, estava a Polônia.

A tarde do dia 24 de agosto ia pelo meio. Flora amassava batatas para fazer *pierogi* no jantar quando Apolinary entrou na cozinha junto com o vento, parando em frente à mesa onde ela trabalhava em silêncio.

"A guerra vai começar", disse ele.

A tensão que se seguiu a essa afirmação ficaria por muito tempo na memória de Flora; os pássaros se calaram nas árvores e, até mesmo, as batatas amoleceram na tigela de cerâmica.

Apolinary contou, então, a notícia do pacto. Nada bom poderia resultar daquele engodo, e a Polônia seria a primeira vítima, isso parecia claro.

Empurrando a tigela de batatas para longe, Flora finalmente falou:

"E o tio Wacla?"

"*Nie*", retrucou Apolinary.

Não. Não havia mais tempo.

O tio que vivia na América não respondera a nenhuma das três cartas que ele enviara, mas não se poderia descartar a ineficiência do sistema de correio marítimo. Talvez a correspondência tivesse se perdido, sugeriu Apolinary, não se podia culpar o tio Wacla, que sempre fora um homem generoso.

"Temos que esquecer Chicago... Os ingleses estão do nosso lado, mas isso parece pouco. A Polônia está encurralada entre estes dois malditos, Hitler e Stálin."

A notícia do pacto conturbara todos. Na escola, o professor dera sua aula com a camisa abotoada de maneira incorreta e nem mesmo passara lição de casa. A aula terminou mais cedo, e Jósik correu até a casa do avô. Embora Michael não fizesse nenhum comentário sobre o acordo entre o *Reich* e a URSS, ele também parecia desatento e serviu-lhes um chá frio e aguado.

Quando chegou à casa, Jósik viu o pai chorar. Ele estava na sala, sentado numa poltrona, feito uma criança de castigo, e chorava de um jeito estranho, tosco. Como se as lágrimas doessem para sair. Jósik correu para o quarto sem que Apolinary desse por conta da sua presença, e só muito mais tarde é que Flora apareceu para avisá-lo de que era hora do jantar.

"Estou com dor de barriga", disse Jósik.

"Eu ia fazer *pierogi*, mas acabei preparando uma sopa de batata", respondeu a mãe, sentada à beira da cama. "Também não estou disposta... Vou trazer um prato pra você, *mój syn*."

Vocês devem achar que eles não eram muito sinceros uns com os outros, mas certas verdades são tão terríveis que falar sobre elas só faz com que aumentem de tamanho. Eles não queriam falar sobre a *guerra*. Queriam mantê-la afastada ao máximo daquela casa. Então Jósik jantou no quarto e seus pais dividiram uma sopa em silêncio na cozinha. Não havia mais planos a serem feitos, e o único remédio era esperar por uma solução diplomática que evitasse a guerra iminente, se é que ainda havia tempo para isso.

Na manhã seguinte, a vida parecia mais ou menos igual em Terebin. A aula teve duração normal e o professor estava outra vez com a camisa corretamente abotoada. Na casa do avô Michael, falou-se pouco sobre a guerra.

O velho professor tinha um livro separado para Jósik.

"Aqui está: *Odisseia*, de Homero. Se você quer falar sobre a guerra, *mój syn*, sugiro que conheça o destino de Troia. Uma luta tão longa, tão longa e tão triste."

Jósik olhou o grosso livro com curiosidade.

"E começou por que essa guerra?"

"Começou por um amor malogrado, mas essa foi a desculpa que os deuses deram. Eles queriam vingança. Os deuses... Eles eram injustos de fato, mas, ao menos, eram grandiosos. Já nesta guerra que se aproxima da nossa fronteira, uma guerra pensada e tramada por Adolf Hitler... Ah, meu caro Jósik, o prognóstico não é nada bom."

"Hitler é tão mau assim?"

Michael revirou seus olhinhos argutos.

"Ele é maluco. *Mein Kampf.* Só um lunático escreveria um livro daqueles. Espero qualquer coisa deste *Führer* alemão!" E cuspiu no chão da sala como se o gosto daquelas palavras fosse amargo demais.

Dois dias depois que Jósik começou a ler a *Odisseia*, Apolinary Tatar teve de apresentar-se ao exército em Cracóvia, pois todos os homens aptos estavam sendo convocados pelo governo. Aquilo era mais ou menos previsto, e Apolinary tinha deixado a sua mala pronta sob a cama. Ele partiu ao alvorecer, sem lágrimas, com um sorriso forçado no rosto largo e bem escanhoado.

Apolinary era um homem de muitas viagens, mas, como um pressentimento funéreo, podia sentir que aquela seria a sua última. Um comboio militar partiria para Cracóvia às sete horas da manhã daquela segunda--feira, 28 de agosto, e vários homens saíam de suas casas, despedindo-se das suas famílias.

Ao portão, Apolinary deu um abraço no filho.

"Cuide da sua mãe, Jósik. Sei que o avô cuidará de você. Darei notícias em breve."

O menino não soube o que dizer, agarrado ao pai na claridade baça da manhã. Flora observava tudo, chorando baixinho. O avô Michael também estava lá, segurando a filha pela cintura como se quisesse ter certeza de que ela não fugiria atrás do marido.

Quando chegou o momento de Flora se despedir do esposo, o velho se emocionou. Sentia-se num trecho de *Guerra e paz*. O genro tinha um pouco de André e um pouco de Pierre, mas, ali, com a capa escura e o uniforme do exército, que Flora escovara e passara a ferro na noite anterior, parecia tão galante e corajoso como o príncipe Bolkonsky.

"A melhor lã a traça come", disse Michael em voz baixa.

Ao seu lado, Jósik quis saber:

"O que quer dizer, avô?"

"Todas as histórias já estão escritas, meu filho. Para um velho como eu, isso é muito desanimador."

Jósik não entendeu nada, pobre menino. E eles ficaram ali, na manhã incipiente, enquanto Apolinary atravessava a praça. O sol ainda não surgira no céu de um pálido cinza, como um lago de águas baças.

Seria um lindo final de verão se não fosse a guerra. *Um lindo final de verão, o último.* Era isso que se passava na cabeça de Michael Wisochy... Sim, ele tinha lá os seus lampejos de futuro.

No dia 1º de setembro de 1939, os exércitos do *Reich* entraram na Polônia. Um encouraçado alemão abriu fogo contra as guarnições polonesas, desencadeando a operação que os nazistas chamaram de *Fall Weiss*. Seiscentos e trinta mil soldados alemães invadiram a Polônia pelo norte e 885 mil pelo sul. Para lutar contra o contingente gigantesco — 56 divisões blindadas e motorizadas e uma temível frota de modernos aviões —, os poloneses contavam apenas com 950 mil soldados divididos em 376 batalhões de infantaria. Lutaram a pé e a cavalo contra os tanques *panzer* alemães, e o resultado foi catastrófico para a Polônia.

No dia 3 de setembro, França, Reino Unido, Canadá, Nova Zelândia e Austrália declararam guerra à Alemanha. Mas, em território polonês, sob o terrível fogo nazista, isso de pouco adiantou. Quinze dias depois da invasão, o exército regular polonês praticamente deixara de existir e a cidade de Varsóvia estava completamente cercada pelas tropas nazistas. Para piorar, no dia 17 de setembro, a União Soviética também declarou guerra à Polônia, invadindo o país pela fronteira leste com um contingente de 800 mil soldados.

O cenário era muito pior do que o concebido. Em meio a tal enxurrada de tragédias, a família Tatar perdeu o contato com Apolinary. Talvez o pai de Jósik tenha sido capturado durante os primeiros dias de invasão e levado à Alemanha para algum campo de trabalhos forçados; talvez tenha sido morto pelas bombas que a Luftwaffe cuspia sobre as tropas polonesas em terríveis bombardeios que iluminavam o céu noturno; talvez tenha sido esmagado por um *panzer*, feito em pedaços por uma bomba ou fenecido de uma infecção provocada por um ferimento de bala em meio ao caos que reinava nas devastadas fileiras polonesas. Talvez tenha conseguido, junto com milhares de outros homens, atravessar os Cárpatos em segurança e juntar-se aos aliados na França, ou, quem sabe, tenha morrido na perigosa e difícil travessia das montanhas.

Nunca saberemos a verdade, e nem o tarô pôde encontrar qualquer pista. Apolinary Tatar, aquele homem alegre, engraçado, que gostava de contar os casos das suas viagens pela ferrovia, que tinha mãos enormes e dava beijos macios. Apolinary simplesmente desapareceu, e a sua história ficou pela metade como uma frase inacabada, como um livro em branco, como um silêncio súbito no meio de um verso musical.

Mas Jósik não sabia disso naquele tempo, nos primeiros meses da guerra. Não ainda...

Mesmo após o final da ocupação nazista, durante os primeiros tempos de peregrinação pelas cidades e repartições e escritórios da Cruz Vermelha, Jósik tivera esperanças de rever o pai. Buscara seu nome nas listas de refugiados, nas listas de poloneses repatriados, nas listas de baixas da guerra. Buscara seu nome nos campos — depois que o terror dos campos veio à tona diante de um mundo incrédulo.

Mas nada, nunca.

Aquele nome, *Apolinary Tatar,* permaneceria apenas na memória de Jósik. Um nome a mais numa interminável lista de mortos e desaparecidos, uma lista que a guerra só fizera aumentar, pois, como eu disse aqui, ao final daqueles cruentos anos de combate, Jósik Tatar se veria irremediavelmente sozinho na Europa.

Mas, naquelas primeiras semanas de guerra, Jósik tinha muita esperança de que o pai estivesse vivo em algum lugar da Polônia.

Esperança, que palavra bonita...

Tão inútil, às vezes, diante dos fatos da vida.

"Os miseráveis não têm outro remédio, senão a esperança", dizia o avô Michael, buscando consolo em Shakespeare.

Mas nem mesmo Michael Wisochy esperava pelo melhor. Ele não *acreditava.* Ele acompanhou o avanço alemão sentado ao lado do rádio na sala repleta de livros. Às vezes, erguia-se da poltrona apenas para acariciar a lombada de um Flaubert ou um Conrad, como se isso pudesse dar-lhe algum consolo. A humanidade não aprendia nada, pensava ele. Não conseguia aprender.

As tropas invasoras logo apareceram em Terebin.

Da janela, Michael Wisochy viu os alemães no vilarejo. Viu quando eles desceram, espalhando-se da praça em direção às pequenas ruazinhas que nasciam do quadrilátero. Os caminhões verdes com a suástica cuspiam jovens loiros, rígidos, que se espalhavam pela cidade organizadamente, assustadoramente, tomando notas, lacrando casas, fechando estabelecimentos judeus, colando listas de regras e comunicados oficiais em um polonês cheio de erros nos muros da igreja.

Por sorte, Terebin ficava relativamente perto de Cracóvia e fora poupada de bombardeios mais severos porque os altos comandos nazistas instalaram-se nos centenários palácios da antiga cidade dos reis.

Michael imaginava a sua querida Cracóvia tomada pelos uniformes dos *szwaby,* por suas regras hediondas, sua frieza, sua violência. A

Uniwersytet Jagielloński seria fechada, uma das mais antigas universidades da Europa! Ele dera aulas lá um pouco antes da sua aposentadoria, aulas de Literatura. Nicolau Copérnico estudara na Jagielloński, e, agora, o *Führer*, o imbecil que escrevera *Mein Kampf*, mandara seus homens cerrarem as portas daquele templo sagrado.

Nos dias subsequentes, várias famílias foram levadas em caminhões, sempre na calada da noite. A serraria e a pequena alfaiataria de *pan* Bielski foram lacradas — *estabelecimento judeu*, diziam os cartazes. O toque de recolher foi instituído "para o bem dos poloneses". Dezenas de famílias seriam relocadas, os homens iriam trabalhar em outras regiões do país, era o que diziam os cartazes dos *szwaby*.

O velho Michael não acreditava em uma única vírgula do discurso invasor. Ele sabia muito bem o que a mente sórdida do *Führer* pensava. *Eslavos, judeus, inferiores aos arianos. O espaço vital. A raça superior.* Lera as tolices que Hitler escrevera na prisão militar de Landsberg, de onde nunca deveria ter saído!

Pairando sobre toda a angústia que Michael sentia naqueles primeiros dias da invasão, havia o temor por Jósik. Era uma coisa estranha, um pressentimento... Boatos corriam. Professores da Uniwersytet Jagielloński tinham sido levados para interrogatório. Sem alarde, os alemães estavam prendendo a inteligência polonesa, os formadores de opinião. Um padre de Cracóvia evaporara no ar. Do dia para a noite, as listas de desaparecidos cresciam, engrossadas por nomes de mulheres e homens que não estavam nas fileiras do exército polonês.

Michael tentara ensinar a vida ao neto, a vida contida nos livros.

Mas aquilo ali era muito diferente...

Ele vivera a Revolução Russa, lutara nas trincheiras da Primeira Guerra. Ele sabia muito bem. O frio, a fome, o sangue, o medo... Dera ao neto livros sobre a selva, livros sobre os cavaleiros do Rei Arthur, sobre fadas, duendes e dragões, sobre a ilha cercada de bruma onde vivera o mago Merlin. Dera ao neto livros sobre as plantações de algodão americanas, as selvas da África, as estepes, o Oceano Índico, a Guerra de

Secessão e a Revolução Russa... O menino lera sobre o fundo do mar e sobre a lua. E, mesmo assim, não estava preparado para a vida real, para aquela guerra inventada pelo *Führer.*

O menino não conseguia classificar a guerra. Ela era a partida súbita do pai, as lágrimas de Flora, o ricto de preocupação no rosto bondoso do avô. Era o silêncio das casas fechadas às sete da noite, o ronco dos caminhões que cortavam a aldeia. A guerra eram os gritos noturnos, o céu vermelho das bombas ao norte, era o medo, aquele medo sem palavras que doía nos olhos de todos.

Jósik não saía mais sozinho. Nem mesmo as três quadras até a casa do avô — a mãe acompanhava-o na ida e ficava alguns minutos na sala, conversando em voz baixa com Michael. A tristeza de Flora era visível: estava pálida e um leve tremor dançava nas suas mãos habilidosas. A falta de notícias do marido, os boletins sobre o violento avanço alemão, as mortes, os fuzilamentos coletivos... Ela não conseguia dormir à noite pensando em Apolinary e ficava deitada no quarto às escuras por causa do medo das bombas, sem saber se o marido estava vivo ou morto.

"O que acontece agora, pai?", perguntou Flora numa manhã muito cedo, após o aviso de racionamento alimentar.

As grandes colheitas estavam sendo confiscadas pelo exército alemão. Eles sabiam que a guerra seria longa e a Polônia seria apenas o começo. Haveria cotas — meio quilo de pão para cada polonês; os judeus não eram contados. Os judeus eram levados em caminhões e trens lotados que cortavam os campos nas madrugadas cheias de estrelas daquele começo de outono.

Pela porta entreaberta, Michael olhou a linha das montanhas contra o céu de um azul pálido, iridescente. Estaria lá a paz, na cordilheira cinzenta, recoberta de fina névoa?

"Agora", disse ele em voz baixa, "é o homem contra o homem... Os deuses vão embora quando a guerra chega, deixam que façamos o trabalho sujo."

Flora persignou-se, assustada com as estranhas palavras paternas, com aqueles olhos baços que ela nunca vira. Michael sempre fora um homem vivaz, tomado de uma energia incansável, burlesca. Embora estivesse acostumada ao modo como ele falava, citando um ou outro escritor de sua estima, aquilo soou-lhe triste demais.

"Pai, tenho rezado todas as noites. Quem sabe se os ingleses atacarem... Talvez tenhamos alguma chance."

Michael correu os dedos pelos cabelos castanhos da filha num gesto tímido, sem jeito. Sentia vergonha de não poder consolá-la; não havia muito a ser dito.

"Não perca tempo, Flora. A guerra é a inimiga da fé, você já devia saber, embora, talvez, não se lembre da última guerra... Era uma menina menor do que Jósik."

Jósik, que fingia olhar um livro, escutava atentamente a conversa dos adultos. Ele vira as tropas polonesas que voltaram da fronteira sul, os prisioneiros cabisbaixos, imundos, feridos, enchendo a estrada sob a mira dos fuzis alemães. Pensou no que o avô dissera, não sabia então, como não sabia outras coisas que desgraçadamente aprenderia ao longo da guerra, mas o primeiro dos deuses que haveria de deixá-los era mesmo o avô Michael.

O velho envolveu a filha com seus braços finos.

"Devemos ter orgulho de Apolinary, *moja kochana*. Agora, vá para casa e prepare o almoço como sempre fez. A vida deve seguir em frente."

E Flora despediu-se do pai e do filho, saindo pela porta aberta para a rua onde o sol começava a lançar seus primeiros raios. Michael viu que ela andava com passos rápidos, sem olhar para os lados, temerosa. Era como se o perigo a espreitasse nas esquinas, entre as árvores da praça. Todos estavam com medo. Ele, Michael, não sentia medo — intuía apenas o que estava prestes a acontecer. Era a lei imutável, a maior de todas: cada ser vivo caminhava para a sua morte.

Como todo o resto da Polônia, Terebin sofria nas mãos do invasor alemão. As leis foram mudadas e ordens rígidas deveriam ser obedecidas sob pena de fuzilamento. As aglomerações estavam proibidas, a escola foi fechada e a igreja também. Nem Deus escapara. Soldados patrulhavam a cidade em horas determinadas. A estrada, ao longe, estava sempre empoeirada e barulhenta do movimento incessante de tropas, caminhões e tanques de guerra.

Jósik viu-se com os dias livres para ler, e esse sentimento o encheu de uma confusa alegria. Aquilo não podia ser bom, ele pensava, porque era fruto da guerra. Mas, de fato, era bom, e ele ficava a manhã inteira deitado na cama, viajando no *Náutilus* em companhia do capitão Nemo, ou seguindo as aventuras de Ismael, navegando no *Pequod* do louco capitão Ahab. À tarde, Flora levava-o para ficar com o avô e, então, tudo recomeçava — as aventuras, as viagens, o mar e seus mistérios. A guerra parecia dissipar-se entre as páginas, como um sonho ruim.

Mas a realidade seguia lá fora. Terebin não passava de uma aldeia e não era um ponto importante para os alemães; porém, situava-se a apenas vinte quilômetros de Cracóvia, cidade na qual os nazistas se instalaram, ocupando castelos centenários, mansões de pedra, igrejas, bibliotecas e repartições públicas. A cidade dos reis poloneses viu-se coalhada de oficiais do *Reich* — um azar e uma sorte, pois, por conta disso, Cracóvia permaneceu intacta durante todo o conflito, enquanto Varsóvia, a capital, o reduto da Armia Krajowa, a resistência polonesa, foi sistematicamente destruída ao longo dos anos de ocupação alemã.

Uma parte do terceiro escalão das tropas nazistas acabou por instalar-se em Terebin. Era lá que eles estavam aquartelados, em fazendas da região, despachando no prédio da subprefeitura e usando a escola como escritório administrativo. Eles circulavam pelas ruazinhas com seus uniformes impecáveis, seus cabelos loiros e sua empáfia, e todos os temiam. Agredir velhos e humilhar crianças polonesas eram passatempos apreciados entre os *szwaby* e, por qualquer motivo, um passante poderia levar uma surra ou simplesmente acabar num daqueles caminhões lotados que partiam durante as madrugadas.

Numa manhã, enquanto a mãe esmagava batatas para o almoço, Jósik saiu sem avisá-la e tomou o rumo da casa do avô. Aquilo estava proibido — sair de casa sem a companhia de Flora —, mas ele queria apenas devolver um livro e pegar um novo título. Tinha a manhã inteira pela frente, e as aventuras do capitão Nemo haviam chegado ao fim. Ele ansiava por conhecer o professor Lidenbrock, deixar as profundezas marinhas e seguir rumo ao centro da Terra. Por isso, saiu de fininho, fechando a porta suavemente atrás de si.

A cidade parecia igual, apenas mais quieta. Havia certo movimento de caminhões para os lados da escola, mas a rua estava vazia e ensolarada. Jósik encheu o peito com o ar fresco da manhã. Um perfume de flores pairava sobre tudo; era o verão derramando seus últimos suspiros. Jósik atravessou a rua rumo à praça com o livro sob o braço, andando rápido e compenetrado. Deveria ir e voltar em poucos minutos para não chamar a atenção da mãe. Flora andava muito nervosa agora que o rádio não transmitia mais notícias de Londres. Ademais, qualquer um que fosse pego sintonizando um aparelho numa estação estrangeira seria preso, e ela obedecia cada uma das novas regras, temendo as severas punições alemãs.

As árvores da praça dançavam ao sabor do vento e rendas luminosas desenhavam-se no chão de terra e grama. A pequena praça não passava de um quadrilátero repleto de árvores com uma espécie de campo aberto no final, onde a feira de natal e outras pequenas comemorações tinham lugar. Jósik cruzou a única alameda de pedras que levava ao campo, desembocando quase em frente à casa do avô. E, então, quando estava bem no meio do caminho, notou que um dos pinheiros balançava-se de maneira diferente. Ele parou, ergueu os olhos, piscando por causa da luminosidade, e viu o homem pendurado.

Estava num galho grosso de um velho pinheiro retorcido, o pescoço envolvido por uma corda suja, os pés balançando molemente no ar. O que mais impressionou Jósik, o que ele notou primeiro, subindo os olhos até o rosto do enforcado, foi a enorme língua azul-arroxeada que saltava daquela boca aberta. No susto, Jósik deixou seu livro cair no chão.

Juntou-o rapidamente e viu que a capa estava um pouco manchada de terra. O que diria ao avô? Ficou buscando uma desculpa, mas a figura horrível do enforcado pairando sobre a sua cabeça confundia seus pensamentos. Nunca tinha visto um homem morto! E, então, somente então, foi que entendeu que alguém tinha colocado aquele homem *ali*. No topo da árvore, com a grossa corda atada ao pescoço. Jósik o conhecia. Era um vendeiro da região, um conhecido do velho Michael... Às vezes, o homem batia-lhe à porta levando dois ou três sacos de cerejas maduras, a fruta preferida do avô.

E, agora, ele estava ali, pensou Jósik. O que teria feito? Examinou-o e viu a suástica desenhada com tinta vermelha na sua camisa desgrenhada e poeirenta. Nesse instante, entendeu tudo: o horror daquilo, o perigo que pairava no ar, o medo da mãe e os chiados do rádio que não conseguia sintonizar as estações locais.

Agarrado ao livro, Jósik saiu correndo de volta para casa, entrando sem ruído nenhum, enquanto Flora, ainda à cozinha, imaginava que o filho estivesse no quarto. O menino atravessou o corredor e jogou-se na cama. Tremia de medo e, escondendo o rosto no travesseiro, chorou por um longo tempo. Oh, meu pobre querido Jósik, posso imaginá-lo, frente a frente com a morte, e tão pequeno ainda... Ele não disse nada à mãe, é claro. Uma hora mais tarde, uma vizinha bateu-lhes à porta com a notícia que se espalhava pela vila. Stach Grogorik fora enforcado. Tinha sido pego vendendo clandestinamente parte da sua produção de frutas. Ele enganara os nazistas quanto a alguns quilos de cerejas e acabara pendurado num pinheiro bem no meio da praça, como exemplo para os moradores de Terebin. Era aquilo que acontecia com quem tentasse burlar as regras do *Reich*.

Stach das cerejas, era assim que o avô o chamava.

Flora chorou pelo homem e, com aquelas lágrimas, pranteou também o marido de quem não tivera nem uma única notícia nas últimas semanas.

Jósik sonhou com o enforcado por noites e noites seguidas. Acordava suado e nervoso no meio da madrugada, com Flora acalmando-o entre beijos e abraços.

"Calma, meu menino, está tudo bem", dizia ela. "Tudo bem."

Mas Jósik sabia, ele descobrira que *nada estava bem*.

Stach Grogorick fora apenas o *seu* primeiro morto. Muitos outros tinham morrido sem que ele visse.

Nas semanas seguintes, outros corpos começaram a aparecer aqui e ali, como uma estranha doença que se espalhasse. Pendurados em árvores, fuzilados contra o alto muro da igreja com um tiro entre os olhos, moradores das redondezas amanheciam assassinados.

Dezenas deles.

Os motivos eram tantos e tão frágeis que Flora proibiu o filho de circular pela vila sob qualquer hipótese. Os alemães não pensariam duas vezes antes de meter uma bala na cabeça de um menininho polaco que andasse bisbilhotando no lugar errado, dizia Flora. A partir da terceira semana de ocupação, Michael deveria atravessar a praça para ver o neto — ao menos, ele era adulto e sabia se defender melhor do que Jósik, dizia Flora.

Mas nem mesmo o mágico Michael Wisochy, que criava rosas no inverno polonês alimentando-as com a ficção de Rudyard Kipling, pôde fazer muitas vezes aquele trajeto antes que o furibundo dedo do destino apontasse para ele.

Era o final de setembro e, naquele dia, não havia sol.

Jósik jamais se esqueceria daquela manhã...

Por volta das onze horas, um barulho de motores se fez ouvir das janelas. Flora foi até a sala e, por uma fresta, viu um caminhão e vários jipes pararem do outro lado da praça, no campo. Então uma voz em um polonês trôpego começou a falar num megafone, chamando as pessoas para um pronunciamento do *Reich*.

Flora desatou seu avental, suas mãos nervosas mexiam-se rapidamente. Os alemães chamavam, eles tinham de ir, ela disse ao filho, afagando-lhe os cabelos. Jósik quis saber o que estava acontecendo.

Forçando um sorriso, ela respondeu:

"Esses *szwaby* provavelmente inventaram novas regras pra nós. Vamos até lá, *mój syn*", disse, tomando-lhe a mão, "precisamos ouvir tudo direitinho."

Eles foram.

Aos poucos, as pessoas saíam de casa, seguindo para o lugar onde o caminhão estava. Jósik viu que era quase na frente da casa do avô — estaria ele lá? Michael odiava os *szwaby* com todas as suas forças, talvez ficasse em casa com o nariz metido em algum livro de Conrad, ignorando solenemente o chamado dos nazistas.

Como se lesse os pensamentos do menino, Flora disse:

"Espero que papai esteja por aqui. Do contrário, não podemos chamá-lo. Acho que seria ainda pior chamar a atenção deles para a sua ausência."

Mas Michael Wisochy estava presente. Parado em frente ao muro baixo da sua casa, sob a sombra das suas árvores, as mãos enfiadas nos bolsos, os olhos brilhando por trás dos óculos redondos. Ele olhava tudo como quem vê uma pantomima. Seus cabelos de samambaia inquietavam-se com o vento, formando um curioso halo ao redor do seu rosto, um rosto com uma máscara de deboche.

Flora e Jósik dirigiram-se para onde ele estava.

"Papai!", ralhou Flora. O desprezo do velho professor era evidente demais. "Se um deles porventura olhar para o senhor, esse seu sorrisinho...", disse ela. "Faça uma cara mais respeitosa."

Michael deu de ombros, respondendo enigmaticamente:

"Mas, minha querida Flora, não adiantaria nada!"

Flora não entendeu, mas também não insistiu. De um dos jipes, pulou um oficial alemão, um homem alto e magro, enfiado num impecável uniforme. Ele tinha a pele lisa e pálida e parecia um menino que tivesse crescido de repente, pensou Jósik.

O homem começou a falar ao microfone. Seu polonês era melhor e mais fluido do que o da outra voz, aquela que chamara os habitantes, agora reunidos em frente ao campo, amedrontados como um bando de ovelhas perdidas no bosque.

O pronunciamento era uma espécie de ordem de prisão coletiva. Soldados pularam dos jipes e formaram uma fileira ao redor do oficial, as armas brilhando ao sol como brinquedos bem cuidados. Jósik já tinha aprendido que deveria temê-los, a todos eles, e ficou ali, entre o avô e a mãe, ouvindo a fala do oficial, sua voz límpida levantando-se para o céu como uma ladainha.

Velhos, homens, mulheres e crianças ouviam o oficial com assombro. Ele não precisava ser encantador, melífluo ou lúcido. Ele tinha o megafone, as armas e o uniforme do *Reich*. O que ele era?, perguntou-se Jósik. Capitão? Primeiro-tenente? Confundia-se com as fardas, com as insígnias. Seu pai era segundo-sargento de infantaria, mas seu uniforme estava gasto, e Flora vira-se obrigada a engomá-lo e passá-lo a ferro duas vezes para que Apolinary ficasse *apresentável*.

O oficial — capitão? tenente? — começou a declamar uma lista de nomes e os soldados dispersaram-se em silêncio. No começo, Jósik não entendeu que havia grande perigo naquela movimentação toda, embora a mãe apertasse tanto os seus dedos que aquilo chegava a doer.

As primeiras pessoas apareceram, trazidas de arrasto pelos soldados. Logo, eram cinco ou seis reunidas no meio da praça sob a mira dos fuzis. Vieram outros nomes, pronunciados pelo oficial sem fervor ou desprezo. Mais uma vez, os soldados dispersaram-se atrás das suas vítimas. No processo de recolher os donos dos nomes em questão, algumas casas foram arrombadas com chutes e impropérios. Jósik entendeu que nem todos estavam ali na praça, mas escondidos na esperança de se salvarem. Mas salvarem-se do quê?, perguntava-se o menino.

A coisa toda prosseguia. Ouviram-se gritos, choros, uma mulher desmaiou. Flora permanecia agarrada ao pai e ao filho, os belos olhos arregalados de medo. Michael parecia distraído, escondia as mãos trêmulas nos bolsos das calças, resmungava trechos de um poema como se provasse o som das palavras... *Nada será estranho, tudo grande. A primeira estrela é como a última casa...* Jósik olhava uma nuvem no céu, quietinha atrás da igreja, do outro lado da praça. Tentava adivinhar quem era o autor do poema que o avô declamava entre tristes bufadas. Só muito tempo depois foi que soube: *Rainer Maria Rilke*. O velho tinha os seus jogos, ah, se tinha. Até nas horas mais dramáticas, Michael Wisochy jogava para sobreviver.

Das pessoas aglutinadas sob a mira das armas, Jósik reconheceu o mestre-escola e a diretora do colégio agrícola. Surgiu um velho senhor, muito elegante com seu *pince-nez*, que diziam ser professor da Universidade de Cracóvia e que estava hospedado na casa da filha em Terebin. Depois, um advogado, a professora de piano.

Todos que ensinam, concluiu Jósik, com atenção. Todos os que sabem alguma coisa, os cultos. E, então, neste momento, o seu coração deu um pulo... *Todos os que sabem, os cultos.*

Jósik olhou para o avô, e o avô olhou para ele.

Não havia medo nos olhos de Michael, e Jósik entendeu que o velho sabia. Ele sempre soubera. *Nada será estranho, tudo grande*, repetiu ele baixinho. Teria lido esse verso em algum dos livros do avô?

Flora foi a última a compreender, pobre coitada! Sua boca abriu-se num esgar, como um grito mudo. Ela começou a chorar, parada entre o pai e o filho. Talvez estivesse enganada, pensou, o pai estava aposentado havia muitos anos... Era velho... tão velho como o senhor do *pince-nez*, concluiu em desespero.

O oficial pronunciou mais um nome e, então, sua voz limpa e imperiosa declamou para as pessoas na praça:

"Michael Wisochy!"

Parecia o final de um poema. O homem das insígnias, com seu megafone na mão, como que se aliviou saboreando aquele nome estrangeiro, *Wi so chy.*

Flora persignou-se.

"*Mój Boże*, é o papai!", e agarrou-se ao velho, que não fez nenhum movimento, deixando-se enredar pela filha trêmula.

Jósik começou a chorar parado ao lado dos dois. O avô olhou-o, por cima dos ombros de Flora, e disse em voz baixa:

"Não deixe que os *szwaby* vejam suas lágrimas." Empertigou-se, soltando-se de Flora: "Você também, minha filha. Pare de chorar."

No instante seguinte, dois soldados agarraram o velho pelos braços, e ele, erguendo a cabeça e sorrindo, deixou-se levar para o centro do campo junto aos outros detidos.

Jósik viu seus cabelos brancos dançando no ar da manhã como se quisessem juntar-se às nuvens lá em cima, no céu azul. Achou aquilo bonito, os estranhos cabelos do avô. Sorriu, sentindo-se firme e corajoso como um personagem de Melville. O avô o fitava de longe e retribuiu-lhe o sorriso, piscando um olho.

Aquele homem conhecia Shakespeare do começo ao fim, jantava com Tolstói e tomava chá com Henry James. Ele entendia das religiões mais diversas e poderia dizer de cor todas as mil histórias de Sherazade se desafiado. E estava lá, em meio à meia dúzia de outros, com seus cabelos de nuvem, esperando.

Ao lado de Jósik, Flora sussurrou:

"*Mój Boże...* Oh, *Boże...* O papai."

Eles ficaram ali muito tempo. Os minutos escorriam feito água. As horas formaram poças, a tarde chegou e o sol mudou de lugar, espalhando as nuvens que se dissolviam lentamente no céu. Os soldados moviam-se de um lado para outro como bonecos de corda. Não parecia haver urgência alguma no mundo.

Do seu lugar, o velho Michael olhou para o neto muitas vezes... Os olhares do avô e do garoto encontravam-se e eles sorriam timidamente. Como dois meninos. Oh, pobre e bom Michael! Era como se já estivesse apartado dos vivos, os óculos pendurados na ponta do seu nariz afilado, aqueles velhos óculos que o haviam ajudado a ler tantos livros!

Eles entendiam-se sem palavras. E os olhos de Michael diziam:

"Aguente firme. Você é um polonês."

Jósik aguentava. Como Moby Dick lutando contra os baleeiros, ele aguentaria até o final.

A infâmia prosseguiu ainda por um par de horas, os pobres detentos sob o vento e o sol, a praça mergulhada naquele silêncio povoado de tristezas, os moradores ali ao redor esperando por alguma coisa, por alguma redenção. Talvez alimentassem a esperança de que tudo aquilo não passasse de uma brincadeira macabra. Mas nada acontecia, e os ponteiros dos relógios avançavam lentamente.

O oficial alemão encarregado daquilo (Jósik chegou à conclusão de que era um primeiro-tenente) foi e voltou muitas vezes. Por fim, deu uma ordem aos seus subordinados e os seis presos foram levados em fila indiana ao caminhão que esperava na boca da praça havia horas. Todos olhavam a cena numa consternação muda, assustada. Uma mulher gritou em algum lugar, mas logo a sua voz caiu no vazio, morrendo no ar da tarde.

Enquanto os detentos seguiam o curto trajeto até o caminhão, Jósik notou que o avô sobressaía-se pela altura e pela postura elegante, como se entrasse num palco, e não no maldito caminhão dos *szwaby*. Naquele momento, sentiu um profundo orgulho de Michael.

"Ele é um polonês. Eu sou um polonês."

Acarinhou aquele sentimento patriótico como se fosse um talismã. O avô sabia tudo o que um homem precisava saber; ele se safaria dos *szwaby*. Eles eram tolos, *Hitler era um homem tosco*, Michael costumava dizer. Homens que queimavam livros em praça pública, meu Deus do céu!

Foi o que disse para a mãe em voz muito baixa, espichando-se para falar ao seu ouvido, e Flora não ousou retrucá-lo. Abraçou-o com força e respondeu num sussurro:

"Meu menino querido. Ficaremos juntos até o papai e o vovô voltarem. O avô é mais esperto do que eles, é mesmo."

No entanto, Flora não acreditava verdadeiramente naquilo. Sabia que o seu pai não voltaria e duvidava muito de que Apolinary estivesse vivo. Alguns soldados tinham mandado bilhetes cifrados, avisos... Apolinary não. Se conseguira seguir rumo às montanhas, na perigosa travessia dos

Cárpatos, partira sem deixar sequer um sinal para a família. Aquilo não combinava com o seu marido.

Eles ficaram ali enquanto o caminhão manobrava, levantando poeira. Jósik sentiu uma grande tristeza, mas sabia que não deveria chorar. Quase podia ouvir a voz do avô soprando nos seus ouvidos: "*A consciência é o último refúgio dos sem imaginação.*" Ele era um menino, mas já conhecia muito bem Oscar Wilde, pois tinha lido vários de seus contos junto com Michael, entre xícaras de chá. E Jósik tinha imaginação — durante anos, o bom avô insuflara-lhe o amor à ficção, alimentando a sua fantasia como se soubesse que, em certo momento, ela seria fundamental para sua sobrevivência.

Jósik secou os olhos com as costas da mão. Sim, ele era polonês e podia sonhar. Era feito da mesma matéria dos sonhos — quantas vezes o avô lhe dissera isso? Usaria a sua imaginação para superar a realidade. Para apartar-se dela.

A mãe tomou-lhe a mão. As pessoas começavam a deixar a praça lentamente. O oficial alemão e sua comitiva tinham partido. Jósik apertou com força a palma úmida de Flora.

"Vamos conseguir, mamãe", disse ele.

"Conseguir o quê?", perguntou Flora, confusa.

E o menino respondeu:

"Sonhar."

E, então, diante do olhar estupefato da mãe, Jósik fechou os olhos e tudo ao redor desapareceu num silêncio branco. Ele estava com Phileas Fogg, ambos corajosamente montados no maior dos elefantes africanos, trilhando terras muito distantes da Polônia em tempos remotíssimos, e o cheiro acre da floresta penetrou subitamente suas narinas, fazendo cócegas.

Flora sacudiu-o. De olhos fechados, ele sentiu que o elefante tropeçava em um tronco caído por entre as folhagens. Suas pálpebras se abriram para a praça e para o rosto da mãe, que disse:

"Acho que você está com insolação, Jósik. Vamos para casa agora, vou lhe servir um prato de sopa. Sua barriga está vazia."

Não havia outro remédio senão obedecer. Seguiram por entre as árvores junto aos outros moradores. Quase ninguém falava. Mas Jósik sentia-se mais forte. Como poderia ter esquecido? O avô deixara-lhe aquela grande dádiva, a imaginação. Ele era o neto do homem que criava rosas no inverno polonês, aquecendo-as com o sol dos trópicos da ficção.

Olhou para trás.

A praça agora estava vazia. Do caminhão e seus ocupantes, restavam apenas marcas no chão de terra. Flora percebeu o gesto do filho. Afagou-lhe os cabelos e, esforçando-se por parecer otimista, falou:

"Amanhã, o seu avô deve voltar para casa. Vão interrogá-lo, mas ele não sabe de nada. Não é um membro da resistência, é apenas um senhor quieto e culto que vive com seus livros."

Jósik achou que, do seu jeito, a mãe também estava tentando sonhar. Pobre coitada, talvez devesse lhe apresentar Júlio Verne ou Wilde. Mas sabia que Flora desconfiava dos livros e preferia rezar para os santos do pequeno altar que mantinha em seu quarto.

Assim, seguiram os dois, com uma grande mentira entre eles. Ainda naquela noite, segundo as pesquisas que fizemos muitos anos depois através de intermináveis trocas de correspondências, solicitando cópias de arquivos e documentos, listas de vítimas e outros registros, o pobre Michael foi levado para uma prisão nos arredores de Cracóvia.

Nunca mais saiu de lá.

Quer dizer, minto...

De uma forma misteriosa, Michael Wisochy sobreviveu à morte, acompanhando seu adorado neto durante os muitos percalços da guerra. Despediram-se, finalmente, no pórtico do campo de Majdanek, próximo à cidade de Lublin, em julho de 1944.

Foi ali que Jósik viu o fantasma do avô pela última vez.

Depois disso, levou-o em seu coração.

Até hoje, quando algum trecho de um romance o emociona, Jósik o lê em voz alta na sua língua materna. Uma espécie de mantra que nunca ousei questionar. Todo amor tem as suas zonas nebulosas, os limites que um não deve ultrapassar em direção ao outro. Os segredos inomináveis, os resquícios da solidão vital ao ser humano. Quando Jósik traduz para o polonês um trecho de um poema, uma frase de um livro, apenas me calo e escuto. Sei que faz isso para Michael, dividindo com o velho avô a magia da ficção que embalou a ambos no mar das vicissitudes da vida.

Diante de mim, a voz de Jósik eleva-se em alto e bom polonês:

*"Kiedy wymawiam słowo Przyszłość, pierwsza sylaba odchodzi już do przeszłości. Kiedy wymawiam słowo Cisza, niszczę ją. Kiedy wymawiam słowo Nic, stwarzam coś, co nie mieści się w żadnym niebycie."**

E alcança o avô Michael, onde quer que ele esteja.

---

* *Quando pronuncio a palavra Futuro, a primeira sílaba já se perde no passado. Quando pronuncio a palavra Silêncio, suprimo-o. Quando pronuncio a palavra Nada, crio algo que não cabe em nenhum não ser.* Tradução livre do poema de Wisława Szymborska (N. da A.)

5.

Tantos que partem,
mas o amor fica.
Em meio aos arcanos,
Os Enamorados.

Sempre achei que a pobreza era a pior coisa que podia acontecer a uma criança. Na minha casa, na estância onde a avó Florência era cozinheira, tínhamos um teto e o justo para comer. Mas ninguém morreu a não ser de velho. Minha avó costumava dizer que os ricos morriam por capricho e os pobres viviam por teimosia.

Bem, éramos teimosos.

De qualquer modo, comecei a trabalhar cedo, e a minha teimosia escondeu-se sob as dobras de um uniforme lá na lanchonete onde eu servia uns poucos clientes durante horas de um tédio inominável. Ainda me lembro do vestido azul-marinho com pregas na saia, o primeiro dos uniformes que usei

Vesti muitos outros desde então, só Deus sabe. Toucas com renda branca, saias cor de salmão, justas demais, largas demais, meias grossas e deselegantes, tristes sapatos de solado de borracha, aventais, jalecos, camisas brancas. Nunca um uniforme bonito, nunca. Uma *mucama* de hotel não deve ser bela. *Invisível*, diziam eles, os gerentes, os chefes de equipe.

E aprendi a ser invisível.

Sim, senhor e *Não, senhor* o dia inteiro. Eu repetia isso até dormindo, e Miguelito costumava rir de mim. Mas, depois, Miguelito se foi da minha vida, e segui repetindo, *sim, senhor; não, senhor; bom dia, senhor.* Sempre com um sorriso no rosto, limpando privadas com um sorriso no rosto. Lendo num canto da lavanderia do hotel nos meus horários de folga, até que comecei a trabalhar no L'Auberge e achei uma brecha entre os turnos de serviço, fugindo para a praia com um livro sob o braço, quando entendi que a Playa Brava, a duas quadras e meia do hotel, também era minha.

Tive uma vida difícil, mas não costumo reclamar. Nunca mesmo, vocês já devem saber. No final, depois de muitos volteios, as coisas se ajeitaram. Aquela tarde à beira-mar, quando ergui meus olhos das páginas de *Guerra e paz*, Jósik entrou na minha vida como um personagem inesperado entra numa história e muda todos os caminhos do enredo. Desde então, desde aquela tarde de novembro, quando o verão parecia renascer, brotando da espuma branca das ondas que quebravam na areia, aqui estamos os dois na nossa pequena casa, La soleada. Jósik e eu plantamos rosas no jardim, e ele costuma ler para elas tal e qual fazia o avô Michael no seu antigo jardinzinho polonês.

Mas preciso voltar ao fio dos acontecimentos.

Tive uma vida dura, tenho as mãos calejadas, tenho frieiras nos dedos que se abrem nos meses de inverno. Uso Dr. Selby nelas, a pomada branca e miraculosa que minha avó guardava na gaveta do criado-mudo. Minha pele gastou-se nesses anos de detergentes e desinfetantes, panos e escovões. Mas ainda tenho boas mãos, mãos de tirar o tarô, como dizia a avó Florência das suas próprias mãos — não das minhas.

O tarô...

Ele foi meu único luxo durante esses anos todos. Quando eu abria as cartas, os arcanos podiam mostrar-me um vislumbre de futuro. Sentia-me uma verdadeira sacerdotisa.

É bem verdade que a maioria das minhas visões não deu em nada. Vaticínios de meia-tigela, mas era bom dormir por uma noite acreditando no futuro. Dormir de mãos dadas com a esperança.

Porém, com o tempo, compreendi que a talentosa para tais coisas sempre foi a minha avó. Ela, sim, via pedaços de futuro... Ainda estou contabilizando as desgraças que me previu — nada muito glamoroso, tristezinhas cotidianas, passageiras dores de cotovelo, dívidas mordendo o meu calcanhar.

Agora, examinando o meu próprio passado enquanto navego — seria navegar um termo justo para um passado como esse? — pelo passado do meu querido Jósik Tatar, ainda me espanto que tenhamos tanto em comum e, ao mesmo tempo, vidas tão absolutamente diversas.

Claro que, com Jósik, tudo aconteceu na enésima potência. A gente vê nos seus olhos azuis que ele não nasceu para alguns tostões. Ou muito de tudo, ou muito de nada.

Acho que Michael Wisochy já sabia disso e, assim, o entupiu de ficção para que tivesse o necessário estofo nas quedas da vida.

Mas, de fato, ele e eu temos coisas em comum...

Eu e minha avó.

Jósik e seu avô.

Ele tinha a sua biblioteca (era, como sabemos, do avô Michael, que lhe cedia todos os livros, mas a vida encarregou-se de deixá-la aos seus cuidados). Quanto a mim, o tarô foi a grande leitura e a única ficção da minha infância, e também herdei-o de minha avó... Só tive o tarô para brincar de ficção até que o padre Augusto me apresentou a Literatura.

A minha gênese, de certa forma, confunde-se com a de Jósik — nossos avós nos fizeram como somos. Mas uma coisa é preciso dizer: ao meu modo, já passei por poucas e boas por aí. Fome também, um pouco em criança e ainda depois, porque Miguelito não se preocupava muito em manter os armários cheios e o dinheiro nunca chegava. Jamais usei um vestido de seda. Nunca um cartão de aniversário. Minha única joia revelou-se um engodo, um anel de latão que Miguelito me deu à guisa de aliança. E rosas, só as roubadas ao jardim do L'Auberge...

Mas eu giro e giro e giro.

Meu arcano (já lhes disse) é A Roda da Fortuna.

E Jósik? Ele também tem uma regência semelhante à minha, girando por aí através dos países e dos continentes. Nós nos encontramos em meio ao movimento incessante da Roda.

Às vezes, olhando Jósik andar pelo nosso pequeno jardim, vejo que caminha encurvado, como se carregasse o passado nas costas.

Meu pobre querido Jósik...

De tudo que sei dele, o que mais gosto é do fantasma do avô.

Quando eu era criança, também via espíritos... Minha avô Florência, horrorizada, tratou-me com purgantes. Para ela, tudo se expulsava pelo intestino, até o sobrenatural. Depois de tanto colocar as tripas para fora, desisti dos espíritos. Era o mais sábio a fazer; a latrina ficava longe de casa e os invernos no campo uruguaio são muito frios, embora não se comparem aos brancos e intermináveis invernos poloneses.

Acostumei-me a pensar na Polônia como se fosse um pouco minha também. Aprendi muito com Jósik desde que decidi escrever esta história. Faço isso para poupá-lo de carregar o seu passado por aí, como um velho atlas exausto. Quando a gente conta uma história, liberta-se dela de certa forma.

Agora, é assim comigo: uma xícara de chá e vou até a Polônia... Caminho sobre os cadáveres e declamo poesias com um fantasma de cabelos brancos e encaracolados. Sinto vontade de tomar no colo o menino que foi Jósik e acalentá-lo... Alguns abraços e um copo de leite morno, enquanto as bombas explodem lá fora.

Então eu choro.

Que maneira mais estranha de se conhecer uma pessoa!

Mas, em meio àquela terrível guerra, uma coisa boa aconteceu para o meu Jósik: ele conheceu o amor. Aquele amor primeiro, aquele que levamos conosco ao longo da vida, como um fardo ou um presente.

Numa manhã de outubro, quando o ar frio já o obrigava a vestir grossos agasalhos de lã, a mãe contou-lhe que a senhora Anna Bieska tinha ido viver na casa ao lado. A senhora Bieska viera de Varsóvia para a casa da família vizinha, ela era cunhada de *pani* Sawa.

Por causa da guerra.

Tudo era por causa da guerra, pensou Jósik, ouvindo Flora falar da mãe e da filha, uma menina loira de longos cabelos cacheados, chamada Raika.

"Você vai gostar de brincar com ela, Jósik. Basta pularem o muro, nem precisam sair à rua com esses *szwaby* malditos soltos por aí como cães raivosos", dissera Flora, contente pelo garoto.

Naquela tarde, Jósik conheceu Raika.

Ela era bonita e quieta, tinha um jeito curioso de sorrir. Jósik não sabia explicar aquele sorriso. Muitos anos mais tarde, encontrou a palavra exata. *Indulgência.* Raika sorria assim, como se deixasse Jósik ganhar no jogo, em qualquer jogo, apenas porque queria.

Ela era muito boa naquilo...

Em agradar Jósik.

Ensinou-o a jogar cartas, a procurar espíritos com um copo vazio e, em troca, apaixonou-se por Júlio Verne. Naqueles primeiros tempos, a chegada de Raika amenizou um pouco a sua angústia pelo sumiço do avô.

Mas, então, numa tarde no final de outubro...

*E*va, Eva.

Seu nome é saboroso como uma fruta madura, sabia?

Eva...

Naquele dia, quando você me sorriu, empurrando seu carrinho de serviço, acho que finalmente entendi. A solidão tinha virado um porto seguro para mim.

Você sabe... A princípio, fingi não perceber o seu sorriso.

O medo, Eva, enraizou-se em mim como uma dessas trepadeiras bravas que crescem em torno do tronco dos eucaliptos do bosque. Os jardineiros detestam-nas... Mas eu vejo graça nelas, nas teimosas e frágeis folhas verdes que cobrem o tronco rígido, escuro e poroso, subindo em busca do sol, apertando e forçando sempre para cima, para o céu.

Foram muitos anos para chegar aqui, Eva.

Forçando sempre, subindo em busca do sol, enquanto a terra fria e úmida teimava em me sugar, querendo engolir-me com a sua bocarra terrível. Entre tantos mortos, milhões deles, lá estava eu...

Mas consegui ludibriar a morte. Inventei um caminho para mim usando as histórias que meu avô me contara e também aquelas que ele deixara na casa entre os olmos.

Porém, voltemos a nós.

Aquele dia, você me sorriu. Não como uma mucama *sorri para o gerente. Não... E, quando me fechei no escritório, depois dos telefonemas de praxe, dos documentos, assinaturas, encomendas e anotações, seu sorriso ainda brilhava em mim.*

Foi então que pressenti que você gostaria de ouvir esta história. Que poderia ouvi-la, Eva...

Que acreditaria nela.

E acho que Michael gostaria que eu lhe contasse tudo, absolutamente tudo. Acho que ele gostaria, como estou gostando agora, quando vejo você concentrada, colocando palavras no papel, deslizando pelos anos e quilômetros e fronteiras atrás das minhas pegadas.

Afinal de contas, acho que a única coisa que eu precisava era contar tudo isso a alguém...

E esse alguém era você.

Disseram-me, umas semanas após a minha chegada ao L'Auberge, que você lia o tarô — sabe como os funcionários falam uns dos outros. Quando me disseram, meio de troça, achei tão bonito! Você, concentrada nos signos das cartas, tentando espiar por sobre o muro do passado, procurando sinais no céu do futuro... Achei poético, quase literário — a vida real não poderia lhe bastar, pois você vasculhava o tarô atrás do impalpável.

E a minha vida — hoje, você sabe — é impalpável.

As coisas que aconteceram comigo!

Uma mulher que espiava o futuro nas cartas do tarô talvez pudesse acreditar num passado mirabolante como o meu.

Num fantasma teimoso como o velho Michael.

Numa aldeia que já não existe mais.

Num menino que lia livros como quem respirava, enquanto o mundo se desfazia lá fora...

Só de pensar nisso, Eva, só de evocar os últimos anos da minha infância, aquele último inverno antes que eu ficasse sem meus pais e sem meu avô, quando Flora ainda estava comigo... Bem, só de evocar isso, eu me afasto daqui, desta sala, desta casa que escolhemos juntos, desta rua silenciosa e verde com nome que me faz lembrar o avô — Las Rosas.

Eu me afasto daqui e, ao abrir os olhos, estou lá.

Na Polônia. Numa aldeia que desapareceu, cercado de pessoas que já morreram há anos...

Raika tinha acabado de chegar. Ela tinha onze anos e era bonita como um poema de Emily Dickinson. Raika tinha alguma coisa de floral, de campestre, uma gentileza que escorria por seus olhos verdes, que a fazia levitar pela sala enquanto brincávamos de adivinhação ou jogávamos cartas na cozinha. Eu achara companhia e estava feliz — mas o avô Michael não me saía da cabeça. Ele desaparecera havia cinco dias e nenhuma notícia tinha chegado até nós.

Foi numa manhã, muito cedo, enquanto minha mãe tinha ido ao mercado negro tentar conseguir um pouco de carne, que fugi até a casa do avô. Eu tinha uma chave extra e queria buscar alguns livros. Havia prometido a Raika Cinco semanas em balão. *Queria agradá-la mais do que a todos, mas era muito arriscado levá-la comigo até a casa do avô; nossas mães ficariam furiosas — pani Bieska vira certas coisas em Varsóvia, coisas que as crianças não podiam saber... Elas tinham fugido no dia seguinte ao que o pai de Raika fora levado para um campo de trabalhos forçados na Alemanha.*

Bem, a mãe de Raika, Anna, estava muito abalada com as coisas que vira lá em Varsóvia. Uma tarde, em nossa casa, Flora quebrara um copo sem querer e o barulho do vidro estilhaçado provocara uma terrível crise de ansiedade na mãe de Raika, que estava lá nos visitando. Ela caiu em um transe: dos seus olhos arregalados, lágrimas brotavam, e seu corpo foi arrebatado por um tremor que me assustou. Minha mãe, sabendo dos traumas da nova vizinha, abraçou-a, confortando-a com voz doce:

"Calma, calma... Não são eles, shhh. Foi um copo, um copo d'água, Anna, Anieska... Eu vou limpar tudo."

Raika, consternada, olhava para a mãe. E eu, sem saber como ajudar, comecei a recolher os cacos do chão e senti que as minhas mãos também tremiam, como se eu tivesse sido contaminado pela agitação de pani Bieska.

Por causa desses surtos, Anna Bieska só permitia que a filha pulasse o muro para estar comigo. Raika não podia sair à rua nem passear na praça. Pular o muro, protegida pelos olmos do pátio — e rápido! — era a única liberdade de Raika depois que ela e a mãe fugiram de Varsóvia porque "queriam permanecer vivas".

O fato é que Flora também não permitia que eu saísse de casa desacompanhado. Mas, naquela manhã, quando corri às escondidas até a casa do avô, depois de vários dias do seu sumiço, enganei minha mãe.

Foi exatamente naquele dia que certas coisas começaram a acontecer...
Coisas estranhas, até fantásticas eu diria...
Coisas que envolviam o avô Michael e eu.
Veja bem, Eva, talvez eu devesse parar por aqui...
Mas sinto vontade de ser ousado, de acrescentar à sua narrativa uma pitada de mágica. Como as rosas que floresciam sob a neve, Michael e eu conseguimos ludibriar a morte.
Ou, talvez, a vida.

Como você sabe, Eva, vi meu avô subir naquele caminhão junto com outras cinco pessoas rumo a um destino desconhecido. Mas quem confiaria nos szwaby? Dois dias depois de levarem Michael e os outros, correu pelas redondezas um boato dando conta de que todos os professores da Universidade de Cracóvia, além de padres, escritores, músicos, juízes e literatos poloneses, estavam sendo sistematicamente assassinados pelos nazistas. O plano era acabar com a intelligentsia *polonesa. Minha mãe ouviu tal história e escondeu-a de mim.*
Mas Raika contou-me tudo, porque sua mãe, ao ouvir a notícia, tivera uma daquelas "suas crises". E Raika acabou por me informar sobre o provável destino do meu adorado avô.
Chorei muito, não na frente de Raika... Chorei na minha cama, à noite. Chorei porque nunca mais veria o velho com seus cabelos de samambaia declamando Shakespeare, revirando os olhos de satisfação como se as palavras fossem iguarias...
Ah, meu querido Michael — poderia eu sobreviver sem ele?
Porém, no dia em que fugi para buscar na sua biblioteca um Júlio Verne, o avô estava lá. Inteirinho... Com todos os fios dos seus cabelos brancos na cabeça, sorrindo aquele seu sorriso de corsário.
Estava lá: esperando por mim.
E, agora, começo a testar você, Eva, ao afirmar que meu avô morreu somente em parte... Porque o velho era muito maior do que a simples

realidade, ele era mais — dentro dele, viviam todas as histórias que já foram escritas no mundo.

E, assim, usando dos seus poderes de invenção, Michael Wisochy renasceu para mim. Uma criatura de ar e de luz que ia e vinha conforme os seus desejos ou as minhas necessidades.

Ele achara uma brecha entre os mundos e a atravessara.

Para estar comigo — sombra diligente e amorosa.

Foi Michael quem me deu a ideia de vender os livros que amara tanto. Como se ele soubesse, como se a minha vida fosse uma história escrita em alguma das brochuras daquelas estantes que ele conhecia de cor e salteado.

Naquela manhã, depois de correr através da praça e abrir a porta da cozinha com a chave que eu surrupiara da gaveta da minha mãe, fui até a sala da casa do avô Michael. As estantes estavam todas lá, atulhando os corredores, e os livros, em pilhas altas e grossas, formavam um conhecido labirinto que cruzei sem dificuldades na semiescuridão.

Eu não podia abrir as janelas nem acender a luz, mas sabia o lugar de cada autor, e, assim, calculando a altura das prateleiras e contando passos, enfiei a mão numa fileira de livros, puxando dali o exato volume de Júlio Verne que viera buscar. Sozinho na sala cheia de pó, senti meu coração apertado de saudade e de tristeza, mas eu sabia que o velho não gostaria de me ver chorando. Abri uma página do livro a esmo, buscando uma fuga. Neste momento, porém, ouvi uma voz conhecida atrás de mim:

"Vai repetir a leitura?"

Virei-me num sobressalto, e lá estava Michael Wisochy, volitando entre as estantes. Parecia mais magro e mais pálido, mas era ele mesmo, os cabelos teimosos, os olhos argutos, um sorriso torto dançando nos seus lábios exangues.

"Não se assuste", disse ele a mim.

Acho que dei um pulo para trás. É preciso algum tempo para acostumar-se com tal inversão de realidade, mesmo sendo eu um grande leitor e um menino de doze anos.

Quando me acalmei (ele sorrindo, olhava-me sem dizer nada), busquei um fio de voz para perguntar:

"É você mesmo, avô?"

O bom Michael sorriu, balançou-se no ar e retrucou:

"Você pode acreditar ou não, Jósik... Pode ser alucinação ou falta de comida... Mas sou eu mesmo. Em imaginação e luz." Ele olhou-me de alto a baixo. "Anda comendo o seu ovo cru diariamente? Duvido... Os szwaby levam todos os ovos para eles." Fez um gesto, abarcando a sala: "Levam os ovos e o centeio, mas deixam os livros pra trás! Bando de tolos."

Eu abraçava o meu volume contra o peito.

"Ovo cru? Só quando a mamãe consegue comprar alguns...", disse como um tolo.

Eu não podia acreditar nos meus olhos! Dei um passo à frente, chegando muito perto dele. Embora estivesse ali, quase palpável, através de seu tronco, eu podia ver os contornos borrados das estantes, como se a massa do seu corpo estivesse menos compacta, semitransparente.

O velho olhou-se a si próprio, concordando que era uma figura esquisita mesmo.

"Pode parecer estranho, mój syn, mas sou eu mesmo. Você sabe... Sempre fui um íntimo amigo da ficção. Aprendi a fazer algumas coisas, algumas coisas curiosas... Mas não conte a ninguém, nem mesmo a sua mãe. Ela vai achar que você está doido."

Eu aquiesci, perplexo. Estiquei o braço tentando tocá-lo, mas minha mão passou por ele como se atravessasse a água e pude alcançar uma das prateleiras de madeira, sentindo sua consistência e rugosidade.

Ele riu, abrindo os braços num gesto burlesco:

"O que há, pois, num nome? Aquilo a que chamamos rosa, mesmo com outro nome, cheiraria igualmente bem!" Deu de ombros, sorrindo com orgulho: "Você ainda reconhece Shakespeare? E então, Jósik? Importa se estou vivo ou morto, já que estou aqui?"

"Não, avô", respondi, feliz. "Senti muitas saudades. Muitas mesmo. Não direi nada à mamãe."

"Nem a Raika?", perguntou ele, sorrindo.

"Você a conhece?"

O velho piscou um olho.

"Digamos que já posso prescindir de algumas coisas... É como se eu estivesse além de certas regras agora. Uma pequena liberdade que ganhei, pela qual paguei um alto preço...", disse ele, levantando a cabeleira e deixando-me ver, à altura do pescoço cheio de veias, flácido e pálido, um buraco negro, fundo, com restos de sangue endurecido.

"Foi assim, então?"

Michael deu de ombros.

"Estava escrito no livro dos dias. Mas eu prefiro Flaubert." Ele piscou um olho. "Agora vá, Jósik. Volte correndo pra casa."

Não havia como abraçá-lo. Fiquei um segundo ali parado com meu livro, sem saber o que fazer. Estava feliz ou triste? O avô tinha morrido ou vivia?

"Vamos", ele me apressou.

Quando eu já estava na porta, tentando entender aquele pequeno milagre, aquela grande tragédia, Michael chamou-me outra vez:

"Jósik..." "Sim, avô?" Ele dançou no ar — parecia uma pintura desbotada pelo tempo.

"Amanhã... Amanhã, venha aqui a esta mesma hora. Não vá ao mercado com sua mãe. Não vá a nenhum outro lugar. Venha aqui, quero lhe contar uma história." "Por que não hoje?", perguntei.

"Amanhã", disse ele, categórico. "Volte aqui amanhã."

E, então, sorrateiramente, sem me esquecer de trancar o ferrolho, saí para a manhã fria e ventosa com aquele enorme e maravilhoso segredo dentro de mim.

Evidentemente, não contei nada daquilo a ninguém. Problemas não faltavam, e o que era uma alegria para mim, seria motivo de pavores para minha mãe.

Sem o salário do papai, não tínhamos meios de subsistência — Flora vendera sua aliança e um colar de ouro, mas o dinheiro estava acabando rapidamente. A comida era tão pouca que Flora se arriscava a ir ao mercado negro atrás de carne ou com o intuito de vender alguma coisa — uma peça de renda, o espelho de mão com cabo de marfim que herdara da minha avó, as abotoaduras de Apolinary, que entregara com lágrimas nos olhos, ainda havia poucos dias, por um punhado de złotys.

Naquele dia, Flora voltou do mercado com a notícia da capitulação de Varsóvia. Por cima do muro, pani Bieska ouviu a novidade, e pude imaginá-la tendo outro daqueles ataques de tremor.

Fiquei triste por Varsóvia, mas a volta do avô era um consolo que aquecia o meu peito.

O meu segredo, eu pensava.

Invente, dizia o avô.

Estávamos inventando uma vida só nossa, Michael e eu, usando as regras da ficção. Só bastava-nos acreditar. E eu? Eu acreditava... Eu acreditava piamente. Como acreditava em Melville, em Victor Hugo e em Defoe.

6.

As coisas escondidas
começam a sair dos seus lugares;
segredos, partidas,
milagres —
o legado d'A Lua.

Na aldeia de Terebin e por toda a Polônia ocupada, o mercado negro era a única coisa que vicejava. Os *hitlerowcy* pareciam fazer vista grossa para o ajuntamento que se formava numa ruela além do cemitério horas antes do alvorecer. Como pais relapsos, os názis deixavam que "suas crianças" pulassem o muro, quebrassem as regras, até que, cansados e irritados, caíam sobre elas com todo o peso da sua fúria — na hora certa. Os *hitlerowcy* eram muito organizados na vida e na morte, tinham hora certa para tudo.

No dia seguinte ao misterioso surgimento do espectro do avô Michael, sem desconfiar de nada, Flora levantou-se muito cedo, antes de o sol raiar, para ir ao mercado negro. Negócios escusos eram feitos à luz cinzenta do alvorecer. Em voz baixa, negociantes e compradores falavam o menos possível, barganhando até o limite. Homens abriam seus pesados casacos exibindo suas mercadorias: correntes de duvidoso ouro, biscoitos em lata, medalhas, documentos roubados, blusas de lã, remédios. Com um punhado de złotys, comprava-se quase tudo naquela ruazinha gélida atrás do cemitério.

Flora vestiu-se sem fazer ruído, mas, quando enfiava os sapatos nos pés, viu que Jósik estava parado à soleira da porta, observando-a em silêncio. Ele tinha crescido nos últimos meses e, embora um pouco magro demais, era um menino bonito.

"Vai ao mercado, *mamá*?", perguntou ele, cheio de sono, enrolado numa manta de lã.

"*Mój syn*, vou comprar carne. Precisamos de um pouco de carne para umas almôndegas; você está tão fraco, tão magrinho, meu pobre querido!"

Ele viu a mãe enfiando no bolso do casaco um anel cuja pedra reluziu sob a luz fraca do lampião.

"É para a carne, *mamá*?", perguntou. Já entendia daqueles negócios que iam levando das gavetas de Flora, uma a uma, as coisas que ela amava.

Ela negou, fitando o filho com seus grandes olhos angustiados.

"Estou negociando documentos falsos para nós, Jósik... Minha mãe, sua avó, tinha sangue francês. Temos que fugir daqui. Com bons documentos, podemos atravessar a fronteira."

"Fugir?", o menino ficou assustado.

"Estamos sozinhos, Jósik... Precisamos fugir." Ela olhou-o, viu o medo nos seus olhos, pensou um pouco e disse: "Venha comigo ao mercado, vista um bom agasalho... É cedo, faz frio. Os *szwaby* estão nas suas camas quentinhas, e não haverá perigo."

Jósik lembrou-se do pedido do avô. *Amanhã, venha aqui a esta mesma hora. Não vá ao mercado com sua mãe.* Ele queria acompanhá-la — era a primeira vez que Flora lhe permitia tal aventura. Mas e o avô? Ele tinha prometido a Michael.

Então respondeu, um pouco envergonhado:

"Estou com dor de cabeça, *mamusia*. Muita dor de cabeça. Por isso, saí da cama e vim ver você."

Flora apiedou-se do filho.

"É fome, pobre Jósik... Farei almôndegas no almoço. Fique aqui bem quietinho até eu voltar. Primeiro, vou negociar os documentos."

E a boa Flora deu um beijo leve em Jósik antes de abotoar o casaco e sair para a rua, onde algumas estrelas preguiçosas ainda brilhavam no céu plúmbeo. Fazia muito frio naquela manhã de começo de outubro. Jósik sentia o coração pesado pela mentira que pregara na mãe, mas correu ao seu quarto, vestindo sua roupa grossa sobre o pijama de flanela; depois, enfiou as botas e a touca de pele. Saiu pela porta dos fundos com a chave de Flora pesando em seu bolso e correu através das sombras do alvorecer até a casa de Michael, do outro lado da praça.

No mercado, Flora examinava as mercadorias atrás de uns bons trezentos gramas de carne que pudesse preparar para o filho. Havia névoa, e seus olhos estavam embaçados pelo frio e pela fome — vinha comendo pouco, economizando a sua ração para que Jósik pudesse se alimentar de forma mais conveniente. Ela andava a passos rápidos rumo ao cemitério onde sua mãe fora enterrada anos atrás. Sentia um peso no peito, porque sempre tinha medo de burlar as regras *deles*. Ao dobrar a primeira esquina, no silêncio assustador dos últimos suspiros da madrugada, arrependeu-se da ideia irresponsável de levar Jósik consigo. Como fora tola! Apressou o passo, consciente de que corria perigo na rua àquela hora.

Flora, oh, pobre Flora, lutando com sentimentos tão novos e contraditórios. A possibilidade de conseguir documentos falsos era-lhe assustadora e, ao mesmo tempo, um farol de esperança. Vinha negociando-os havia vários dias, złoty por złoty. Custavam caro, mas seriam a sua liberdade e a do filho. Já tinha vendido o moderno rádio de Michael para juntar dinheiro. "*Mój Boże*", pensava ela, "Deus me ajudará!"

Nas cercanias do cemitério, viu as primeiras pessoas com seus produtos à venda. Algumas improvisavam bancas de madeira, exibindo frutas, pães e biscoitos sobre tabuleiros. Num canto, atrás de uma carroça velha, Flora viu duas mulheres da aldeia negociando alguns móveis. Os moradores estavam um pouquinho mais corajosos, ela pensou, carregando mercadorias grandes para a rua, correndo o risco de serem pegos pelos alemães. Se os *hitlerowcy* aparecessem, seria um deus nos acuda. O mercado negro era proibido, e a pena era prisão ou coisa pior. Todos ali estavam dispostos a correr o risco, mas quem negociava mercadorias pequenas sempre poderia recolher seus pertences e fugir mais rápido.

Curiosa, Flora Tatar aproximou-se das duas mulheres. Viu um par de cadeiras estofadas em couro escuro, uma mesinha de centro com belos arabescos. Flora estacou: era a mesa de Michael! Fazia muito tempo que seu pai a dispensara, jogando-a na rua juntamente com outros móveis e utensílios que considerava inúteis, a fim de abrir mais espaço em casa para os seus adorados livros. Flora sentiu um aperto no peito, lembrando-se da sala de estar da sua infância... O pai e a *mamusia* sentados, ele lendo, ela bordando... Ambos estavam mortos — ela não nutria mais dúvidas a respeito do destino do pobre Michael. O velho doido tinha bradado contra Hitler em público diversas vezes, havia muitas testemunhas e aquele era um tempo em que não se podia confiar em ninguém! Sentiu vontade de levar a mesinha para casa, para perto de si. Mas, então, o senso prático voltou-lhe: era apenas um velho móvel e não se poderia comê-lo.

Seu pai não derramaria uma única lágrima por aquela mesa, pensou Flora. Era melhor comprar a carne e encontrar o tal negociante de documentos, um homem chamado Wictor, no lugar combinado. Tinha trazido seu anel de noivado e o dinheiro que conseguira com o rádio. Faria tudo de forma rápida. Voltaria para Jósik com um pouco de carne e dois passaportes.

E foi então, quando Flora se virava para seguir até Zeldele, a senhora da carne, segurando firme os seus złotys, que ela viu o caminhão surgindo silenciosamente em meio à bruma como um predador ardiloso. Escutou o ruído metálico do freio e, depois, viu os *hitlerowcy* saltando com seus fuzis, mais de uma dúzia deles, espalhando seus gritos na manhã incipiente, bradando palavras de ordem. *Todos presos, parem, atiraremos. Mãos ao alto.*

Como um passe de mágica, a correria e o terror instalaram-se. Gritos e tiros, mercadorias caindo na lama escura e imunda, sapatos pisoteando pães e carnes expostos para a compra. Do seu lugar, Flora ouviu o grito rouco de Zeldele quando uma bala lhe atingiu as costas e, então, a velha senhora foi caindo, caindo, caindo em câmera lenta, como uma boneca de pano, a boca aberta, os olhos esbugalhados, o cabelo úmido de cerração.

E só então é que Flora entendeu que ela também deveria correr, deveria correr o mais rápido que pudesse — correr e proteger-se, sair dali, fugir. Iria embora sem os documentos, sem a carne, sem a mesa que fora de Michael. Então avançou até a esquina do cemitério, forçou as pernas ao máximo, aspirando o ar frio que ardia em seu peito, tropeçando em pedregulhos e resvalando nas poças de lama da última chuva; porém, ao chegar ao muro do cemitério, viu que a passagem estava fechada por meia dúzia de soldados que seguravam cães furiosos.

Os ganidos dos cães pareciam lâminas entrando nos seus ouvidos; eles queriam soltar-se das guias de ferro. Viu seus dentes brancos, a baba pingando, os olhos furiosos... Flora Tatar soltou um grito de horror e deu a volta, chocando-se com outras pessoas que, em plena confusão, também tentavam fugir.

E, então, como uma criança que busca a proteção do colo do pai, a desesperada Flora, que fazia os melhores pães e os mais saborosos *kluskis* de Terebin, correu de volta ao lugar onde a velha mesa permanecia, em meio aos restos pisoteados do mercado. Com um movimento ágil de seus braços fortes, ela virou a mesinha sob a relva úmida e escondeu-se atrás do tampo grosso, liso, do tampo sobre o qual, durante anos e anos de paz e felicidade, sua *mamusia* servira tigelas de pepinos em fatias e belos bolos de requeijão dourados com passas pretas.

Foi ali que a encontraram, encolhida, apavorada, ajoelhada no barro como uma criança pequena que se esconde de um pai severo demais. Flora ergueu seu rosto e viu dois *szwaby* com seus fuzis ainda fumegantes, dizendo-lhe palavras incompreensíveis cujo sentido ela podia adivinhar perfeitamente. Ergueu-se, levantou os braços acima da cabeça e, trêmula de pavor, seguiu na direção que os soldados indicavam.

Mas havia névoa, e Flora estava apavorada... Por um instante, creio, ela pensou que poderia fugir, que se conseguisse buscar refúgio correndo até a outra entrada do cemitério, mais tarde poderia seguir de gatinhas até o rio, misturando-se à vegetação ribeirinha, escondendo-se ali até o cair da noite para, então, voltar à casa. Era um local que Flora conhecia bem e que era totalmente desconhecido dos *hitlerowcy*. Poderia dar certo, ela pensou. E Anna Bieska, a mãe de Raika, certamente cuidaria de Jósik até que ela aparecesse. *Pani* Bieska entenderia que algum imprevisto acontecera e manteria a calma por um dia ou dois.

Então a pobre querida Flora correu.

Correu.

Correu.

Correu.

Correu como nunca antes na sua vida, com os braços para o alto, correu rumo às antigas cruzes de ferro, correu para o túmulo da mãe. Um dos soldados riu da tolice daquela polonesa. Correndo naquele descampado, um alvo tão fácil. Até que ela era bonita, ele pensou. *Bonita para uma polonesa*. Porém, o soldado ao lado não tinha o mesmo humor e, preparando sua arma, fez mira na nuca de Flora e disparou.

Bum.

Flora parou de correr.

Ela desabou no barro, e o barro abafou o ruído da sua queda. Flora ficou ali, de olhos abertos para o nada, enquanto a confusão geral seguia o seu ritmo, e os cães ganiam do outro lado do cemitério, e tiros eram disparados, e alguns morriam e outros eram presos.

Meia hora mais tarde, tudo havia acabado. Soldados recolheram as mercadorias que ainda tinham alguma serventia numa busca diligente e rápida; logo depois, um caminhão cheio de prisioneiros partiu pela estrada de chão batido rumo ao norte.

O avô protegeu-me naquela maldita manhã. Porque, logo depois que minha máma *saiu, corri para a casa de Michael.*

O avô estava lá esperando por mim.

Seu espectro parecia um desenho esquecido sob a garoa fina: os limites do corpo borravam-se no ar, difusos, os reflexos da claridade cinzenta da manhã atravessavam sua pele como minúsculas agulhas que não o feriam. Ele era todo volátil, igual a um desses sonhos que teimam em seguir vivos dentro de nós ainda depois que despertamos.

Mas havia dor nos seus olhos.

Eram os olhos feridos de um pai enlutado.

Ele sabia de Flora, não pudera evitar. Sendo uma criatura que não estava nem aqui, nem lá, as suas possibilidades eram tênues: Michael confidenciou-me que só poderia ajudar quem o visse, como eu.

"Sua mãe veio aqui", ele me disse. "Faz uma semana... Foi antes de você aparecer atrás do livro para sua amiga Raika. Veio buscar o rádio; acho que o vendeu no mercado negro... Creio que precisava de mais dinheiro para os documentos. Ela queria aqueles documentos falsos! Tentei falar com Flora, mas ela não me ouviu. Era incapaz de me ver..."

Vi seus olhos injetados de dor, e minúsculas lágrimas, luminosas como pérolas, desceram pelo seu rosto. Ele suspirou, tremeluzindo na manhã.

"Ah, Jósik! Flora nunca soube inventar, nunca leu um livro até o final... Como poderia me ver? Não... Ela não tinha os olhos para isso, a minha filha, minha kochana*, minha querida! Mas você tinha, e eu o salvei."*

Eu queria abraçá-lo, eu queria tanto! Mas era impossível... Era como entrar em um livro cujas páginas eu não pudesse folhear. Precisava

*concentrar-me profundamente para vê-lo, para reconhecer o avô parado
à minha frente. Mas ele era tão vivo e tão pleno como a baleia, a furiosa
Moby Dick, quando estávamos mergulhados no livro. Então eu precisava mergulhar nele com toda a minha alma para escutá-lo e atentar
ao que ele dizia com aquela sua voz de vento, que farfalhava pela sala
empoeirada.*

*Ele fitava-me com um misto de tristeza e de orgulho. Eu podia vê-lo,
apenas eu entre tantas criaturas no mundo, e eram os meus olhos que o
faziam viver. Michael aquiescia em silêncio. Era como se me dissesse que o
que havia — o que sempre houvera — de concreto entre nós eram os livros.*

Invente, invente, invente.

Tinha sido o grande conselho dele.

*Estava eu ali parado, um menino de doze anos, franzino, alto demais
para a idade, órfão. A notícia do assalto ao mercado — os presos, os mortos,
os cães furiosos — não havia chegado ao conhecimento geral ainda.*

Mas Michael contou-me.

Ele tinha conseguido me salvar, mas não a Flora.

A boa Flora...

*A partir daquela manhã, que ainda mal havia nascido, eu estava
sozinho no mundo. Para todos os efeitos, ele disse, forçando um leve sorriso matreiro:*

*"De agora em diante, vou ajudá-lo como puder, eu juro. Mas você não
pode viver aqui, não o deixariam ficar..."*

*Era preciso traçar um plano, um bom plano de ação, garantiu o velho.
Feito um escritor preparando o seu enredo, ele volitou pela sala, pensativo,
e, então, aos solavancos, como se inventasse as palavras no exato momento
de dizê-las, proferiu:*

"Chame pani *Bieska e a menina... Como é mesmo o nome dela? Raika.
Chame as duas para viver com você. Anna Bieska ocupa um quartinho
úmido na casa da irmã. Você será bem cuidado e eu tratarei para que não
lhe falte comida... Nem para o corpo, nem para a alma."*

E o velho foi falando.

Falou que tínhamos os livros. Quando a realidade era dura demais, até os mais toscos pareciam querer fugir para a ficção. E, disse ele, e se eu vendesse os livros?

"No mercado negro, na praça. Não existe lei que proíba um menino de andar com um punhado de livros sob o braço, não é mesmo?"

Mas vender a biblioteca era assustador demais, então respondi, choramingando:

"Os livros não, vovô... Os nossos livros..."

Michael Wisochy tremeu como uma chama numa corrente de ar e pousou ao meu lado. Ao nosso redor, as pilhas de livros que outrora organizáramos para combater as goteiras e segurar o telhado no seu lugar esperavam, uma plateia muito atenta. Então o velho disse:

"Muitos morrerão, mas você sobreviverá, Jósik... E os livros seguirão com você." Ele tocou de leve, como um sopro de ar fresco, a minha testa sob o gorro de pele: "Aqui... Eles seguirão com você. E eu seguirei com eles enquanto você puder acreditar."

Era um aviso, Eva, mas também era uma maldição.

Foi uma maldição por muitos anos, mas, depois, quando eu já não esperava mais, quando apenas encontrava consolo nas páginas escritas por outros, revivendo aqueles anos de paz silenciosa ao lado do avô em Terebin, a realidade acabou sendo maior do que a ficção: colocou você no meu caminho.

Ou colocou-me no seu caminho, talvez essa seja a ordem correta... Afinal, atravessei meio mundo num navio, cheguei a Montevidéu, trabalhei por lá, fui para Colônia e depois — só depois de tudo isso — é que vim dar aqui, neste pequeno paraíso, este braço de mar cercado de azul.

Quando me chamaram para ser o gerente do Hotel L'Auberge, considerei apenas um golpe de sorte. Eu ganhava um bom emprego depois de tanto tempo de labuta e dificuldade.

Eu não sabia, querida Eva — como você sabia, porque leu tudo no seu tarô —, que todo o chão que eu trilhei, tudo aquilo que venci, foi para chegar aqui.

Exatamente aqui...

Na esquina da Calle Carnoustie com a Avenida del Agua.

E, na rouparia úmida e perfumada, nas entranhas do elegante Hotel L'Auberge, com seus hóspedes bem-vestidos, com suas rosas e o alarido das crianças à hora do chá, você estava me esperando, não é mesmo?

Mas o velho Michael sabia, ainda lá, na velha casa, que já não existe mais...

Você sobreviverá, foi o que ele disse.

E aqui estou eu, vivo de verdade, contando junto com você esta história de fantasmas, de navios, de homens que sonharam e de homens que transformaram o mundo num pesadelo.

Vivo, eu: Jósik Tatar.

E, por incrível que pareça, ainda consigo acreditar.

7.

E, quando menos se espera,
uma luz se acende.
Se fosse um arcano,
seria ela:
A Estrela.

Enquanto Jósik andava às voltas com o fantasma do avô, eu ainda vivia minha vida na estância. Eu já lhes disse o nome? La Capilla, era assim que se chamava aquele lugarzinho triste — talvez, em algum tempo mais memorável, tivesse havido uma capela por lá, famílias de fiéis e um grande *gaucho*, um daqueles generais corajosos que fizeram história no sul. Mas, no tempo em que lá morei, era apenas uma grande e pacata estância de criação de gado e de produção de leite. Pouca coisa acontecia, pouca coisa digna de nota.

Assim, volto a Miguelito, uma das terminações nervosas da minha história... Fui viver com ele, vocês já sabem.

Eu sei, repito muito as coisas por aqui, fico dando voltas e voltas, mas não esqueçam: o meu arcano é A Roda da Fortuna e tudo gira para mim; os meus próprios pensamentos estão em constante movimento, feito gaivotas famintas rondando os barcos que chegam ao cais lá no porto da península pelo meio da manhã...

Bem, depois de ir morar com Miguelito, para ganhar alguns pesos, fui trabalhar na lanchonete La luna de azúcar. Era um lugarzinho chato, como tudo na região, e eu passava horas aquecendo a minha barriga em frente à grande chapa de ferro, preparando *tostadas* e ovos para os clientes que passavam por ali, coando e servindo um café bem escuro, feito tinta negra, limpando mesas e varrendo o chão.

Ouvia algumas gracinhas de clientes mais atrevidos — eu era *la linda, el pan de Diós, chiquilina, una diosa* —, mas, depois de algumas semanas com Miguelito, aprendi que nunca iria querer mais do mesmo, e todos esses elogios e ditos espirituosos entravam-me por um ouvido e saíam pelo outro. Aquilo tudo não era nem melhor nem pior do que a minha vida anterior na estância.

Mas faltava-me uma coisa: o tarô.

O tarô ficara na segunda gaveta da cômoda da minha avó, e eu tive de partir, deixando-o para trás com a sua dona de direito. Durante aquele tempo, depois de rolar pela cama com Miguelito, sentindo o cheiro de gordura que se impregnara nos meus cabelos e que xampu nenhum aplacava, sentindo aquele odor acre que se evolava da pele do meu companheiro — uma mistura de *marijuana* e gasolina —, eu caía num sono profundo e quase sem sonhos.

Quase.

Pois no meio da densa bruma do meu cansaço e do meu tédio, eis que me surgia ele, Jósik Tatar.

Durante os primeiros meses, ele se afastara de mim juntamente com os arcanos da avó Florência. Mas, depois, por sortilégios desconhecidos, conseguiu infiltrar-se no mais profundo dos meus sonhos.

Toda noite.

Uma vida em capítulos.

Eu devia ter uns quinze anos; Jósik estava, então, no campo de concentração de Majdanek. Eram sonhos tristes, densos, quase pesadelos. Acordava no meio da madrugada com o coração tamborilando dentro do peito, o sangue a pulsar furiosamente nos meus ouvidos. Ao meu redor, além do escuro, o ressonar de Miguelito me dizia que tudo estava bem.

O silêncio das noites naquele povoado em meio ao pampa era impressionante, quase gelatinoso. Mas, nos meus ouvidos, eu ainda escutava os gemidos, ouvia as vozes suplicantes.

Eu podia vê-lo, Jósik. Um rapaz alto, magérrimo, numa roupa listrada e puída, carregando pedras, falando sozinho sem emitir qualquer som, os dedos das mãos vermelhos, esfolados. Havia neve e o mundo era branco. Branco e cinza, o céu baixo pressionando a tarde, pesado e gordo de frio, como se flutuasse apoiado nos telhados dos barracões de tijolos, enfileirados um ao lado do outro, muitos deles, dezenas deles.

O que era aquilo?

Hoje, eu sei que se parecia com uma história de Kafka. Mas, naquele tempo, ainda não tinha lido o autor de *O processo* e outros livros impressionantes — na biblioteca do padre Augusto, no meu antigo *pueblo*, tais livros não eram permitidos por serem inquietantes demais. Bons livros eram como bons sonhos, dizia o padre, na sua gentileza pueril.

Mas eu tinha aqueles pesadelos terríveis e, em todos eles, lá estava o jovem Jósik.

Eu não sabia o seu nome, o chamava "o menino"... Ele crescia, o meu menino crescia a olhos vistos e estava tão magro que parecia flutuar no ar gélido do campo, cercado de outros iguais, centenas de outros, mais fracos, mais frágeis — acho que, sem que eu soubesse, sem que o próprio Jósik pudesse desconfiar, o velho Michael naquele tempo, no campo em Majdanek, já o tratava com o mesmo remédio que usara para as suas rosas durante os invernos poloneses: a ficção.

Quando Jósik dormia no seu beliche apinhado, atacado pelas pulgas e pelos carrapatos, assolado pelo frio e pela fome, Michael materializava-se ao seu lado e contava, contava para ele as histórias que sabia de cor, histórias boas, fartas de comida e de calor, histórias que se passavam nas praias do Caribe ou nas primaveras da Provença, ou, ainda, nos verões americanos de Faulkner, e o menino fartava-se de melado, de milho, de uvas e morangos, e rolava ao sol, dormia entre canteiros de lavanda e banhava-se no profundo mar de esmeralda de desconhecidas praias paradisíacas.

E foi assim,

foi exatamente assim,

que ele sobreviveu.

Enquanto, ao dormir, Jósik Tatar estava no melhor dos mundos, nos meus sonhos, eu vivia a sua vida diurna. A sua tragédia era o meu pesadelo cotidiano.

De alguma forma, creio, aliviei o seu sofrimento, dividindo-o com ele. Acho que foi por isso que acabamos nos encontrando aqui, no Uruguai, tantos anos depois.

Eu já lhes contei que foi o padre Augusto quem me emprestou os primeiros livros da minha vida. O primeiro, não — o primeiro eu achei sobre uma cadeira da *lancheria*. Era *Os trabalhadores do mar*, e eu guardei-o no armário das coisas perdidas por duas semanas, mas ninguém o reclamou.

Assim, numa tediosa tarde de abril, enquanto lá fora o sol cozinhava o mundo no verão tardio e exasperante, e os cachorros vira-latas procuravam alguma sombra onde dormir, abri o livro e entrei em outra dimensão.

A dimensão preferida de Jósik e do seu avô.

Estranho, porque comecei a ler exatamente no único período da vida em que Jósik Tatar esteve realmente afastado da literatura — o tempo em que estava amando Raika, preso à realidade daquela paixão inefável, e, depois, quando foi interno no maldito campo de Majdanek, próximo à cidade de Lublin, trabalhando como um condenado nos serviços forçados dos *hitlerowcy*. Eu sabia pouco de Jósik naquela época, apenas o que os pesadelos me contavam. Mas, de certa forma, enquanto ele descansava, nas tristes e gélidas noites do campo, eu sofria por ele, vendo a morte ceifar vidas, vendo a fome, o frio, toda a inominável tragédia do aniquilamento planejado. Durante os dias, era Jósik quem sofria, enquanto eu, por obra do acaso, aprendia a me refugiar nas páginas de um bom livro.

Depois de *Os trabalhadores do mar* foi que padre Augusto entrou em ação. Ele comia sempre ali, assim que terminava de organizar a sacristia após o ofício da tarde. Não era moço nem velho, o padre — sua face roliça, de feições quase bonitas, parecia a de um homem de quarenta anos, mas ele mancava da perna direita e tinha um defeito na mão esquerda, que era retorcida como uma garra e que fazia as crianças prestarem muita atenção ao ofício, com medo de que o pobre coitado deixasse cair o cálice sagrado durante a cerimônia. O padre apreciava as minhas *tostadas de jamón y queso* — comia duas ou três com uma xícara de café bem quente, enquanto me contava causos e pequenas histórias sobre os seus fiéis.

Depois que me viu com Victor Hugo sob o braço, começou a me trazer alguns livros. Não havia biblioteca no povoado, e ir até uma cidade comprar livros estava muito além das minhas possibilidades (imaginem o que diria Miguelito!), de forma que as atenções do bom pároco vieram a calhar. Miguelito achava as minhas leituras uma belíssima perda de tempo, mas, como não lhe custavam nenhum peso, não podia fazer grandes objeções.

Foi com os livros que me aproximei de Jósik, tenho certeza.

Ainda me lembro de uma tarde qualquer, um dia nebuloso e invernal, com o céu pesado para chuva. Não havia vivalma na *lancheria* e o silêncio das três horas pesava nas minhas pálpebras. O padre Augusto emprestara-me um exemplar de segunda mão, muito surrado, de *Cyrano de Bergerac*, e eu o lia encostada ao balcão entre pequenos e agitados cochilos.

E foi então que sonhei com ele. Sonhei com o que estava por lhe acontecer. Não ainda, mas em breve.

Jósik.

Eu ainda não sabia o seu nome.

No meu sonho, os enormes portões de ferro estavam abertos em par. A frase *"Arbeit macht frei"* pairava no ar cinzento de uma hora indecifrável, brumosa e tristonha. Jósik seguia para fora do campo, junto com dezenas de outros caminhantes atônitos. Havia homens uniformizados, alguns com parte da vestimenta do exército e parte civil, e falavam uma língua estranha e afável, organizando aquela debandada confusa. (Só muito depois soube que eram membros do exército soviético que tinham libertado o campo no dia anterior.) Não eram violentos, não para a turba que saía arrastando-se pelo chão de terra pontilhado de poças d'água, deixando para trás a larga alameda ladeada pelos barracões, todos iguais, retangulares, sem cor definida, como sombras. Não havia árvores por ali, apenas o céu plúmbeo, o chão barrento e a estrada que se abria em direção a algum lugar misterioso e distante demais para aqueles olhares cansados. Certa agitação pairava no ar — uma agitação desenganada, desconfiada, na qual era possível sentir os primeiros sinais de um arremedo de esperança... Um ou outro dos homens que saía do campo levava um sorriso no rosto emaciado. Jósik — sim, pude vê-lo bem de perto — não sorria, mas pisava firme como se ainda tivesse forças, como se acreditasse que chegaria à outra extremidade da estrada barrenta, seja lá onde ela fosse dar.

Antes de seguir adiante, Jósik Tatar olhou para trás de súbito, buscando algo ou alguém, mas não havia ninguém prestando atenção nele. Aquela saída era uma balbúrdia. A poucos metros dali, soldados soviéticos cavavam uma vala coletiva, havia pilhas de cadáveres e crianças corriam na lama como se estivessem na escola à hora do recreio.

Jósik ergueu seu braço direito e acenou para o nada. Parecia despedir--se da enorme frase lapidada em ferro, suspensa sobre o muro e o campo como um fantasma exausto; depois, virou-se, deitou a caminhar num passo lento e sincopado e não tornou a olhar para trás.

Acho que foi ali que começou a caminhar em direção a mim; naquele tempo, nenhum de nós sabia disso, é claro.

Minha avó Florência morreu dois dias após aquele pesadelo vespertino na *lancheria,* e o seu tarô, finalmente, voltou às minhas mãos. Foi a herança que ela me deixou e que meu irmão, Juan, entregou-me sem muitos rodeios certa tarde, ao final do meu expediente no La luna de azúcar.

Ele estava parado do lado de fora da *lancheria* sob uma fina garoa de inverno, usando um pesado abrigo de lã. Ainda era o mesmo menino com quem eu brigava de tapas, só que mais alto, como se o tivessem puxado pelos braços e pernas, os membros crescidos demais e uma leve penugem no buço que ele parecia ostentar com orgulho.

"A *abuela* deixou para você, Eva", disse ele, empurrando o tarô para as minhas mãos. "Acho que você deve se orgulhar. Ela não tinha nada na vida e adorava este baralho."

Eu tinha mágoa daquela avó que me correra de casa sem remorsos. Ela jamais fora até o quarto alugado onde eu vivia com Miguelito, embora meia hora de caminhada leve separasse a estância dali. Eu fora duas ou três vezes até a fazenda, mas Juan sempre inventava desculpas para as "ausências" da velha — uma ida até Rocha para exames de saúde, uma viagem com os patrões. Florência não queria colocar os olhos em mim; eu era parecida demais com a sua filha fujona e ela preferia simplesmente esquecer-me, como esquecera nossa mãe.

Agarrei o tarô com as mãos trêmulas e perguntei, forçando um sorriso: "E você, Juan? Como você está?"

Ele deu de ombros.

"O patrão me deixou ficar morando na casa, trabalhando lá. Disse que, um dia, chegarei a capataz."

Fingi muito orgulho e meu irmão achou graça.

"Quem é você, hein? Fritando ovos aqui, e se sente a rainha da Inglaterra."

Dei-lhe um tapa de leve, como nos velhos tempos, e Juan me abraçou. Ele olhou-me nos olhos, carinhosamente.

"Não deixe Miguelito estragar sua vida, Eva."

"Tudo isso é passageiro, Juan. A vida muda cada vez que abrimos o tarô..."

"Não pra mim", disse ele. "A estância é o meu lugar, o único lugar que me interessa."

Depois disso, despediu-se e partiu.

Fiquei ali, a chuva leve molhando meus cabelos, o tarô bem guardado dentro da bolsa, sentindo-me tão sozinha, ludibriada pela vida mais uma vez... A avó morrera sem avisos, não era como nos bons romances cujas pistas um leitor atento poderia perceber, mesmo que intuitivamente — a vida não tinha um enredo previamente pensado, simplesmente ia acontecendo.

Segui andando pela ruazinha de chão batido sob o céu coberto de nuvens que anunciavam mais frio. A duas quadras, lá estava o posto onde Miguelito trabalhava. Àquela hora, deveria estar de papo com outros caras da região, fingindo que trabalhava nas bombas ou em algum motor. Sempre havia um ou outro desocupado por perto comprando erva para os amigos.

Dei a volta no posto, entrando no nosso quarto sem que me vissem. Eu não estava para conversas. Tirei meu casaco úmido e sentei na cama, triste e feliz, puxando o tarô de dentro da bolsa. Era como voltar no tempo, voltar à estância, e eu quase podia ouvir a voz da avó gritando lá da sua cozinha: "Eva, *no lo toques*! Os segredos do futuro *no llegan a los niños*!"

Mas Florência não estava mais ali e eu já era uma moça crescida. Dentro em breve, sem que eu soubesse, traria no ventre uma semente. Porém, até isso estava fadado ao fracasso, e até isso o tarô escondeu de mim como um pai muito piedoso e desajeitado. O tarô só era sincero comigo quando Jósik aparecia entre os arcanos, com seus finos cabelos de prata, vindo do outro lado do oceano feito um sopro de boa sorte.

Já apurou os ouvidos no silêncio? Já viu como ele é cheio de vozes? Vozes que sussurram todas as histórias jamais contadas, as vidas que se apagaram no tempo e no vazio. Se você não é Tolstói nem Goethe ou Stendhal — será que vale a pena?

Sei que você está se esforçando, Eva, para pescar no fundo de mim as histórias que calei por todos esses anos. Mas será que devemos? Talvez o caminho seja simplesmente deixar para trás.

Venho pensando nisso, lutando com essa ideia... Flora, Apolinary, Raika, Adel Becker, todos eles — até mesmo Michael, que teimou tanto com a morte a ponto de virar fantasma —, todos eles já se foram para sempre.

Quando lhe disse isso, você sorriu e respondeu: "Às vezes, você sabe ser amargo como limão, Jósik..." Você quer livrar-me disso tudo, eu sei. Mas é que me calei por quarenta anos — por quarenta anos, se me perguntavam dos meus, eu apenas dava de ombros, como se o destino deles tivesse sido comum, mesmo que dividido com outros milhões de vítimas. Como se tivesse sido prosaico.

De Michael, então, eu nunca disse uma única palavra!

Daquilo que aconteceu depois que o meu avô subiu naquele maldito caminhão, nunca, nem sequer uma palavrinha para ninguém... Nem mesmo quando ele me seguia por Majdanek e todos os outros diziam as mais arrebatadas tolices por causa da fome ou da loucura.

Eu? Eu não...

Nunca contei a ninguém que convivi com um fantasma durante anos e que o deixei sob o pórtico de Majdanek num dia nublado, acenando para mim como se estivesse numa estação de trem.

No entanto, em se tratando do velho Michael...

Bem, não me parece tão maluco assim.

Quando comecei a vender os livros da biblioteca, de certa forma, o velho Michael começou a morrer de verdade... Não que me tenha contado sobre isso, avisado que vivia — se é que vivia — na inteireza da sua biblioteca. Nunca ele me disse que a razão de estar vivo residia no fato de que seus livros permaneciam juntos, todos os livros que ele lera ao longo da vida, toda aquela magnífica ficção o havia ressuscitado.

Cada livro vendido, cada célula de fantasia que se perdia daquele centro gravitacional enfraquecia um pouco o seu espectro.

Mas eu não sabia, nunca desconfiei! Não entendia nada da sobrevivência ectoplasmática do meu avô, nada mesmo... Eu, eu apenas acreditava.

O velho desbotava-se a cada Conrad que deixava suas estantes. Um Shakespeare custava-lhe um laivo de brilho nos olhos, um luzir do seu sorriso. Ele tinha decidido acabar-se aos poucos, ir-se dando em partes módicas...

Por mim.

Mesmo depois, quando fui obrigado a partir, acho que os livros remanescentes ainda ficaram lá por muito tempo, juntos, pulsando como um coração, esforçando-se por manter meu avô neste plano porque ele queria — ele precisava, mais do que tudo — cuidar do seu neto. Mój syn, ele dizia. Sim, eu era um pouco seu filho também: ele me reinventara em meio àqueles livros, enquanto navegávamos no oceano das histórias.

Mesmo quando deixei de ver o velho Michael, de certa forma, ainda o senti perto de mim por muito tempo. Falava com ele em sonhos; às vezes, podia escutar sua voz nas horas mais inesperadas, entre os montes de neve suja em Londres, enquanto eu enfiava minha pá bem fundo, respirando o ar gelado e úmido, nas filas de comida, nas repartições em busca de um visto, preenchendo documentos, ou sob as estrelas no navio que me trouxe à América do Sul.

Ainda posso vê-lo mesmo hoje...

Não mais do que uma imagem esfumaçada no calabouço das minhas recordações, com aqueles seus cabelos teimosos, os olhos claros, argutos, alto e um pouco desajeitado como um maestro maluco, com suas mãos

*bailarinas, um glossário de ditos e frases, ideias que ele tomava como suas
de tanto que as amava. Um inventor de realidades de tal modo talentoso
que conseguiu se reinventar, voltando à vida depois de morto e enterrado
pelos* hitlerowcy.

*Você leu Thomas Wolfe, minha querida Eva? Leu os sulistas americanos?
O velho Michael, eu já lhe disse, admirava Faulkner. Pasmou-se ao conhecer
a sua literatura; no entanto, quando penso em meu avô, me vem à mente
uma frase, não de Faulkner, mas de Wolfe, que, creio, o antecedeu.*

"Oh, perdido e, pelo vento, ofendido fantasma..."

*Sim, Eva, esse era Michael Wisochy quando o deixei sob o pórtico de
Majdanek com seu espectral dito escrito em ferro —* Arbeit macht frei *—,
lá estava o velho, uma sombra apagando-se, dançando no vento frio da
tardinha. Ele lutara com todos os meios possíveis e inventados para que
seu único neto sobrevivesse, para salvar em mim a semente do futuro e da
imaginação, como outrora lutara para salvar seus livros da falta de espaço
e das goteiras do inverno.*

E, então, eu lhe digo, Eva, que talvez você seja o gran finale *que o velho
preparou para mim... Você, com essa sua vontade de contar, como decerto
ele teria feito. Você, inventando aquilo que não sabe, do mesmo modo que
o velho Michael fazia.*

*Pois esta não é uma história sobre a guerra, é uma história sobre o
poder da ficção.*

*E a ficção não passa de uma semente que precisa de um pouco de terra
onde brotar e florescer. É assim que você, minha querida cartomante, está
cumprindo a sina, o sonho de Michael: por sua vontade e sanha, a história
dele brotará — ele, que foi o maior fabulador que conheci. Personagem de
si mesmo, dono de tamanho poder de invenção que chegou a ludibriar até
mesmo a morte — e a vida também, pois o velho fez com que a vida o engo-
lisse goela abaixo e levou-me de roldão de encontro ao meu futuro. Levou-me
de encontro a um futuro, já que, certamente, sem ele e sem os seus livros, eu
teria sido o próximo a perecer após o assassinato de Flora.*

8.

O Diabo:
a alegria na tragédia
e a tragédia na alegria.
O avesso de todas as coisas.

Depois daquela manhã no mercado negro, as coisas mudaram outra vez para Jósik.

Ele voltou da casa do avô e esperou sentado no sofá da sala sem sequer tirar as botas sujas de barro. Jósik estava, então, com quase treze anos — não sou muito boa de matemática e me equivocava muitas vezes com as contas da lanchonete — então, se eu estiver errada, me perdoem. Mas posso ver Jósik lá, sentado na pequena sala um pouco depauperada, aquecida pela lareira que Flora tomara o cuidado de abastecer antes de sair — lá estava ele, aguardando a mãe que já não voltaria.

Jósik sabia — imaginem só o sofrimento do menino! —, sabia que acabara de ficar órfão. O espectro do velho avô contara-lhe tudo. Mas, a mesma calma que o punha a aguardar o desfecho dos acontecimentos, preparava-o para o fato de que não poderia alardear o seu conhecimento prévio da morte da mãe.

Quem acreditaria em um fantasma?

Certamente, não *pani* Bieska, a mãe de Raika, uma mulher medrosa e traumatizada. Se Jósik contasse a ela sobre o espectro do avô, sobre seus conselhos, sobre como ele vivia lá na pequena casa repleta de livros, tal e qual vivera durante a sua larga e estudiosa existência... Bem, *pani* Bieska diria que Jósik era um menino maluco e o afastaria do convívio de Raika.

E não era exatamente o contrário que o avô lhe aconselhara? "*Chame pani Bieska e a menina... Chame as duas para viver com você.*" Ele tinha de obedecer ao avô, tinha de ter a inteligência suficiente e a calma necessária para fazer as coisas andarem como Michael lhe sugerira.

Então, Jósik esperou e esperou.

Passava muito da hora do almoço e Flora não voltara à casa. A barriga de Jósik doía de fome quando ele espiou a rua lá fora. Durante toda a manhã, o silêncio imperara na aldeia, era como se nada tivesse acontecido, apenas o frio, a densa nebulosidade que descia do céu cobrindo tudo com um pesado manto de silêncio.

Mas, às primeiras horas da tarde, Jósik viu uma carroça passando escoltada por dois *hitlerowcy*. Mais atrás, vinha um pequeno séquito de pessoas que pareciam tristes, cabisbaixas. Alguns vizinhos saíam à rua para ver o que acontecia, já que não parecia haver perigo. Da casa ao lado, saiu Anna Bieska, enrolada num grosso xale de lã escura, os cabelos castanhos presos num coque. Ela cruzou o portão conversando rapidamente com algumas pessoas que seguiam a carroça e os alemães. E, então, levou a mão à boca, como se lhe tivessem contado algo muito chocante. Neste momento, os olhos da mãe de Raika procuraram a casa dos Tatar, vizinha à da sua irmã, e encontraram-se com os seus — Anna Bieska o viu à janela, espiando tudo.

Naquele instante, Jósik teve certeza da morte de Flora. Acreditara no espectro do avô assim como confiava nele em vida, mas era tudo tão estranho, pensava ele... Talvez... O avô era um fantasma muito recente, ainda um aprendiz. Poderia ter errado o seu vaticínio. Mas não. Os olhos de Anna Bieska estavam cheios de horror.

Jósik vestiu seu pesado casaco de inverno e saiu à rua. Rajadas de vento frio esbofetearam-lhe o rosto, fazendo suas bochechas arderem e a fome que sentia aumentar, rosnando no seu estômago feito um cão irritado.

Anna Bieska correu até ele, abraçando-o com força. Jósik pôde sentir seu leve perfume de sabonete, enquanto ela dizia baixinho no seu ouvido:

"Pobre menino. Sua *mamusia*, esses alemães malditos... Eles a levaram, você entende?"

Anna Bieska afastou-se dele subitamente, segurando-o pelos ombros enquanto o fitava nos olhos com seriedade e tristeza.

"Flora não voltará mais, você compreende, Jósik? Vou cuidar de você, prometo... Eu devo isso a Flora", disse ela de um modo corajoso, mas que deixou o menino meio envergonhado.

Jósik estava bastante confuso. As lágrimas começaram a correr por seu rosto, lágrimas que ele acumulara naquelas últimas horas no silêncio da sala vazia, e logo o menino estava aos prantos no colo da mãe de Raika, que o embalava lentamente, ajoelhada nos ladrilhos que outrora Flora varria todas as manhãs.

"Tudo dará certo", disse *pani* Bieska.

Depois daquele pequeno interlúdio, outros vizinhos começaram a chegar, curiosos pela cena ou pesarosos por causa da notícia da morte de Flora, que era muito querida em Terebin. Logo, Raika apareceu também. Enquanto os adultos ficavam conversando em voz muito baixa no alpendre da casa dos Tatar, Jósik e Raika entraram, sentando-se em frente à lareira onde o fogo ainda crepitava. A casa toda pareceu a Jósik subitamente estranha agora que era fato que sua mãe jamais voltaria a pisar ali. De repente, ele teve a sensação confusa de que saía da vida para entrar na ficção.

"É como se fosse um sonho", disse a Raika, vendo as labaredas subirem pelo vão da lareira.

A menina também sentia-se triste: seus grandes olhos amendoados estavam úmidos e vermelhos em contraste com a pele alvíssima do rosto, que o calor começava a colorir de carmesim. Jósik sentiu como se alguma coisa aguda e fria trespassasse seu coração quando Raika sorriu para ele.

"Estaremos juntos, Jósik", foi o que ela disse.

"Então não vai ser tão ruim", respondeu ele, sentindo a lâmina afundar-se na carne do seu peito, disposta a habitá-lo por um longo, muito longo tempo.

Jósik era um menino ainda, não entendia nada do amor. Mas as mulheres crescem melhor e mais rápido, e Raika segurou-lhe as mãos frias entre as suas — mornas, amáveis — e retribuiu seu comentário carinhoso com um beijo leve, levíssimo, sobre seus lábios ainda molhados de lágrimas.

Foi assim, meus caros, que o menino Jósik Tatar perdeu a mãe e ganhou uma namorada exatamente no mesmo dia — ele não sabia, é claro, mas estava fadado a viver alguns acontecimentos em duplas ou trincas, como se a sua vida fosse uma grande pista de boliche, e o destino, um jogador habilidoso.

Segundo as previsões e os conselhos do avô, sem nem saber como as coisas se organizaram daquela forma, alguns dias depois da morte de Flora (seu corpo estava naquela carroça, junto a várias outras vítimas da chacina às portas do cemitério, e foi enterrado numa vala coletiva), as duas mulheres Bieska foram viver com Jósik na casa dos Tatar, num arranjo que pareceu vantajoso para todos.

Anna Bieska ocupou com a filha o antigo quarto dos pais de Jósik e ele seguiu na sua cama, entre seus livros (agora ia e vinha da casa do avô, pois *pani* Bieska não era tão criteriosa ou não se sentia tão angustiada com as suas saídas como sentia-se com as vontades de Raika).

"Quanto a Jósik", dizia ela, "não posso retê-lo aqui, mas você, Raika, ficará sob os meus olhos, está entendido?"

Pani Bieska era dúbia nas suas decisões e afirmações — Jósik não sabia o quanto ela de fato zelava por ele, mas os pratos de comida de ambas as crianças eram servidos de maneira igual e as porções pareciam similares. Anna mantinha as roupas de Jósik em ordem, obrigava que ambos fizessem cálculos e estudassem um pouco de aritmética todas as tardes, já que as escolas estavam fechadas por tempo indeterminado, e dizia, distraidamente, que eles deveriam ler bons livros. Para Jósik, os livros de *pani* Bieska não passavam de tolices sobre jardinagem e santos católicos, e ele seguia sua imersão na obra de Conrad, Flaubert, Defoe e outros. Raika não gostava tanto assim de ler, preferia que Jósik lhe contasse um pequeno resumo das histórias e saciava-se em saber se o mocinho fora bem-sucedido em seus intentos ou não.

Fora isso, a mãe de Raika parecia não prestar muita atenção ao menino, como se a moradia e sua súbita segurança fossem bem pagas com três pratos de comida por dia e roupas passadas a ferro. Anna Bieska nunca ia até seu quarto no meio da noite para ver se Jósik estava bem coberto e protegido do frio, como Flora sempre o fez, não lhe dava um beijo na ponta do nariz após o café da manhã, nem parecia perceber que ele chorava escondido de saudades da família e só era feliz nos seus interlúdios com Raika. Permitia que Jósik circulasse livremente pela cidade, como se o garoto tivesse um salvo-conduto ou coisa parecida, e sequer questionava a origem dos złotys que ele trazia para a casa.

Jósik ganhava a rua enfiado no seu casacão de lã, correndo até a casa do avô. Procurava a chave sob o alpendre, num buraco que ele disfarçava com um tijolo solto, e, finalmente, entrava naquele paraíso de ficção e mofo, onde o velho o esperava sempre com um sorriso no seu rosto de fantasma.

Os motivos que levavam *pani* Bieska a deixar Jósik assim tão livre pareciam extremamente óbvios para o menino: sempre que saía, ele pegava um ou dois livros do avô (escolhiam os títulos juntos, percorrendo as prateleiras como sultões no seu harém) e corria a vendê-los em algum lugar, na praça ou na farmácia ou, ainda, no mercado negro, sempre que o avô lhe dizia ser um dia seguro. Pois Michael Wisochy parecia saber exatamente quando os *szwaby* iam ou não até o mercado negro a fim de fazerem um bom punhado de cadáveres ou de prisioneiros para as suas fábricas.

"O caixão é irmão do berço", dizia o velho, tentando explicar sua sabedoria ao neto. "O meu algoz agora é parte de mim, Jósik, e basta eu me concentrar um pouco para saber onde eles estão e o que pretendem."

Jósik acreditava plamente nas premonições do avô, indo ao mercado negro quando ele lhe dizia para fazê-lo. Levava sob o braço alguns livros. A escolha era sempre difícil, mas já tinha vendido alguma coisa de Conrad, dois exemplares em couro de *As mil e uma noites*, a *Madame*, de Flaubert, alguma coisa de Kafka — aquele visionário!, dizia Michael — e estava começando a desfazer-se de alguns títulos de Oscar Wilde.

Não era um negócio fácil — vender os livros de Michael parecia um pecado a Jósik, mas como conseguiriam comida? *Pani* Bieska era completamente despreparada para a situação calamitosa em que viviam e negava-se a buscar um emprego como doméstica em alguma das residências ocupadas pelos *hitlerowcy* nas redondezas. Flora já tinha vendido as suas poucas joias, e Jósik guardara consigo apenas uma medalha de ouro e um pingente de Bárbara de Nicomédia, a santa preferida de sua mãe. Com os złotys que ele trazia para casa, Anna Bieska comprava um pouco a mais de pão e farinha e, eventualmente, algum naco de carne, vísceras ou músculos para preparar uma sopa.

Semanas se passaram assim, entre as visitas ao espectro do avô, as vendas clandestinas e a sensação inabalável de que a casa dos pais já não lhe pertencia de todo — Jósik começava a aprender, de maneira dura e cruel, que a inconstância é o único padrão da existência humana. Sem Flora nem Apolinary, a pequena casa de grossas paredes, com sua cozinha acolhedora, presidida pelo fogão à lenha, a sala com a lareira e os velhos tapetes representando os reis da dinastia jaguelônica em diversas batalhas, tudo aquilo, aquele apanhado de coisas, móveis, objetos e memórias, parecia ter perdido a alma. Às vezes, deitado na cama, sob as grossas cobertas que Anna Bieska mantinha limpas e arejadas, Jósik sentia seu coração bater dolorosamente de saudades, e o único alívio para tais sofrimentos eram os carinhos de Raika ou o refúgio polvorento, recheado de histórias e de aventuras da casa do avô Michael.

Fugir para o avô era sempre divertido. A escolha dos livros para a venda, pelo menos no começo, era uma cerimônia afável e bucólica. Despediam-se dos personagens como quem dá adeus a velhos amigos, pois, mesmo morto, Michael Wisochy seguia profundamente obstinado pela literatura.

"Lá se vai nossa querida Emma", dizia ele, enfiando na sacola de Jósik o *Madame Bovary*.

Ou:

"Será que a alma irá encontrar o seu pescador caso ele vá embora daqui?", resmungou Michael, desconsolado, quando se decidiu a vender os contos de Wilde, que tantas vezes lera com o neto à beira do fogo.

E assim por diante, lamentaram juntos por cada um dos amigos que tinham feito naquelas páginas, navegando por vidas tão diversas e grandiosamente narradas.

Despediram-se de Joseph K. e, depois, deram adeus aos integrantes de toda a família Rostov... O velho Michael fazia salamaleques.

"Adeus, meus queridos Ilya e Natalya... Cuide-se muito, bela Natasha... Ainda nos veremos, jovem Nicolau! Que seu coração se acalente, querida senhorita Vera... Meu pequeno Pétia, coragem lá fora, sim, senhor!"

Antes de enfiar o grosso livro no saco de estopa de Jósik, ainda recordou-se de desejar felicidades a Pierre Bezukhov e a André Bolkonsky.

Os adeuses eram quase diários, mas, às vezes, um ou outro personagem retornava à estante por falta de clientela.

"É um povo burro", dizia Michael, com uma pontinha de alegria ao ver de volta um Conrad ou um Tolstói.

Certa tarde, em meio aos enlevos literários de ambos, Michael Wisochy recordou-se de que, havia um bom tempo — "Quando eu ainda era vivo...", dissera ele —, guardara algum dinheiro sob o tanque do quintal. Lá se foram avô e neto em busca do pequeno tesouro, e qual não foi a sua alegria ao recuperarem, de sob a pedra escura e úmida, enfiado num oco de terra, um belo punhado de złotys!

"Leve-os aos poucos", disse Michael ao menino. "*Pani* Anna gastaria tudo, ela não é muito sábia..."

E, assim, de punhadinho em punhadinho, Jósik e o avô puderam escapar ao mercado negro por três longas e felizes semanas nas quais as prateleiras não sofreram qualquer assalto, e as tardes foram gastas entre páginas e horas de silêncio.

Correram os últimos meses daquele ano de 1939.

No dia 10 de janeiro de 1940, Terebin amanheceu branca de neve, e Jósik completou seu décimo terceiro aniversário: era um garoto alto, de espáduas que se alargavam timidamente, cerceadas pela pouca comida disponível. Tinha traços bem-feitos, olhos azuis e um sorriso tímido e sonhador que ganhara folheando as páginas dos livros do avô. Raika, que era quase um ano mais nova, estava absolutamente apaixonada por ele e decidida a casar-se aos quinze anos — o que, segundo ela, seria muito simples: a única providência baseava-se em receber a bênção de um padre, trocar suas roupas para o quarto do final do corredor e a *mamusia* seguiria cuidando deles até o final dos dias.

Era um sonho bonito, tenho de concordar, e parecia um arranjo extremamente razoável. Mas a guerra estava ali com suas garras afiadas e seu apetite inesgotável, e as coisas não aconteceram assim — oh, pobre Raika!

Mas estou adiantando a história; eu já lhes disse que não sou uma boa narradora, e o velho Michael deve estar arrancando os próprios cabelos em algum lugar inefável da eternidade, admirado da minha temerária coragem de encher estas páginas labirínticas com meu arrazoado sobre a vida de Jósik e a dele — logo a dele, um amante de Shakespeare!

Bem, o fato é que nosso Jósik cresceu e arranjou uma namoradinha, e essa namoradinha acabou indo viver na mesma casa que ele. Trocaram um primeiro beijo apaixonado sob o alpendre numa tarde de nevasca quando Jósik voltava da sua labuta perigosa e Raika esperava-o à janela, ansiosa e um tantinho preocupada, disposta a jogar um pouco de baralho, uma das únicas distrações noturnas que ambos compartilhavam naqueles dias de severo toque de recolher.

Os beijos se sucederam, beijos delicados, que aconteciam sempre que Anna Bieska estava às voltas com a comida ou com a roupa, ou, ainda, rezando piamente à beira da cama, pois era uma católica fervorosa e uma mãe um tanto distraída, envolta em medos e traumas que a guerra exacerbara terrivelmente.

Enquanto os dois jovenzinhos se enamoravam e as estantes do velho Michael perdiam alguns dos seus memoráveis habitantes, Hitler e sua corja continuavam a causar os mais profundos estragos no velho continente. Em abril de 1940, os *hitlerowcy* invadiram a Iugoslávia, a Noruega e a Dinamarca. Em maio, foi a vez da Bélgica e da Holanda. As nações caíam como peças de dominó e as tropas nazistas voltavam seus olhos para Paris, marchando em direção à gloriosa (e apavorada) França. Os poloneses consideravam a França um baluarte do mundo livre; Hitler não passaria por ela! Mas, em meados do mês de maio, sem encontrar quase nenhuma resistência, os tanques alemães cruzaram a fronteira em Sedan e, de lá, seguiram marcha, avançando trinta ou quarenta milhas por dia, com milhares de prisioneiros franceses arrastando-se humildemente atrás deles.

Quanto à Polônia, depois do mais profundo desespero pela queda de Paris, via-se abandonada à sombra das botas dos *szwaby*. Desde a ocupação, em setembro de 1939, até os últimos dias de dezembro do ano seguinte, mais de quarenta mil cidadãos tinham perdido a vida: os grupos da SS matavam sistematicamente, dando preferência às elites culturais e econômicas — os alemães queriam obter da Polônia apenas a mão de obra barata, usando-a como um quintal para a produção de víveres e armamentos necessários à ofensiva. Nas entranhas das cidades polonesas, por vielas e florestas e esgotos, uma rede de resistência formava-se lutando contra os alemães, promovendo atentados, resgates de poloneses presos, interceptando documentos e criando todo tipo de dificuldade para o Governo Geral.

Acho que Jósik não pensava muito nisso tudo ao espremer-se nos desvãos da casa com Raika em seus braços, experimentando-se, lentamente, no incrível jogo do amor, assediado pelos seus hormônios e pelas ardentes descrições de Sade que lera às escondidas nos mananciais literários do avô, fervilhando de agonia sob o leve toque dos dedos mornos daquela menina loira.

A guerra era *una mierda* e a perda dos pais assolava-o em pesadelos diários, mas Raika era uma bênção na sua vida. Ele era jovem, cheio de futuro, e não acompanhava os programas de rádio, que eram proibidos, pois Anna Bieska enterrara no fundo do quintal o único aparelho da casa, que Flora se esquivara discretamente de entregar às autoridades alemãs. Manter um aparelho radiofônico era ilegal e motivo de prisão durante a ocupação nazista.

"Flora era irresponsável", gemeu Anna Bieska, cavando um buraco bem fundo no quintal. "Não é à toa que eles a pegaram...", dizia, irritada e cansada do esforço de cavoucar a terra semicongelada sob o vento do inverno.

O rádio era grande e ela precisou cavar um buraco bem fundo. Jósik ouvia seus queixumes com o coração cheio de pesar. O rádio tinha sido do seu pai e Flora nunca fora irresponsável. Mas Anna Bieska levava um brilho estranho nos olhos e parecia muito determinada. Ela mudara desde os primeiros dias na casa dos Tatar: mostrava-se agora uma mulher irritadiça, distraída e egoísta, cujas atenções Raika evitava para estar junto a Jósik.

"Mamãe é muito casmurra", dizia a menina em tom de desculpas. "Vamos para o seu quarto jogar cartas?"

E lá se iam eles.

Raika falava que a mãe tinha mudado depois do desaparecimento do pai. Doce, gentil e alegre eram palavras que não pareciam combinar com Anna, mas Jósik apenas calava-se e tratava de cuidar das suas trincas e canastras.

Ele não julgava *pani* Bieska, pois, em verdade, nunca gostara dela. Era um fato que ela cozinhava bem, quase tão bem quanto Flora, mas, fora isso, parecia-lhe uma criatura completamente dispensável, a não ser pelo fato de que era mãe de Raika, e ele estava completamente apaixonado pela garota. Era um amor puro e simples, como um pedaço de pão com manteiga, e Jósik aferrava-se a ele para encontrar o sono, mesmo com o estômago roncando porque a comida nunca alcançava para atendê-lo.

Mas a distraída Anna Bieska não era tão leviana assim. Seus planos para a filha eram grandiosos e incluíam sobreviver com galhardia ao final da guerra e fazer um curso superior em Varsóvia. Não queria que Raika vivesse o que ela vivera, sem um tostão e sem trabalho após o sumiço do esposo, e ali, em Terebin, só havia o presente para elas. Era uma situação temporária, Anna gostava de dizer e repetia isso várias vezes ao dia, o futuro seria em Varsóvia.

Porém, os suspiros da filha única a alertaram para o fato de que alguma coisa estava errada... Anna afinou os ouvidos e apurou o olfato; seus olhos agora procuravam por alguma pista, embora não soubessem exatamente de quê. Ora, Anna Bieska não era um gênio, mas qualquer mulher saberia que, mesmo nas condições mais primárias, o amor pode surgir — o amor é uma plantinha vagabunda, é como o inço que cresce em qualquer desvão entre duas pedras e vinga e prolifera rapidamente.

Anna passou a cozinhar em silêncio e a rezar com um dos olhos abertos. Não demorou muito para pegar os jovens pombinhos num colóquio no corredor:

"Jósik, quero morar aqui com você para sempre", ouviu a filha dizer.

"Quando casarmos, talvez vivamos na casa do vovô Michael. A casa é muito boa, mas teremos que fazer uma obra no telhado", respondeu Jósik numa voz tão leve que parecia música.

Ambos dividiam o lampião para os seus afazeres noturnos, e Anna Bieska, encolhida contra a parede fria do corredor, mergulhada numa zona de escuridão, blasfemou contra a pobreza e o racionamento: se ainda pudessem usar a luz elétrica, ela tinha certeza de que o garoto permaneceria com o nariz enfiado nos seus livros, como sempre fizera. Mas o convívio forçado parecia ter criado aquela maldita ilusão de amor.

Do seu canto no corredor, Anna ouviu a filha dizer:

"Seria ótimo viver na casa do seu avô! E mamãe poderia ficar aqui, não é mesmo? Cuidaríamos dela, e assim seria mais fácil suportar seu constante mau humor."

Os dois riram e o farfalhar dos seus risos rolou até os pés de Anna como cacos de algum belíssimo objeto cruelmente estilhaçado. Ela sentiu as faces ardendo no escuro: aqueles dois pirralhos! Anna aguentou-se no seu refúgio escuro até que as risadinhas cessassem, e outros ruídos, mais lúbricos e angustiosos, fizeram com que se decidisse a tomar uma atitude.

No dia seguinte, sem avisos, proibiu Raika de jogar baralho à noite e recolheu os livros de Júlio Verne que Jósik lhe emprestara.

"De agora em diante, você fica comigo no meu quarto. Vamos jogar damas ou ler a Bíblia. Uma moça de família não fica jogando baralho por aí, nem lê histórias de aventuras!"

Também cortou parte da ração de Jósik, alegando que o garoto estava comendo demais, que era preciso fazer economia e que o dinheiro que trazia para casa mal dava para comprar alguns ovos e um punhado de farinha velha e de batatas passadas.

Jósik não reclamou, embora sentisse uma fome constante e o gesto de *pani* Bieska fosse deveras injusto — doía-lhe mais o silêncio noturno, agora que Raika era obrigada a ficar no quarto com a mãe, do que a má alimentação. Mais uma vez, mergulhando em *Oliver Twist,* a literatura o salvou da tristeza.

Na primeira visita à casa de Michael depois da ração reduzida e da falta da companhia de Raika, mais ou menos pelo final de *Oliver,* quando o malvado Sikes morre enforcado, Jósik queixou-se ao fantasma sorridente que lá o esperava entre as prateleiras:

"A mãe de Raika está se saindo uma harpia!"

O velho soltou uma gargalhada tão alta que não parecia ter vindo de um espectro tão franzino e vulnerável como ele. Jósik notou que alguns dos seus contornos começavam a apagar-se muito discretamente e era impossível definir onde, por exemplo, terminavam os sapatos de Michael ou a ponta dos seus dedos indicadores.

"Ora, ora, *mój syn...* Anna Bieska está protegendo você. Isso é apenas uma família de fachada, você sabe. Esse arranjo é perfeito e não vai piorar muito, não se preocupe. *A suspeita sempre persegue a consciência culpada*, escreveu Shakespeare. Você e Raika podem ir se ajeitando por mais algum tempo, tenho certeza de que encontrarão uma maneira", disse o velho, ainda rindo da braveza do menino.

Mas, mesmo sendo um fantasma, o bom Michael podia ver que seu garoto estava crescendo, que fora engolido pelas transformações e que, a cada dia, aparecia ali mais mudado, maior, mais alto, com uma penugem mais visível sobre os lábios e um jeito diferente de olhar... Jósik desenvolvia--se a olhos vistos e estava apaixonado pela garotinha loira de Varsóvia.

"Mas Raika e eu, avô?", perguntou Jósik, inconformado.

"Veja, *mój syn*... Romeu Montecchio e Julieta Capuleto fizeram malabarismos maiores, não se recorda?"

"Sim", garantiu o menino. "Mas o final deles foi triste."

O velho suspirou, pousando no chão lentamente. Estava mesmo ficando hábil naquelas manobras aéreas, regozijou-se. Ah, ele sabia tantas coisas e nenhuma delas poderia ser dita ao seu neto! Então respondeu simplesmente:

"A maioria das histórias tem um final triste. Se termina de modo alegre é porque o autor não quis chegar até o verdadeiro fim da coisa toda. O final de nós todos... Bem, você sabe, é a morte."

Jósik sentou-se na velha poltrona que ocupava havia anos e abriu o seu primeiro sorriso do dia. Deu de ombros e disse, como se pegasse o velho jogando sujo:

"Ah... Mas você enganou a morte, não é?"

Michael piscou um olho.

"Não por muito tempo... Não por muito tempo."

E, assim, seguiram eles no seu curioso joguinho.

Por todos os lados, as coisas aconteciam.

E o verão voltou outra vez. Trouxe com ele uma tragédia humana em Dunquerque, com a retirada das tropas aliadas diante do sucesso da invasão alemã à França. O mundo assistia a tudo com a respiração suspensa. Em junho daquele ano de 1940, a Itália entrou na guerra ao lado das tropas nazistas. Em meados do mesmo mês, tropas de *hitlerowcy* sorridentes e engomados desfilaram luminosamente na Champs-Élysées e os franceses reconheceram a sua fragorosa derrota.

Uma guerra menor e mais prosaica era travada na casinha dos Tatar, com Anna Bieska espionando Raika e Jósik, diminuindo porções de pão, escondendo batatas e açúcar e reclamando para *pani* Sawa dos desmandos da filha com o garoto, enquanto Raika pulava janelas para encontrar Jósik na praça, e Jósik escrevia-lhe poemas de amor nas capas dos livros de Baudelaire, que ele lhe emprestava sob a alegação de Anna Bieska de que a poesia era importante para as raparigas jovens e casadoiras.

Jósik e Raika abraçavam-se à soleira da porta de entrada pelas tardes, escondiam-se durante as manhãs no quintal úmido para trocar ditos de amor e fugiam até a praça ao alvorecer, enquanto *pani* Bieska dormia a sono solto. Ali, na praça vazia da pequena vila aterrorizada pela violência alemã, os dois contavam-se os sonhos que haviam sonhado sob as últimas estrelas, aquecidos apenas pela paixão que sentiam um pelo outro.

Na casa do avô Michael, as estantes apresentavam já seus primeiros lastimosos buracos, assustadores vãos que o pobre literato lamentava às escondidas. Parte de Conrad, muitos volumes de Flaubert, quase toda a coleção de Kafka e os contos de Oscar Wilde tinham virado comida temperada e cozida por Anna Bieska a trezentos metros dali.

Junto com os livros, os contornos de Michael Wisochy também começavam a minguar. Era aquela a regra e Michael a conhecia — estranhamente, pois nunca ninguém viera lhe explicar as cláusulas do seu mágico contrato de sobre-existência nem a sua autenticidade ou duração.

Michael estava preparado, até mesmo consolado pelo seu destino. Com o tempo, ele se apagaria como uma boa história escrita a lápis. Mas o que mais lhe importava era que Jósik seguisse vivo e são, com plenas condições de vencer aquilo que o fado lhe engendrara.

Havia ainda muita coisa pela frente...

Ah, só de pensar nisso, já fico cansada, meus amigos.

Mas preciso continuar, e continuarei.

No final do mês de junho, depois de encontrar Raika e Jósik abraçados sob a macieira do quintal em meio ao verde que fazia o mundo parecer bom e bonito como outrora, *pani* Bieska teve um tremendo surto de raiva e disse tantas imprecações que Jósik não achou outra saída a não ser mudar-se temporariamente, levando meia dúzia de roupas e os trezentos złotys que guardava no fundo do armário para a decrépita e adorada casa do avô Michael.

9.

Quando tudo parece errado,
um mestre inesperado
faz a esperança renascer.
Um arcano para isso
só poderia ser O Papa.

Pode parecer estranho, mas Jósik deixou sua casa para *pani* Bieska. Sem saber, estava se salvando.

Talvez Michael Wisochy intuísse alguma coisa a respeito, pois os mortos têm uma intensa liberdade sobre o passado e o futuro. Mesmo para um fantasma, os eventos do amanhã não passam de boatos; cabe a eles julgá-los viáveis ou não, de modo que cada alma penada precisa, ainda assim, de uma boa dose de sabedoria para acertar suas apostas na inefável roleta do destino.

O velho avô de Jósik nunca fora de todo deste mundo — embora pudesse pressentir um lobo se movendo nas estepes russas de Tolstói, uma cobra deslizando nas úmidas florestas descritas por Kipling ou, ainda, o ruído de uma xícara despedaçando-se numa mansão inglesa das páginas de Henry James, a vida real sempre parecera-lhe extremamente obtusa. A morte viera, então, como uma espécie de compreensão absoluta das coisas: seus instintos estavam mais afiados, fazia predições que se concretizavam e, quando cochilava, espremido entre as estantes dos seus livros sumamente adorados, tinha pequenos sonhos voláteis que pareciam pílulas do porvir.

De fato, ele não considerava mais a casa dos Tatar segura. A pequena rua, toda ela, com suas seis casinhas em fileira, tinha-lhe aparecido em ruínas fumegantes num sonho recente. Não havia explicações no sonho profético: nada antes e nenhum depois. Assim, quando Jósik surgiu na sala poeirenta com seu pequeno fardo de roupas, Michael ofereceu-lhe um sorriso feliz.

"Já não era sem tempo, *mój syn*", foi o que ele disse.

O garoto não entendeu o comentário do avô. Fantasmas eram estranhos, pensou Jósik. Explicou, então, a grave situação na qual encontrava-se:

"*Pani* Bieska xingou-me e praticamente me colocou para fora da minha própria casa, avô", disse Jósik, mostrando seus pertences trazidos às pressas.

O velho viu que ele parecia triste e deu de ombros.

"*O diabo pode citar as Escrituras quando lhe convém... De qualquer modo, você estará mais seguro aqui comigo. Deixe Anna Bieska lá à espera do seu destino.*"

"E Raika?", perguntou o garoto.

Jósik era mesmo muito arguto, pensou o velho. Pudera!, tinha sido alimentado a Poe, Flaubert e Wilde. Mas, ao recordar a menina loira que chorava em seu quarto do outro lado da praça, Michael sentiu um leve sopro de vento gelado abrir caminho pelas alamedas do verão, insinuando-se como um mau agouro forte demais para ser rechaçado. No entanto, disse apenas:

"Raika ficará bem por enquanto."

Não queria assustar o neto. De todo modo, ele pouco entendia do futuro, estava experimentando-se aos poucos, mas o sonho com a rua devastada fora real o suficiente para que se alegrasse ao ver o menino ali na sua casa.

"Teremos muito tempo para ler. E, de vez em quando, você fará pequenas incursões ao mercado para vender livros. Quando for conveniente, eu saberei."

"E como Raika viverá sem o dinheiro que ganho, avô?"

Michael deu de ombros.

"A mãe dela achará um jeito, não se preocupe. Além do mais, vocês poderão estar juntos enquanto *pani* Bieska for ganhar a vida, pois ela terá de achar algum trabalho agora, não é mesmo?"

O velho espantou-se com o súbito brilho que via nos olhos do garoto — era o amor, ele quase tinha esquecido. O amor... Nos livros, o amor era muito poderoso, mas e na vida real? O seu ardor pela esposa estava há muito esquecido, de modo que o velho Michael só podia pagar para ver, aguardando o que o amor, aquele ladino, poderia fazer com Jósik e a garota varsoviana.

Assim, os dias foram se seguindo para Jósik, seu avô e Raika na pequena Terebin convulsionada pela ocupação nazista.

Jósik e Raika viam-se em rápidos encontros roubados. Havia uma falha na antiga cerca do quintal construída por Apolinary, atrás de um velho canteiro de flores que o verão revivera novamente, e Jósik insinuava-se por ali, abrindo caminho entre os destroços do que antes fora um bom muro de alvenaria. Ajoelhados atrás das coloridas begônias e das margaridas inquietas, os dois jovens diziam-se juras e Jósik declamava de cor os poemas de Baudelaire que Raika leria à noite entre suspiros, enquanto a mãe fazia crochê ao seu lado na cama.

Amavam-se até mais agora que o amor lhes fora proibido. Também isso estava nos livros, pensava com satisfação o fantasma de Michael, ao ver o neto voltar de tais incursões com os olhos sonhadores e as bochechas rosadas, suspirando pelos cantos da casa. Se os Capuleto e os Montecchio fossem amigos, teria havido um *Romeu e Julieta*? Ele tinha absoluta certeza de que não.

Naquele começo de verão polonês, havia grande movimentação de trens que passavam lotados de prisioneiros, seguindo no rumo oeste para os lados da antiga fronteira alemã. Construía-se, perto da cidade de Oświęcim, um campo de trabalhos forçados no local onde houvera um quartel de artilharia do exército polonês. Milhares de prisioneiros alemães, transferidos desde o campo de Sachsenhausen, e presos políticos poloneses, que tinham vindo de Łódź e da Cracóvia, eram obrigados ao trabalho contínuo para erguer o complexo que o mundo inteiro viria a conhecer com o infausto nome de Auschwitz.

Tropas iam e vinham. Tenentes, subtenentes, sargentos e cabos circulavam de lá para cá entre Cracóvia e Oświęcim, envolvidos em infindáveis afazeres administrativos, misteriosas operações secretas, comboios inomináveis e testes médicos e científicos que não constavam nas atas oficiais. A guerra, com os seus cruéis refinamentos, dava muito trabalho também aos vencedores.

A Europa caíra de joelhos depois da tomada da França, e a Grã-Bretanha era o único baluarte do mundo livre no velho continente. Em julho daquele ano de 1940, a Luftwaffe iniciou uma série de furiosos ataques a Londres com o intuito de obter o domínio aéreo da região do Canal da Mancha. A Segunda Guerra Mundial estava a pleno vapor, embora aqui, no longínquo Uruguai, eu me ocupasse de preparar *tostadas* e milanesas para os parcos clientes da *lancheria* e os dias fossem tão pacatos como sempre.

Sentado entre seus livros, o quimérico Michael podia contar os fantasmas que brotavam pelas cidades e ruas e províncias como outrora tinham brotado as goteiras no teto da sua querida casa. Morriam-se às centenas, aos milhares... Os motivos eram banais e desimportantes. Uma bomba levava muitos; um pedaço de pão roubado ceifava dois ou três. Um alemão assassinado custava a vida de dez poloneses; um judeu escondido era pago por uma família inteira de criaturas piedosas. A matemática da morte não era uma ciência exata.

Michael Wisochy podia ouvir os gemidos, as lástimas, as despedidas e as lamentações — escutava cada um dos suspiros inomináveis quando as almas arrancadas deste mundo subiam ao céu.

Durante as noites, o silêncio parecia reinar sobre o mundo, abarcando ruas, fazendas, jardins, campos e igrejas. O ruído, caso houvesse, era nascido do medo. Tiros, gritos, incidentes envolvendo as tropas alemãs — pois a Armia Krajowa, a ousada resistência polonesa que seria conhecida por esse nome dois anos depois, espalhava-se silenciosa e tenazmente pelas províncias, preparando sutis emboscadas para os *hitlerowcy*.

Michael deixava-se ficar vagando pela casa (saibam todos que o sono dos espectros é volátil e fugidio) quando Jósik dormia na cama que outrora ele ocupara. O velho tentava concentrar-se no suave ressonar do menino enquanto, lá fora, o vento soprava para o oeste no rumo dos comboios noturnos — como se até mesmo o vento estivesse a serviço do *Führer*, pensava ele, contrariado.

Terebin não tinha estação própria, não passava de mera espectadora dos trens que a cruzavam laboriosamente durante as madrugadas. Apenas o pobre Michael ouvia os lamentos, os últimos suspiros das crianças ainda imberbes, o pranto das mães e dos pais, das centenas de milhares de pessoas espremidas nos tenebrosos vagões sem ar. Ele pensava, na quietude da casa vazia e ainda atulhada de livros, com seu fervor de além-túmulo:

"Jósik nunca irá para lá. Nunca."

Era esse o seu objetivo, o objetivo de um fantasma: evitar que Jósik Tatar, seu único neto, fosse confinado em algum daqueles vagões da morte e mandado para os campos próximos a Terebin.

Michael vasculhava seus sonhos como quem revirava as próprias gavetas, mas não achava nenhuma revelação consistente sobre o futuro de Jósik, nada em que pudesse se agarrar além da imagem da rua destruída e da cratera no lugar da casa onde, anos atrás, sua filha Flora fora viver em núpcias com Apolinary Tatar.

Nem tudo estava escrito...

Michael Wisochy sabia muito bem disso.

A vida era como um livro cujos traçados se vão cambiando à medida que a história avança, e ele deveria considerar o fato de que o destino de Jósik era uma espécie de lacuna do futuro.

Talvez aquele vazio fosse um bom presságio para o menino... A guerra colocara o mundo de cabeça para baixo, esvaziando a Polônia de centenas de milhares de almas em um ano de batalhas e de ocupação — coisa que não estava dita nem registrada; não havia jornais ou programas de rádio para a população, mas o velho Michael contava as almas, uma a uma, contava-as às dezenas, às centenas e aos milhares todos os dias, e a conta ia aumentando sempre e sempre.

Ah, ele nunca fora um homem assim tão sentimental, mas o seu recente estado parecia tê-lo deixado mais propenso às emoções. Chorava ao ver Jósik sair com um Conrad ou um Tolstói no bolso como um ladrãozinho barato, pois o garoto vivia ali às escondidas, vendendo a literatura como se ela pudesse ser medida em złotys. Não que alguém no vilarejo se preocupasse de fato com o garoto órfão — nada havia que despertasse mais o egoísmo humano do que uma boa e velha guerra. Ninguém perguntava ao menino sobre *pani* Bieska ou mesmo sobre sua mãe ou seu pai desaparecido, e a senhora Sawa, vizinha da família há anos, se soubera da partida intempestiva de Jósik da sua própria casa, fingia-se de doida ou distraída.

O menino vivia ali com ele, dos livros e para os livros, enquanto os *hitlerowcy* cometiam assassinatos, construíam campos de trabalho forçado e iam derrubando governo após governo como uma máquina de força diabolicamente descomunal. A vida de Jósik, diante daquele cenário gigantesco, não valia nada. Isso devia ser considerado um trunfo, dizia Michael ao menino.

"Quanto mais discreto você for, mais longe você irá, *mój syn*. Não se esqueça disso."

O menino aprendera a ser silencioso — nesse aspecto, as horas e os anos de leituras o haviam ajudado —, movia-se como se ele mesmo fosse um fantasma tal qual o avô. Falava em voz baixa, andava pela rua a passos rápidos, parecia volátil, mimético. Os livros escorregavam para as mãos do comprador, os złotys escorregavam para o seu bolso e, depois, ele seguia pela rua com seu passo leve e firme, sincopado. Encontrar-se com Raika também era um exercício de discrição... E, assim, ele vivia.

Mais uma vez, a simbiose entre Jósik e Michael confirmava-se, e acho que o velho tinha bastante orgulho disso.

E, então, meus caros, subitamente um outro personagem, do tipo que não desperta muitas simpatias, aparece nesta história.

Não sei se Michael Wisochy teve algum pressentimento a respeito ou se o personagem entrou na história sem quaisquer avisos...

Não sei mesmo.

Mas como é que diziam mesmo lá na Polônia?

Ele era um *hitlerowcy*.

Oh, que medo! Mas, às vezes, isto é mesmo necessário: a chegada repentina de um novo personagem como um contraponto ao que já existe.

Alguém do outro lado...

Aprendi isto nos livros — e Jósik deve ter aprendido também depois daqueles anos todos enfiado na fantástica biblioteca do avô. Um personagem novo, inesperadamente afável, razoavelmente íntegro, envolto nos dilemas morais, sociais e políticos do seu tempo e do seu espaço.

Um personagem assim faz bem à narrativa — faz bem, às vezes, à vida. O nome dele era Adel Becker.

Adel...

Adel Becker
★ *Frankfurt am Main, 4 de maio de 1915*
† *Terebin, 10 de agosto de 1942*

Adel Becker entrou na nossa história no final de uma luminosa manhã de setembro de 1940. A léguas e léguas dali, a Luftwaffe acabara de executar três longas noites de bombardeios sobre Londres, e prédios ardiam à luz do dia com suas estruturas retorcidas feito enormes entranhas fumegantes, enquanto as pessoas saíam dos seus abrigos, pálidas e trêmulas como ratos apavorados, surgindo entre os focos de incêndio ainda não contidos pelas brigadas.

Os ouvidos do fantasma de Michael estavam ardendo por causa dos gritos, dos pedidos de piedade e das lamúrias que tinham subido ao céu sem descanso nos últimos dias, e ele esforçava-se arduamente por concentrar-se numa pequena peça de Tchekhov quando o jovem alemão de 25 anos desembarcou de um caminhão em frente à pequena e desolada praça de Terebin.

Não creio que Michael tenha realmente pressentido a importância da chegada daquele militar alemão, mais uma entre tantas e tão odiáveis engrenagens da máquina do *Reich* executando enganosos e ignóbeis trabalhos em terras polonesas. Deve ter seguido lá, dançando com seu Tchekhov, trocando os pés como um bailarino desatento no estado de latência entre os mundos.

Mas Adel Becker desceu do carro empoeirado com a sua pequena mala, pisando o chão de terra batida depois de horas de viagem desde Varsóvia, com uma carta de Ingrid, sua noiva, no bolso direito do uniforme verde-escuro e uma saudade cutucando o coração. Era uma saudade vã, ele sabia: estava condenado a muitos meses de exílio, pois os grandiosos planos de Hitler exigiam-lhe um longo tempo de dedicação.

Ah, ele não apreciava os grandiosos planos de Hitler, mas era apenas uma minúscula peça daquela máquina, uma peça ínfima e nada mais. Não tinham lhe dado escolha... Vira outros que se revoltaram e a punição que receberam. Adel Becker era um homem sereno e gostava de viver. Tivera sorte de cair num serviço administrativo que poderia julgar quase agradável se não levasse em consideração a origem do material que manuseava. Pois a tarefa de Adel Becker consistia em organizar, catalogar e enviar para o *Reich* os bens confiscados das famílias judias e das outras famílias mandadas para os campos.

Ele vira Renoirs e Monets e Cézannes. Despachara caixas de Limoges, Laliques e Fabergés. Livros raros, manuscritos que valiam fortunas, joias que vinham de várias gerações, sedas, cristais, tapetes persas, dentes de ouro. Tudo passava por ele. Era o responsável pela triagem das obras, escolhendo as melhores para o Führermuseum, o sonho de Adolf Hitler. Tudo era fotografado e catalogado, depois empacotado e enviado, em trens ou caminhões, para dois locais na Alemanha: a mina de cobre em Siegen e a mina de sal em Merkens. Eram, de fato, esconderijos geniais, pensava Adel Becker. No ventre da terra, o tesouro da humanidade esperava pelo final da campanha alemã.

Havia outros homens como ele em Paris, em Viena, em Copenhague, em Amsterdã e em algumas cidades menores da Europa. Todos faziam parte do grande mecanismo nazista de usurpação. Mas ele, como os outros, as centenas de outros envolvidos na operação, era apenas uma peça do *Reich*. Seus olhos agradeciam pelos tesouros que já tivera a sorte de ver, mas, às vezes, deitado na cama, sob a meia-luz do lampião, pensava no pai. O que teria dito o pai? Um humanista, um estudioso das artes... Teria o pai amado o *Reich* acima das suas próprias convicções pessoais?

Adel Becker espreguiçou-se, incomodado com a viagem pelas estradas polonesas em tão mau estado. Sentia sede e seu uniforme estava sujo de poeira. Seu superior mandara-o a Terebin, onde construiria um depósito de passagem e armazenamento das obras que o *Reich* estava recolhendo. Um depósito afastado da ferrovia por causa dos riscos das bombas aliadas. Longe de tudo, pensou Adel ao olhar a praça silenciosa, sonolenta, onde as árvores, instigadas por uma brisa leve, pareciam ser a única coisa viva.

Ah, deixem que eu lhes fale um pouco sobre o nosso novo personagem. Adel não era garboso, não era desses alemães de traços simétricos, de boa estatura e de corpo forte e esguio — um anti-herói romântico, cuja dicotomia entre beleza e maldade espanta os leitores ávidos, curiosos e ansiosos por um final feliz.

Nada disso...

De uniforme, o *stabsfeldwebel* Adel Becker sentia-se como uma fatia de bolo embalada para viagem. Era baixo e atarracado, em dissonância com suas pernas curtas e um pouco finas, mas seus olhos verdes eram límpidos, serenos e pareciam bondosos.

Terebin, pensou ele.

Ele não jogaria uma bomba ali naquele "lugar nenhum"; era um bom ponto para o depósito, portanto.

Mirou em volta com um distanciamento calculado. Nem de longe teve a intuição de que morreria ali, pobre coitado, naquele povoado pacato, com duas dúzias de casas e chácaras e pequenas fazendas com casas pintadas em cores alegres que se espalhavam à sombra dos poderosos Cárpatos.

Não, Adel Becker não teve nenhuma emoção especial, nenhum sentimento premonitório. Ele gostava de livros, era um ávido leitor, mas jamais teria a inefável intuição de Michael Wisochy. Tinha estudado Belas-Artes na Universidade de Frankfurt, exibindo muito mais talento para a pintura do que Adolf Hitler jamais tivera, mas também guardava a sapiência de conhecer as próprias limitações: resolvera ser um estudioso das artes, não um artista. Faltava-lhe a chama, ele tinha certeza. À época do alistamento, portanto, era professor adjunto numa cadeira de pouca visibilidade do departamento de Artes, mas todos diziam que teria um futuro promissor.

Terebin era apenas mais um vilarejo sufocado pela guerra, banhado pelo sol de final de verão e destinado à extinção gradual, segundo os planos do *Führer*. Adel não sentiu pena nem regozijo — queria que a guerra acabasse, acima de tudo, para poder voltar para Frankfurt, onde a mãe e a noiva o esperavam.

Ele respirou fundo, sentindo o cheiro fresco de flores, o odor picante de esterco e de largas extensões de campo arado e cultivado. Preferia estar na Rua Taunus, na sua casinha a cinco quadras do Rio Main, em Frankfurt. Imaginou a mãe à beira do fogão, assando biscoitos que ninguém comeria, pois ela era viúva e ele, seu único filho. Sentiu um aperto no coração, mas sabia que Ingrid passaria por lá ao final da tarde e tomaria uma xícara de chá com a velha.

Virou-se. Seu ajudante falava com um soldado que viera do lugar onde construíam o depósito. Por causa das obras e da estrada de chão batido, seguiriam de jipe até lá. Adel disse, então, numa voz monótona:

"Vamos para o galpão, Julius."

O rapaz bateu continência, concordando. As obras de construção tinham começado havia duas semanas. Adel Becker detestava planos e cronogramas, mas tinha visto mais obras de arte do que nos museus por onde crescera. Não sabia que havia tanta riqueza entre os judeus e os poloneses, não sabia mesmo.

"Por aqui, senhor", disse Julius, indicando o jipe estacionado na lateral da praça e tomando a mala de Adel.

Era uma mala pesada por causa dos livros que ele carregava consigo. Adel Becker estava lendo Proust, mas com discrição, pois o grande romancista era filho de Jeanne Weil, uma alsaciana de origem judaica. Suspirou, andando pelo caminho de terra, as botas negras e lustrosas ofuscando-se na poeira avermelhada e granulosa. Não, ele não concordava com as coisas que estavam acontecendo... Mas o fato é que o *Reich* estava recebendo obras de arte de valor inestimável, e os comboios recheados de judeus simplesmente desapareciam nas entranhas da guerra.

Enquanto subia no jipe que viera buscá-lo ali na praça, Adel Becker não queria pensar naquilo, não queria mesmo. Ele era só uma parte ínfima daquela coisa enorme, repetia isso a todo momento para si. Suspirou fundo, recostando-se no banco rígido, o uniforme apertando as virilhas, a barba por fazer provocando uma coceira desagradável. O sol banhou o seu rosto e o cheiro de campo pareceu intensificar-se quando Julius ligou o motor e o jipe ganhou movimento, seguindo aos trancos pela rua de chão batido que cortava a paisagem silenciosa e bucólica. Ele recostou-se no banco e tentou apenas relaxar.

Adel Becker...

Veja bem, Eva, à primeira vista não havia nada de diferente nele. Diferente dos outros szwaby, quero dizer. Eles estavam por todos os lados, como gafanhotos famintos.

Adel fazia parte do grupo dominante, seu sangue ariano dava-lhe esse salvo-conduto, e nós, poloneses, éramos inferiores, uma raça desprezível cujo valor não ia mesmo além da nossa mera utilidade naquela máquina da morte que eles estavam criando feito deuses descuidados e arrogantes.

Mas, naquela mala escura de couro bem lustrado, palpitava o coração de Adel Becker. Ele lia Proust e era apaixonado por Shakespeare. Chorava com Conrad e enternecia-se com Jane Austen — era o tipo de homem que eu podia realmente entender, cujas paixões me pareciam justas, sinceras e elevadas. Porque ele gostava de literatura, talvez mais do que gostava de gente, isso fazia com que lembrasse Michael.

Mas Adel Becker era um sistema de comportas bem planejadas, como um desses grandes navios transoceânicos — ele podia chorar com um poema de Donne, mas vira famílias inteiras serem embarcadas naqueles trens da morte sem soltar um único suspiro de piedade. Fora treinado para aquilo, desculpava-se sem muito entusiasmo. Praticava um alheamento saudável, era o que dizia nas poucas vezes em que falamos a respeito.

Não, ele não odiava os judeus ou os poloneses. Ele amava a arte e a poesia, as cores, a perfeição, a beleza e a sonoridade das palavras. Não havia beleza na guerra, ele me disse certa vez; portanto, o que fazia era pensar nela o menos possível.

Mas a guerra estava lá.

E Adel Becker também.

Acho que foi uma sorte que, entre tantos lugarezinhos desimportantes, Terebin tivesse sido escolhida pelos escritórios do Reich para ser um ponto de armazenamento dos espólios das famílias ricas da Europa. Cada vez que um daqueles preciosos carregamentos saía, Adel Becker ansiava por se meter em uma caixa e seguir no mesmo trem, de volta para a sua terra.

Acho que, mais do que a guerra e a morte, ele odiava o exílio.

Veja, Eva...

Veja pelos meus olhos...

Volte no tempo junto comigo, para aquele mês de setembro...

Tínhamos vivido já um ano de ocupação, o Governo Geral era cruel e os decretos nos jogavam a todos numa miséria cada vez maior, mas o céu ainda era azul e as árvores, verdes. No ano anterior, eu perdera toda a minha família. Vivia na casa do avô, falando com um fantasma tão teimoso como as chuvas de outubro. A minha casa tinha sido ocupada por pani Bieska como se aquilo não passasse de seu direito natural, e todos pareciam tão imersos na difícil tarefa de se manterem vivos que ninguém sequer estranhou que eu não vivesse mais lá. A guerra pervertera os sentimentos mais nobres, e tudo era visto ou vivido através da lente do egoísmo.

Eu sobrevivia porque meu avô me ensinara a sonhar. Enganava a fome nos livros e, entre as páginas, também afogava o medo, a dor, o desespero. Claro, também havia Raika... Nós nos víamos duas ou três vezes por semana em momentos roubados, e, perto dela, eu me sentia já um homem adulto, estranhamente capaz e protetor.

Todos os dias, bem cedo pela manhã, eu juntava dois ou três volumes e ia para o mercado ou circulava pelas ruas onde outros vendiam suas mercadorias. Reconhecíamo-nos em silêncio, espúrios, corruptos, desesperados, alegres ou mortos de fome. Caminhávamos entre os bordos, sob a sua sombra, contornando o terreno do cemitério ou por entre as lápides musguentas e esquecidas. Comerciávamos entre os mortos, Eva, e somente isso nos diferia deles, nos separava deles.

Eu vendia os livros de Michael como uma artimanha de sobrevivência, mas aquilo sempre me incomodava, me doía. A biblioteca do avô era um santuário, mas ele mesmo, o velho fantasma maluco, incentivava-me a vender os livros.

Depois de um ano de ocupação, eu me sentia já bastante enfraquecido fisicamente. Crescia por todos os lados numa explosão hormonal desesperada, febril e ansiosa, mas comia pouco. A comida era escassa e valia um dinheiro impensável. Às vezes, uma leve tonteira fazia meus olhos vacilarem, vendo sombras atrás das árvores, o chão subindo e descendo, ondulando-se diante de mim. A fome tinha seus vários disfarces — a tontura, a dor de cabeça, uma certa confusão mental ao final do dia.

Era difícil pensar em como sobreviveria a outro inverno naquelas condições...

Mas setembro passava depressa e o ar começava a ficar gélido; o vento parecia nascer da galhada das árvores, soprando pelas esquinas, levando o frio para a floresta, onde ele enredava-se feito um bicho à espreita da sua presa. Eu temia muitas coisas... O violento frio do inverno, sem comida e sem lenha, era o meu maior temor. Mas havia a fome, as noites escuras, intermináveis, com os comboios que passavam pelas madrugadas, vagões e vagões que se multiplicavam feito sombras, sempre indo, indo, indo... Rumo ao oeste. Vagões cheios de quase fantasmas, cujas lamúrias desesperadas o meu avô podia ouvir.

Mas voltemos a Adel Becker...

Eu o conheci de maneira muito inesperada numa manhã na praça. Cruzar com um szwaby sempre era um perigo em potencial. Mas, então, com dois ou três livros sob o braço, lá estava eu a dois metros de um stabsfeldwebel, um subtenente alemão com seu uniforme engomado, os cabelos penteados para trás sob o quepe e aquele olhar frio que eles usavam para examinar e catalogar o mundo ao seu redor.

Ao chegar mais perto, como era a regra, saí para o lado para que o oficial pudesse seguir seu caminho com prioridade. As calçadas eram deles. Olhei para o chão, examinando as primeiras folhas que caíam das árvores e esperei que passasse por mim.

Qual não foi meu susto ao ouvir uma voz em polonês:

"O que você traz aí sob o braço, rapaz?"

Foi como se uma mão gigantesca me agarrasse... Eu vinha ficando muito bom em ser invisível, em misturar-me à paisagem, mas, naquela manhã, tinha sido visto e logo por um oficial!

Ergui meus olhos e o olhei de soslaio: era baixo e atarracado, tinha alguma gordura sobrando à altura do cinturão, e imaginei o foie gras *que comeria todas as noites, o peru com molho de maçã, os* pierogis *quentes com toicinho... Senti a saliva na boca e o coração agitado, fome e medo misturando-se em mim. Queria correr, mas não podia. Permaneci ali, imóvel.*

Adel Becker abriu um sorrisinho torto. Ele parecia divertir-se com meu espanto estático, e sua mão dançou no ar de um modo fanfarrão, como se quisesse dizer que estava quebrando uma regra importante ao dar atenção a um garoto polonês quase maltrapilho, mas que aquilo era, de certa forma, natural.

"Você pode se mexer", disse ele. E, então, olhando mais atentamente para o que eu trazia sob o braço, perguntou: "O que traz aí?"

Falava a minha língua com clareza e desenvoltura — nisso também não era como os outros que mal arranhavam algumas palavras do nosso idioma. Tirei os livros de sob o braço, considerando que levá-los comigo não era contra a lei e nem mesmo tinha algum autor judeu ali naquela manhã.

"São livros", disse eu.

Ele estendeu a mão, lisa e branca, e entreguei-lhe os três volumes. Seria uma perda, e o avô certamente ficaria entristecido ao ver dois Conrads e um Boccaccio irem parar nos espólios de um oficial alemão.

"Hum", disse ele, folheando os volumes calmamente, bem no meio da rua. "O Boccaccio não me interessa. Mas A loucura do Almayer *e* Lorde Jim*..." Ele fitou-me outra vez, com atenção: "São seus?"*

Alguma coisa em mim, um laivo de orgulho, me fez responder:

"Não sou ladrão, senhor."

Adel Becker riu, olhando-me com humor.

"Se fosse", disse ele, "não estaria tão magro assim, já se vê. Na guerra, os ladrões prosperam."

E, então, subitamente, sentiu-se constrangido por sua própria aparência. Limpo, perfumado e um pouco rechonchudo, ele vicejava em oposição a mim — pigarreou e ajeitou o quepe, desviando os olhos por um instante. Algo subitamente lhe ocorreu, e ele vasculhou os bolsos do casaco, tirando de um deles uma barra de chocolate.

"Tome", disse.

Agarrei o chocolate, mudo. Fazia muitos meses que eu não via uma barra de chocolate; aquilo valia uma fortuna! Havia um banco na praça, e Adel Becker indicou-me:

"Venha. Coma seu chocolate aqui..."

Eu o obedeci, pois não havia mais nada a ser feito. Acomodado no banco, mordi um pedaço de chocolate que, imediatamente, derreteu-se na minha boca. A agitação que eu sentia era enorme, e o medo era maior do que aquela alegria inesperada. Eu não conseguia me entregar ao prazer do chocolate... Tenho certeza de que os anjos do céu pararam para ver o que aconteceria ali entre nós — um garoto polonês e um subtenente alemão com dois Conrads e um Boccaccio num banco de praça.

Então Adel Becker disse, assim de chofre:

"Joseph Conrad era polonês, mas acabou por viver na Inglaterra e foi em inglês que ele escreveu os seus livros, você sabia? Acho que o Führer não se importaria com ele, não é mesmo? Sabe, o pai de Conrad era um nacionalista muito ferrenho e muito culto... Traduziu Shakespeare e Dickens para o polonês antes de morrer."

Engoli apressadamente o último pedaço de chocolate. Aquele era um assunto que eu dominava e, então, só me ocorreu responder:

"Eu sei. Meu avô tem algumas traduções de Korzeniowski lá na biblioteca... Alguma coisa de Shakespeare."

O alemão me olhou com espanto.

"Seu avô?"

Seus olhos se arregalaram como se tivesse encontrado alguma coisa curiosa, até mesmo rara. Um garoto polonês que conhecia Apollo Korzeniowski! De certa forma, aquilo combinava com o seu serviço: as maravilhas pareciam surgir diante dos seus olhos como pequenos milagres sangrentos, Monets e Rubens e Laliques sobre a sua mesa, vindos sabe-se lá de onde e a qual custo.

Mas eu pensava no meu avô e acrescentei:

"Meu avô era professor de Literatura..."

Como explicar que o fantasma do velho ainda estava lá? Então falei simplesmente:

"Ele morreu."

Adel Becker perguntou:

"Quando?"

"Foi levado no começo da ocupação."

"Sinto muito", disse Adel em voz baixa.

Acho que foi ali que se apiedou de mim. Ficou olhando-me por alguns segundos. Além da minha aparência um tanto maltrapilha, pouco tínhamos de diferente: ele amava livros, tinha vindo de uma família culta, seu pai fora professor universitário, mas morrera de tuberculose em casa. Meu avô fora assassinado por causa da sua cultura, e eu estava ali, vagando com dois Conrads sob o braço.

Então, de súbito, ele me perguntou:

"O que você ia fazer com esses livros?"

"Às vezes, eu os vendo. Tenho muitos livros em casa...", respondi since-ramente. "Vendo para comer."

Como eu me chamava, ele quis saber. Eu lhe disse o meu nome.

"Tatar", ele experimentou. "Jósik Tatar."

E, então, tirou a carteira do bolso e me estendeu quarenta złotys dizendo:

"Tome. Eu fico com os dois Conrads. Este Boccaccio você pode levar para a prateleira outra vez, Jósik. Deixemos Decamerão *para lá, pelo menos por enquanto."*

Guardei o dinheiro com as mãos trêmulas... Imagine, Eva! Eu vendera dois livros para um hitlerowcy *e ainda ganhara um chocolate. Aquilo me parecia um grandíssimo absurdo, então, assim que concluímos nossa pequena transação, um medo atroz me invadiu. Acho que empalideci de repente e Adel Becker quis saber:*

"O que houve, Jósik?"

"Você não vai me prender?"

Ele sorriu.

"Ora, veja. Entendo que você tenha medo... de nós. Mas pode ficar tranquilo quanto a mim. Estou aqui e você está aí, é uma questão de destino, de jogo político, ou, simplesmente, de sorte e azar. Eu sei bem. Mas não vou prender você. Agora vá, compre alguma comida com o dinheiro que lhe dei e tente não se meter em encrencas."

Levantei rapidamente. Despedi-me com um gesto e segui caminhando, cortando a praça em direção à casa do avô. O mais natural seria ir ao mercado negro ver o que poderia arranjar com os złotys que Adel me dera, mas eu precisava disfarçar um pouco, afinal...

Então, quando já avançava, voltando sobre os passos que eu dera pouco antes, ouvi a voz dele atrás de mim:

"Jósik!"

Virei-me. Ele disse:

"Meu nome é Adel Becker. Tinha esquecido de me apresentar. Peço desculpas", ele mostrou-me seu sorrisinho torto.

E foi assim que o conheci, o stabsfeldwebel *Becker...*

Arrisco-me, Eva, a dizer que Joseph Conrad foi o nosso padrinho. A vida é cheia de iniquidades, mas, às vezes, pode nos surpreender. Até mesmo na guerra, até mesmo naqueles anos de ocupação nazista.

E Adel Becker foi uma surpresa para mim.

Um golpe de sorte do destino.

10.

De livro em livro,
nasce um amigo.
Eloquência, inteligência,
charlatanice e covardia —
são as marcas d'O Mago.

E assim, pasmem, Adel Becker entra na nossa história na página 139. Ele não era um herói, não mesmo. Mas, para Jósik, foi a peça fundamental cuja existência e favores o manteriam vivo. Alguns chamariam de sorte; eu, que sou amiga dos arcanos, prefiro dizer que foi apenas o destino.

Adel Becker não gostava de prostíbulos e bares noturnos; no fundo, era uma alma decorosa, não saía para as noitadas com os outros oficiais cujas carteiras recheadas de złotys (e as patentes que punham medo em todos) podiam comprar ou conseguir qualquer coisa ou criatura viva. Nao... Ele gostava de ficar no seu quarto, um alojamento numa casa de fazenda perto do depósito das obras, que era vigiado dia e noite por soldados armados. Adel ficava deitado na cama, as janelas abertas, deixando entrar a perfumada brisa do outono sem se importar com o frio que se insinuava por entre as cortinas baratas, apenas lendo seus livros, comendo chocolate e bebendo um pouquinho de vodca ou uns cálices de vinho para esquentar o sangue.

Em quatro dias, tinha acabado o último dos volumes de Conrad. Escrevera duas cartas para sua mãe e uma para Ingrid, tomando sempre o cuidado de não relatar os pequenos horrores cotidianos do qual era testemunha, transformando a guerra e a ocupação alemã na Polônia numa espécie de pacata viagem de pesquisas artísticas numa estância aprazível. A maioria dos assuntos era proibida mesmo — os trens noturnos, o campo de Auschwitz, que crescia vertiginosamente a trinta quilômetros dali, os preparativos para o grande gueto em Varsóvia, a limpeza racial em andamento, o destino das dezenas de milhares de obras recolhidas pelos nazistas nos países ocupados... Nada disso poderia ser comentado com alguém de fora do exército, mas Adel podia descrever outras coisas e descrevia com belíssima riqueza de detalhes os quadros, os mármores, os ovos Fabergé, esmeraldas, rubis, tiaras, medalhões, tapetes persas, manuscritos da Idade Média, as maravilhas com as quais tratava cotidianamente, dizendo-se sortudo — afinal, em qual museu do mundo teria ele um acesso tão direto a tais preciosidades? Contava do campo e dos rios, das pequenas aldeias e dos Cárpatos, brincando de inventar pequenas histórias e, com a língua ainda apimentada pela ficção de Conrad, inventava personagens, criava cenas e enchia páginas, que seguiriam através dos campos pela fronteira fortemente vigiada, até a tépida sala de estar do apartamento da senhora Becker, em Frankfurt am Mein.

Por sua vez, as cartas da família chegavam-lhe no correio das sextas-feiras e eram pequenas missivas repletas de suspiros, elogios e preces de boa saúde. Mãe e noiva rogavam que se preservasse do frio, que se mantivesse longe do *front*, que comesse seus ovos *pochés* e que tomasse seu antiácido, cuidando sempre com os piolhos e carrapatos, pois diziam que os poloneses eram muito sujos e descuidados e que a febre tifoide era um risco até mesmo no outono! Adel desfazia os seus doces temores um a um, enchendo-lhes novas páginas de amenidades e descrições pictográficas, e, exatamente assim, a correspondência entre eles seguiu-se através dos anos sem nunca, uma vez sequer, tocarem no nome do rapazinho polonês, o jovem "Jósik dos livros", que era como Adel chamava mentalmente o neto do professor Michael Wisochy.

Jósik dos livros.

Entre uma carta e outra, uma semana depois daquele encontro fortuito na praça, Adel Becker resolveu ir atrás do garoto e daquela biblioteca maravilhosa onde havia traduções de Apollo Korzeniowski e outras preciosidades que ele tencionava descobrir.

Jósik estava em casa, sentado na sala, perdido no canto XXII da *Ilíada*, de Homero. O avô acomodara-se feito um gato no peitoril da janela entreaberta. Tinha sido uma boa semana graças ao dinheiro de Adel Becker, mas a surpreendente chegada daquele *hitlerowcy* literato ainda era uma dúvida muito grande para o velho fantasma — suas percepções a respeito do *stabsfeldwebel* eram vagas e inconsistentes, e ele vasculhara sonhos, pressentimentos e impressões retiradas de romances há muito lidos para chegar a alguma conclusão interessante.

"Adel Becker", disse o velho, revirando os olhos. "Dez letras. Um bom número. Alemão. E gosta de Conrad. Não consigo chegar a uma ideia clara sobre o homem! Será um desses vilões psicológicos? Um doido *à la mode* de Sade, uma Juliette de uniforme? Ou um fanfarrão tolstoiano?"

Jósik baixou o livro e riu do avô. Michael sempre fora um homem magro, mas a dieta da morte afinara-o ainda mais. Sobre o peitoril empoeirado, com seus cabelos eriçados, parecia um grande gato velho e irritadiço, as longas pernas encarquilhadas como que dobradas ao meio deixando ver os pés ossudos e de dedos nodosos.

"Deixe pra lá", disse Jósik de bom humor, pois tinha estado com Raika havia algumas horas e a beijara sob a cerejeira do seu antigo quintal. "Foi um bom dinheiro e ele não vai aparecer por aqui, tenho certeza. Nem sabe onde moro."

O velho bufou da tolice do garoto. Os alemães sabiam *tudo*, tudo aquilo que quisessem saber. Bastava um estalar de dedos. Com o canto do olho, Michael viu qual página Jósik lia e bradou em alta voz como um bardo declamando a sua fala:

"Filha querida, Penélope, acorda, porque com teus próprios olhos ver possas aquilo por que há tantos dias ansiavas!"

Jósik achou graça da argúcia do avô e do seu bom olho de além-túmulo e, nesse exato momento, como numa peça teatral mil vezes ensaiada, bateram à porta com força, três batidas ritmadas e vigorosas.

Jósik deu um pulo na poltrona. O velho Michael voltou ao parapeito, balançando suas pernas no ar, e disse num tom galhofeiro:

"Grande leitor você é, *mój syn*! Não conhece ainda o ritmo das histórias, não sabe que é como o das ondas do mar?"

Jósik correu até a porta. Estava um pouco amedrontado — nunca ninguém fora até ali. A velha casa fechada e esquecida do avô parecia invisível ao resto do mundo. Seria Raika? Não, ela não se atreveria a desobedecer assim *pani* Bieska... Com a mão trêmula, soltou um pouco a corrente que prendia a pesada porta de carvalho e, por uma fresta, sob o azul do céu outonal, viu a figura de um soldado alemão muito sério esperando à soleira, os olhos escondidos pela aba do quepe.

Jósik fechou a porta com força e olhou em pânico para o avô.

"Um *szwaby* aqui à porta! Por Deus Nosso Senhor!"

O velho Michael arreganhou os lábios num simulacro de sorriso e disse:

"Justamente, meu caro Jósik, justamente... O ritmo das histórias, eu falei ainda há pouco. Imagino que você vá ter notícias do nosso leitor, o *stabsfeldwebel* Becker. É melhor abrir a porta antes que eles a arrombem com a sua conhecida *finesse*... Você sabe que os *hitlerowcy* não gostam muito de esperar. Este até me parece um espécime bastante bem-educado", zombou o velho.

Jósik respirou fundo, enchendo o peito de ar. Então perguntou:

"Devo abrir mesmo, avô?"

"Imediatamente", respondeu o velho. Pigarreando, sentado à janela, acrescentou: "Não se preocupe comigo, este energúmeno não pode me ver."

Num impulso, Jósik puxou a porta outra vez, deixando surgir uns quarenta centímetros do mundo lá fora e o rosto quase impúbere de um jovem soldado alemão de olhos cor de oliva.

O soldado fitou-o e perguntou numa voz polida:

"Jósik Tatar?"

Seu próprio nome, dito assim em voz alta pelo inimigo (um jovem que poderia estar no liceu, dois ou três anos mais adiantado do que ele, mas que, certamente, jamais lera Tolstói ou Shakespeare, não com a profundidade e o amor que ele mesmo lera), encheu-o de um receio profundo. Estava se metendo em encrencas, certamente.

"Sim", respondeu ele.

Sua cabeça encheu-se de imagens e sons — gritos, caminhões lotados, contagens, tiros, o rugir dos aviões, o troar das bombas —, e Jósik fechou os olhos por um momento tentando não começar a chorar. Teriam vindo buscá-lo? Ele infringira as leis comerciando no mercado negro, e a pena era a prisão — todos sabiam muito bem disso.

Quando abriu novamente os olhos, viu que o soldado parecia esperá--lo numa calma polida. Finalmente, ele falou:

"Adel Becker mandou-me aqui. O *stabsfeldwebel* Becker pediu-me que lhe entregasse isto e, em troca, devo levar comigo um determinado livro de Shakespeare. Ele disse que você sabe qual é."

O soldado enfiou, sem jeito, um punhado de złotys estalando de novos na mão de Jósik. Aquilo era realmente muito inusitado, pois ele esperava algemas e pontapés. Claro, meus amigos, que o soldado falava alemão, mas a educação que o velho Wisochy oferecera ao seu neto contemplava com perfeição a língua de Schiller e Bach, e o diálogo entre os dois ocorreu na língua ariana.

Pelo canto do olho, Jósik mirou a rua vazia. E se algum vizinho visse a cena? Certamente o tomaria por delator, um maldito informante dos *szwaby*, e ele não duraria nem mais uma semana antes que algum dos corajosos rapazes da resistência polonesa viesse arrancar as suas tripas e pendurá-las como um troféu de mau gosto num dos carvalhos dos fundos do terreno. Mas não havia ninguém, e Jósik sentiu seu estômago contrair-se. Medo. *Strach*. Ah, o medo era uma garra afiada perfurando o coração do pobre garoto!

O soldado bateu com os pés no chão, demonstrando uma súbita impaciência diante daquele tonto rapaz polonês, parado à porta como se ele tivesse todo o tempo do mundo para cumprir as ordens do seu superior. Jósik aprumou-se.

"Em um minuto", respondeu. "Imagino que o *stabsfeldwebel* queira uma tradução de Apollo Korzeniowski." Com medo de que algum vizinho passasse ali, acrescentou: "Enquanto procuro o livro, entre, por favor."

E o soldado, talvez ciente dos perigos que a sua presença representava ao garoto — não por ele, mas por Adel Becker —, entrou no vestíbulo escuro e empoeirado e, polidamente, ficou olhando o chão como se procurasse algo de suma importância.

Jósik correu até a fileira de estantes que ficava mais próxima à janela e disse ao avô em voz baixa:

"Uma tradução de Shakespeare feita por Korzeniowski..."

O velho abriu um sorriso:

"Ah, nosso *stabsfeldwebel* é um leitor culto, então? Mas que grande surpresa! Quarta prateleira, dez livros à esquerda, contando a partir da cortina. Capa dura, cor azul. *A comédia dos erros.*"

Sim, ele sabia de cor a localização de cada livro como um homem sabe quantos copos de conhaque o seu fígado pode aguentar. E Jósik pôs-se a procurar a brochura, enquanto, discretamente, o soldado observava-o com um ar estranho. Ele não podia ver o fantasma do velho Michael, um fantasma arguto como aquele... Bem, era mesmo uma visão só para letrados. Qualquer criatura que não tivesse passado das seis mil e quinhentas páginas lidas jamais teria vocabulário ou cultura suficiente para enxergá-lo!

E Julius, o pobre soldado de olhos oliváceos, era, em sua terra natal — um povoado chamado Lauenburgo, que, anos depois, viria a ser devastado pelas tropas soviéticas —, apenas um filho de agricultor que não perseverara na escola além do quarto ano primário. Portanto, o que ele podia ver era simplesmente o garoto Jósik falando sozinho como um tonto, revirando prateleiras e mais prateleiras até voltar, triunfante, com *A comédia dos erros* em suas mãos.

O soldado agradeceu com um gesto de cabeça, saindo lépida e discretamente pelo caminho que levava à praça. Jósik fechou a porta com força, e um suspiro nasceu-lhe de tal profundidade, subindo à sua boca como um peixe arrancado da mais densa escuridão marinha por força de alguma praga misteriosa.

"Ahhhh", gemeu ele. "*Dziękuję!* Obrigado, obrigado!"

Michael achou graça no alívio do neto.

"Está agradecendo a quem, meu caro?"

"A Deus", respondeu Jósik.

"Deveria agradecer a Shakespeare", disse Michael, meneando a cabeça com despeito. "E ao bom e velho Apollo, o pai de Conrad. Aliás, mais uma vítima dos regimes absolutistas que já grassaram neste maldito mundo."

"Desta vez foi por pouco, avô! Se eu contar isso a Raika, ela não acreditará!"

Michael pulou do parapeito onde estivera acomodado, deu um volteio no ar como uma folha que passeia na brisa e, depois, pousou no chão bem em frente a Jósik.

"Você não vai falar nada, *mój syn*. O *stabsfeldwebel* é um bom leitor e voltará. Ouça o que digo. Uma guerra pode ser muito monótona, mesmo para um amante das artes por cujas garras afiadas passam Monets e Renoirs roubados de gente honesta e decente." Ele sorriu. "Eu sei do que se ocupa o nosso Abel Becker."

"E o que tem isso a ver com Raika, avô?"

O velho abriu um sorrisinho e Jósik viu que seus dentes tinham se apagado um pouco, dando à sua boca a aparência de um fecho-ecler. Ele desbotava-se a cada novo livro que se ia.

"A mãe de Raika é *pani* Bieska, não podemos esquecer... A menina é sujeitada por ela, de um modo ou de outro. E se a *pani* arrancar da filha que um oficial alemão mantém relações com você, Jósik... Bem, o resultado pode ser bastante imprevisível. *Pani* Bieska tem um coração escuro; não posso adivinhar os seus desejos. Ela vai querer tirar proveito de várias maneiras, creio eu... E uma delas seria entregá-lo à resistência como informante. A casa ficará para ela caso você morra, não é? Quem haveria de reclamá-la? Pense bem, meu querido Jósik..."

O avô poderia ter razão, concluiu Jósik. A mãe de Raika — nós sabemos, não é mesmo? — era uma boa bisca. A guerra acabaria um dia, e ela teria de sair da casa. Sua residência em Varsóvia ainda estaria de pé depois de tantos bombardeios à capital? Provavelmente, não... Ele enfiou a mão no bolso, ali estavam os złotys novinhos que o soldado lhe dera. Pensou no pão e no queijo que poderia comprar com eles. E, talvez, alguns ovos e um pouco de toicinho!

"Estou morrendo de fome", disse, de repente.

O bom fantasma rodopiou no ar como um cão satisfeito. Era bom ver seu neto pensar como um garoto normal, sujeito aos instintos e desejos de um jovem saudável e livre.

Michael abriu um sorriso.

"Veja só, quase posso ver um garoto empanturrando-se de salame com ovos! O que está esperando, *mój syn*? Vá comprar comida! Corra até a venda e se farte de pão. Com dinheiro no bolso, tudo é possível de se arranjar. Não aguento mais ouvir as reclamações do seu estômago!"

Jósik aquiesceu, vestindo um agasalho. Sentia-se feliz com a perspectiva de um bom almoço. Quando saía, o velho foi até a janela e, pelos vidros empoeirados, ficou olhando o garoto cruzar a praça para os lados da venda de *pan* Sowa.

Michael Wisochy deixou escapar:

"Nunca imaginei que meus livros adorados iriam parar na barriga do meu neto. Mas os fins justificam os meios..."

E parecia até mesmo contente, flutuando ali à janela, olhando a paisagem à qual já não pertencia mais, no meio da mais triste e violenta guerra da qual já se tivera notícias. Ele mesmo era uma criatura de ficção volitando entre os mundos apenas por amor a Jósik.

E foi assim que as coisas começaram a acontecer entre Jósik Tatar e Adel Becker.

Para um amante das histórias, um livro leva a outro e a outro e assim sucessivamente, como uma estrada vai sendo ladrilhada em direção ao seu inefável destino.

Adel Becker não sabia qual era o seu destino, nem sequer poderia remotamente imaginar que a sua vida estava fadada a terminar ali, na pequena Terebin, numa manhã ensolarada de agosto.

Mas a vida é a vida, senhoras e senhores, um sopro! E se em circunstâncias normais um homem não vale mais do que meio dólar furado, por que alguém deveria ter maiores esperanças numa guerra como aquela? Grandes criaturas morreram por aí dos modos mais bizarros ou inusitados. Isadora Duncan, a famosa bailarina, morreu estrangulada por sua echarpe de seda que se prendeu à roda de um carro. A atriz Martha Mansfield, cujos filmes mudos o padre adorava exibir nas quermesses da igreja do meu *pueblo*, morreu queimada em pleno *set* de filmagens quando seu vestido incendiou-se após um colega pousar distraidamente o cigarro sobre a sua saia. O grande Tennessee Williams, cujas peças alegraram minhas noites após o serviço de *mucama*, sentada no quartinho nos fundos do hotel, morreu engasgado com a tampa do próprio colírio que ele tentava arrancar com a boca... E, reza a lenda, o escritor grego Ésquilo foi dessa para melhor quando uma águia deixou cair uma tartaruga sobre a sua cabeça! Movimentos de dança, filmes, peças de teatro, tragédias, falas monumentais, personagens inesquecíveis — quanta coisa se perdeu para a fatalidade mais banal! Até mesmo a pobre Ludmila, a finada avó de Jósik, morreu soterrada pelos livros da biblioteca do marido.

Pois o *stabsfeldwehel* Becker também teria o seu quinhão — não digo de banalidade, mas de fatalidade. À sombra das botas nazistas, os poloneses resistentes faziam planos, armavam emboscadas e traçavam sua vingança, matando sem piedade qualquer um dos homens que usasse o símbolo do *Reich* e que estivesse devastando seu país e massacrando ou humilhando a sua gente.

Mas, por ora, ainda sobra tempo para Adel Becker.

E ele quer ler livros, muitos livros.

Seus olhos, encharcados de Monets e Rembrandts e Klimts, fascinados pelo ouro, pelas pedrarias e sedas que se escondiam em castelos ancestrais, solares, fazendas no meio do campo, apartamentos de luxo em Viena, Varsóvia e Bruxelas, descansavam de tanta suntuosidade nas páginas dos livros que Jósik lhe arranjava. E os livros não eram considerados tesouros catalogáveis por Hitler — não, o *Führer* queria coisas mais esplendorosas aos olhos.

A princípio, logo que chegara à Polônia, Adel Becker comprara algumas boas obras em livrarias em Varsóvia e, depois, em Cracóvia, mas em nenhum desses lugares pudera encontrar uma tradução de Korzeniowski. De onde viera aquela raridade, Adel Becker suspeitava, viria ainda muito mais. Ele queria ler, queria comprar de Jósik os livros, todos os livros interessantes que o garoto porventura possuísse. Iria mandá-los para Frankfurt aos cuidados da mãe e, quando aquela maldita guerra terminasse, teria a mais bela biblioteca da cidade. Pois os Klimts não eram para o seu bico, mas Shakespeare, Victor Hugo, Conrad e todos os outros sempre estariam ao seu alcance.

Teria sido muito fácil acabar com Jósik com um único tiro. Quem reclamaria a vida de um garoto polonês mesmo que ele fosse não judeu? Os poloneses morriam como moscas naquela guerra. Adel Becker poderia simplesmente dar um sumiço em Jósik e teria todos os livros da biblioteca de Michael de uma única vez.

Mas o fato, meus caros, é que o *stabsfeldwebel* Becker não era um homem mau, não era mesmo. Era tolo, talvez um pouco limitado para os assuntos afetivos, era egoísta e medíocre em suas escolhas políticas, mas era apenas filho do seu tempo. Como um bom personagem redondo, desses dos quais os romances se alimentam, Adel Becker tinha sentimentos bons e ruins. Ele seria capaz de matar um garoto polonês, seria sim. De fato, tinha matado alguns polacos aqui e ali durante os últimos meses de serviço — um marceneiro judeu que danificara um mármore ao encaixotá-lo, um velho tolo que o enganara numa loja em Varsóvia cobrando dez złotys a mais do que seria justo por uma obra de Kafka de segunda mão, uma nojenta meretriz de olhos úmidos que se agarrara a ele numa esquina em Cracóvia... Mas Jósik? Ele tinha gostado do garoto, tinha mesmo. Havia alguma coisa nele que o fazia lembrar-se da sua própria adolescência, um fervor discreto, uma falta de jeito com as mãos e, até mesmo, a cor dos cabelos, que tinham sido tão loiros na tenra juventude do *stabsfeldwebel* como eram os de Jósik então.

Uma semana depois de ter vendido *A comédia dos erros* para o soldado alemão, alguém bateu novamente à casa de Jósik. Desta vez, quando Jósik abriu a porta com o coração martelando na garganta como um relógio velho e barulhento, quem estava lá, com um sorriso no rosto e um pão quente com um pote de geleia de morango, era o próprio Adel Becker.

Imaginem o susto de Jósik ao ver o *stabsfeldwebel* à sua porta... O inimigo nunca deve conhecer a toca da sua presa! Acho que Jósik estava por ali, em algum canto da sala onde a poeira se acumulava preguiçosamente, lendo uns versos de Rimbaud quando ouviu que batiam. O mesmo susto da outra vez fez seu coração palpitar forte, e ele correu até o pequeno vestíbulo pensando que veria o jovem soldado de olhos oliváceos. Para seu grande espanto, era Adel quem estava ali, com seu belo uniforme escuro diligentemente escovado e passado a ferro por alguma criada polonesa, segurando um pão enrolado em papel de seda e um vidro de geleia.

"*Guten tag*", disse Adel Becker, abrindo um leve sorriso.

Jósik ficou parado com a porta um palmo aberta, sem saber o que dizer. Imagino que estava fazendo alguma careta engraçada, pois o *stabsfeldwebel* aumentou seu sorriso e retrucou, estendendo o embrulho em direção a Jósik:

"Você parece um peixe que mordeu o anzol. E sem isca, ainda por cima! Tome, eu trouxe um bom lanche. Na sua idade, nenhuma comida chega e as cotas são realmente uma vergonha." Ele deu de ombros. "Mas uma vergonha necessária ao esforço de guerra. O Governo Geral precisa dar o exemplo."

Depois de alguns instantes, Jósik segurou o embrulho meio sem jeito. O cheiro puro e reconfortante do pão doce subiu-lhe pelas narinas como uma espécie de feitiço, entorpecendo-o, confundindo seus reflexos como se o cérebro habitasse seu estômago.

"Obrigado", gemeu ele, sentindo a boca encher-se de saliva.

"Não vai me convidar a entrar, caro Jósik?", perguntou Adel Becker, espichando um olho para a sala semiescurecida, escondida por trás das velhas cortinas corroídas pelo tempo e pelo descaso que o avô tivera em vida em relação a tudo o que não fosse literário.

A luz da tarde começava a dissipar-se lá fora. Tinha sido um bom dia de trabalho para o *stabsfeldwebel*: despachara um grande carregamento de obras para Merkens, e o *Führer* ficaria muito feliz com alguns presentes que tinham sido enviados da Grécia pelas tropas de Mussolini. Ele deixou seu pensamento divagar um instante pelas planícies gregas, recheadas de antigos e incomensuráveis tesouros, e viu o mar azul como uma joia, lambendo as praias, protegido eternamente pelos velhos deuses. Então voltou a concentrar-se em Jósik, que parecia tão distraído quanto ele, mas pôde adivinhar que os pensamentos do rapaz eram mais sombrios e realistas e que a fome era um assunto que suplantava a maioria dos sonhos juvenis.

Jósik não sabia bem como se comportar de fato. Sabia que o avô estava na sala, enredado em meio aos seus livros, frágil teia de luz, volátil e, ao mesmo tempo, nítida, mas pensava que ninguém, exceto ele próprio, poderia vê-lo. Às vezes, o velho saía ao quintal para fazer estrepolias com os vizinhos: punha a dançar a galhada das árvores e puxava saias e orelhas. Soprava frases malucas, deixando a vizinhança estranhada com aqueles "ventos" faceiros que levantavam vestidos e faziam convites, ralhas, brincadeiras e até declamavam poemas. Mas nunca ninguém sequer pressentira o espectro do vizinho desaparecido, o que fizera Jósik deduzir que o avô Michael era mesmo o seu fantasma particular.

O alemão bateu com as botas no chão, impaciente. O garoto polonês, às vezes, parecia meio desligado da realidade, e ele não ficaria ali fora o dia inteiro. Jósik pareceu atentar ao absurdo daquela cena e, com o braço livre, escancarou a porta de supetão, dizendo:

"Entre, por favor!"

Oh, pobre menino confuso, imaginem só! Havia tão pouco, era um garoto normal e, agora, tinha um fantasma como única companhia; o pai sumira, a mãe fora assassinada e um *hitlerowcy* apaixonado por Conrad e Shakespeare estava à sua porta cheio de supostas simpáticas intenções.

Depois que Adel entrou no vestíbulo cheirando a mofo, Jósik voltou a falar com os bons modos que recebera de Flora:

"Não repare, senhor, pois a casa está suja. Eu a limpo às vezes, principalmente os livros. Tiro-lhes o pó com um pano seco e espano as prateleiras."

Adel Becker entrou, olhando em volta com enorme curiosidade, os olhos subindo e descendo pelas colunas de livros, pelas estantes repletas, pelos sinuosos caminhos que as pilhas formavam, transformando a sala, quase vazia, a não ser por duas poltronas gastas e um pequeno aparador para o chá, num curioso, instável e fantástico labirinto de lombadas coloridas.

Jósik deixou, então, não sem uma certa pontada de dor, o pão e a geleia sobre o aparador que ficava a um canto da sala. O *stabsfeldwebel* não parava de olhar aquele ambiente estranhamente suntuoso. Havia uma beleza delicada naquelas paredes de livros, algo quase poético, que enterneceu o seu coração suscetível. Não era nada semelhante à pilhagem que eles faziam, às listas, às caixas de valiosas obras de arte catalogadas e embaladas para viagem. Não. Havia ali uma estranha e afetuosa ordem, incompreensível num primeiro momento, mas que ele sentia que só poderia ser a ordem do amor. Alguém amara muito aquele lugar e o seu conteúdo, as centenas, os milhares de livros empilhados e acomodados em todos os recantos possíveis.

Adel Becker pigarreou, recompondo-se um pouco do seu espanto inicial como se o menino pudesse ter percebido a natureza profunda do seu enternecimento.

"Devo dizer que estou impressionado", falou ele finalmente, com uma seriedade calculada.

Jósik riu, sentindo o seu nervosismo ceder um pouquinho. Concentrou-se nos olhos daquele homem, tentando esquecer a odiosa farda e as insígnias que ele ostentava.

"Antes da guerra, a *máma* e o *táta* cuidavam de mim e do avô", foi o que ele disse ao *stabsfeldwebel*, que aquiesceu em silêncio. "Isso aqui era um lugar muito limpo e havia boa comida diariamente. Agora, todos foram embora, mas os livros ficaram. E eu gosto de livros."

Adel Becker baixou a cabeça por um instante. Pigarreou, procurando palavras, abriu um leve sorriso e, então, disse:

"Parece a mim uma sorte, não é mesmo? Devido a todas as privações, tenho visto uma imensa maioria de garotos em condições detestáveis. De fato, você me parece estar em excelente companhia..." Então lembrou-se do que o fizera ir até ali e acrescentou: "Bem, meu caro amigo, acho que estou precisando de nova leitura..."

"Arranjei um cliente?", perguntou Jósik.

"Um bom cliente, devo dizer...", retrucou o *stabsfeldwebel*.

Eles avançaram pela sala atulhada. Jósik procurou o avô por entre as colunas e estantes, mas não o viu. Adel Becker examinava os livros com interesse, sem tocá-los, as mãos cruzadas atrás das costas, com uma expressão vivaz no rosto um pouco gorducho, mas elegante.

"Seu avô era um homem culto", disse ele.

"Michael Wisochy era o nome dele... do meu avô. Ele amava isso tudo, esses livros. Cada um deles."

"Posso imaginar seu avô aqui", disse o alemão com um leve sorriso. "Mas não consigo ver você."

"Sempre foi o melhor lugar do mundo para mim, senhor. E, agora, é o único."

As palavras do rapaz flutuaram no ar empoeirado por alguns instantes. O *stabsfeldwebel* pareceu considerá-las com gravidade, como se as julgasse. Por fim, aquiesceu. O jovem polaco combinava com aquilo tudo, afinal de contas. Falava bem e era culto; dava para ver que recebera excelente instrução. Uma instrução que não tinha relação com a escola da aldeia. Foi isso que o atraíra nele depois daquele primeiro encontro fortuito perto da praça.

Adel Becker suspirou. Estava muito emotivo, porque, às vezes, a realidade da guerra pesava-lhe de forma deveras cruel. Mas também sentia um pouco de coceira no nariz por causa do pó acumulado entre as lombadas dos incontáveis livros.

"Quantos anos você tem?"

"Completei treze", respondeu Jósik.

"Vive sozinho aqui?"

A pergunta deixou Jósik nervoso, pobre coitado! Ele tinha o azar de enrubescer quando se angustiava, e a pequena Raika ria-se daqueles rubores que lhe tingiam o rosto ao falarem de amor às escondidas, no quintal ou sob as árvores da praça. Adel Becker também notou a súbita vermelhidão do jovem.

"Não tenha medo", disse. "Não vou lhe fazer mal, creio que já pode ter certeza disso. A minha pergunta é apenas por curiosidade..." Piscou, então, um olho, tentando parecer simpático. "Nós, leitores, você sabe, somos curiosos."

Naquele instante, a voz do avô Michael nasceu detrás de uma pilha de livros, dizendo debochadamente:

"*A vista não se sacia de ver, nem o ouvido se farta de ouvir.* Está escrito na Bíblia."

Jósik abriu um sorriso ao perceber que o fantasma fanfarrão andava por ali, divertindo-se com a visita de Adel Becker. Achou bom, pois sentia-se mais seguro com o avô por perto vigiando-o. Mas, então, de súbito, o semblante de Adel Becker transformou-se.

"Disse algo, Jósik?", perguntou ele, confuso.

"Não. O senhor falou que era um homem curioso. Que os leitores são criaturas curiosas. Acho que estávamos nisso."

O *stabsfeldwebel* franziu o cenho.

"Engraçado, creio ter ouvido algo... *A vista não se sacia de ver*", disse ele. "Tenho certeza de que ouvi..."

Jósik arregalou os olhos.

O ouvido não se farta de ouvir, repetiu mentalmente a frase do avô.

Teria um alemão a capacidade de escutar a voz de Michael Wisochy vinda lá da misteriosa fresta entre os mundos? Aquilo pareceu a Jósik muito estranho, um sinal... Ninguém nunca vira o avô, nem mesmo a sua adorada Raika certa tarde, quando viera até a frente da casa para chamá--lo. Nem os vizinhos que conheciam o velho há décadas. Nem quando o avô seguia-o pela rua, tão transparente quanto o mais profundo dos desejos humanos.

Mas Adel Becker ainda parecia bastante confuso. Ele ouvira inequivocamente uma voz e aquelas palavras estranhas. Ele não era um bom católico, de modo que não pôde reconhecer que o dito vinha das páginas bíblicas.

Olhando as altas pilhas de livros, Adel perguntou de repente: "Estamos sozinhos aqui, eu e você, não é mesmo?"

"Nós e todas as histórias do mundo, senhor", garantiu Jósik.

O *stabsfeldwebel* pareceu relaxar. Gostava daquele garoto, do seu senso de humor. Da sua inteligência, do seu alemão perfeito. De fato, ele disse a Jósik, estava muito cansado, assoberbado de trabalho, com prazos e obrigações que não levavam em conta as linhas férreas bombardeadas nem as terríveis estradas polonesas destruídas pela guerra. O *Reich* não parava nunca, ele pareceu queixar-se, sorrindo docemente como o menino que um dia havia sido lá na sua amável Frankfurt am Mein.

Adel Becker balançou de leve os ombros.

"Desculpe então... Tive a impressão de ter ouvido alguém, uma voz. A guerra é um trabalho exaustivo, e tenho obrigações demais de ordem prática, quando sempre preferi a arte e os livros... Mas não quero falar disso aqui, meu rapaz. Quero a literatura, que é o melhor que há."

"Posso conseguir-lhe um bom livro", disse Jósik, subserviente.

Ele estava aprendendo rápido, o nosso garoto! Mas Adel Becker parecia disposto a ir além das aparências... Fez um gesto, pedindo permissão para sentar numa das velhas poltronas. Acomodou-se ali, satisfeito, pouco se importando com a fina camada de poeira sobre o estofamento de couro gasto.

Sentia-se bem naquela estranha casa, recheada de livros. Agradeceu que não estivesse entre as suas obrigações recolher livros para o *Führer*. E nem queimá-los, pensou amargamente. Alguma coisa estranha tinha acontecido com ele, simpatizava de verdade com o jovem Jósik. O garoto parecia um ariano, alto, esguio, com bons dentes e belos olhos. Era uma pena que estivesse ali naquela aldeia perdida, sujeito aos azares da guerra. Não... Não era um futuro de bom agouro para o pobre coitado.

Tomado pelo sentimento afetuoso, Adel Becker disse:

"Sabe, Jósik... A guerra quebra o ciclo natural das coisas. Você deveria estar estudando. E eu deveria estar lecionando lá em Frankfurt. É disso que mais me ressinto. É como interromper o nascer do sol, trazendo a noite uma outra vez e outra e mais outra..."

Jósik baixou os olhos. O que dizer?, ele se perguntou. Mas Adel Becker não parecia esperar mesmo por uma resposta. Soltou um longo e pesaroso suspiro e prosseguiu com seu solilóquio:

"Nem sei por que estou falando isso para você, que é apenas um garoto... Tenho visto coisas. Coisas demais. Gostaria que sua mãe e seu pai estivessem aqui para cuidar-lhe, mas muitos amigos meus também morreram pela Alemanha."

"Meu avô dizia que os homens deixam a sua humanidade de lado nas guerras."

O *stabsfeldwebel* soltou um risinho.

"Seu avô era um homem sábio. Basta entrar aqui e já se vê."

"Por isso foi que o mataram", Jósik atreveu-se a dizer.

"Exatamente", respondeu o outro. "Olho por olho e o mundo acabará cego, não é mesmo? Mas é a ordem das coisas." Ele deu com a palma da mão na coxa para enfatizar a frase. "Agora, meu caro, vamos aos livros... É preciso literatura para sobreviver a esta vida. E é preciso muita literatura para sobreviver a esta guerra."

Adel Becker ergueu-se, limpando o pó das calças bem passadas. Jósik encaminhou-se para as estantes como se estivesse começando a sua busca. Na verdade, estava curioso pelo avô Michael. O velho tinha dado um jeito de sumir, talvez para os lados da cozinha ou do quintal, ou se enovelara sob o pé traseiro da poltrona como um gato grande demais que fugisse de um cachorro um pouco tonto.

Jósik sentiu-se solitário com o *stabsfeldwebel* parado a um metro dele. Inclinava-se a gostar de Adel Becker, mas aquilo era errado, ele sabia. A vida não era igual à literatura. Um homem de farda seria ainda um homem? O que o velho iria dizer depois que o alemão saísse?

Adel interrompeu seus pensamentos:

"Eu gostaria de alguma coisa de Shakespeare... Em alemão, de preferência. Você consegue algo?"

Jósik correu entre as estantes cujas obras conhecia de cor. Em alemão? Pensou um pouco, venceu os volteios de várias pilhas até o corredor que levava ao quarto e voltou alguns segundos depois com um exemplar de Hamlet em alemão, encadernado em couro e um pouco sujo de pó. Limpou-o na barra da camisa num gesto rápido, jeitoso, e entregou-o ao oficial.

"*Voilá!*", brincou Adel. E, tirando uma carteira de couro negro do bolso do casaco, perguntou: "Quanto lhe devo, caro Jósik?"

"O senhor me trouxe pão e geleia", disse ele. "É o bastante."

Adel Becker abriu um sorriso, devolveu a carteira ao bolso e deu dois tapinhas nas costas do rapaz, retrucando:

"Aprecio a sua honestidade. Agora preciso ir. Cuide-se, está bem? Obedeça ao toque de recolher e não se meta em encrencas."

Disse isso e saiu pelo corredor em largas passadas, abrindo a porta e ganhando a rua sem olhar para trás. Jósik ficou parado no meio da sala. A porta da rua fechou-se com um ruído seco, limpo, e o vulto do avô surgiu, vindo da cozinha e declamando alto:

"*Onde o salgueiro cresce sob o arroio e espalha as flores cor de cinza na água. Ali, com suas líricas grinaldas...* Ah, a morte de Ofélia vai ocupar hoje o nosso querido *stabsfeldwebel,* não é mesmo?" Piscando um olho, acrescentou: "Mas você ganhou mesmo um belo pão! Quisera eu poder refestelar-me ao seu lado, mas esses prazeres estão inevitavelmente perdidos para mim."

Jósik olhou-o com espanto.

"Avô, ele ouviu a sua voz. Adel Becker escutou o que você disse..."

"Ah", gemeu Michael, vogando pela sala como um barquinho numa tarde de domingo. "Então... Ele tem alguma coisa especial, não posso negar. O *stabsfeldwebel* confunde-me um pouco... Mas apenas de cultura não se faz um homem. É preciso caráter, meu caro Jósik. E isso não sabemos se ele tem. Eu bem que duvido."

"E o que faremos, avô?"

"Vamos mantê-lo sob observação. De livro em livro, acabaremos por conhecê-lo melhor, *mój syn.* Agora, coma o seu pão, que era o que eu gostaria de fazer se ainda tivesse aqui comigo as minhas saudosas tripas e os meus queridos dentes."

Jósik sentou-se na poltrona e, abrindo desajeitadamente o pacote sobre o colo, arrancou um enorme naco do pão branco e macio, cobrindo-o de geleia com uma colher que o avô trouxera-lhe da cozinha dilapidada.

Naquele momento, sentindo a comida descer pelo estômago, com o gosto doce dos morangos na boca cheia de geleia, Jósik Tatar concluiu que comer era mesmo bem melhor do que Shakespeare. Se Flora estivesse ali, certamente, o teria recriminado pelos farelos que espalhara pela poltrona e por mastigar de boca aberta e com tanta pressa. Mas Flora estava morta e enterrada numa vala para além dos limites da pequena Terebin, então aquela acabou sendo mesmo a melhor refeição da vida dele, a despeito da guerra e da solidão (ou, talvez, meus caros amigos, exatamente por causa disso).

11.

A vida vai como o vento,
dando voltas
num eterno ciclo.
Um arcano para isso:
A Lua.

Naquela noite, depois que o avô dormiu — pois os fantasmas também dormem, mergulhando numa vigília nebulosa e cheia de premonições, uma zona ambígua e inominada entre o passado e o futuro —, Jósik decidiu-se a sair.

O inverno aproximava-se novamente. Mais um inverno, pensou Jósik, com medo. *O vento, o frio, a neve, a falta de comida, o telhado...* Eram tantas coisas, tantos pensamentos brigando dentro dele, mas havia o conforto do estômago cheio, e ele estava inundado por um fulgurante amor. Queria ver Raïka e sabia como chamá-la ao pé da janela sem acordar *pani* Bieska. Não pensou em avisar o avô, acreditava que o velho sabia de tudo como um deus meio gasto, onipresente e onisciente. Deixou-o enredado sobre a poltrona, um vulto luminoso e ao mesmo tempo decrépito, calçou suas botas surradas, o casaco grosso e ganhou a madrugada fria.

Uma lua alta e branca brilhava no céu. Notícias vagas circulavam de boca em boca aos sussurros, dando conta de que os aviões alemães atacavam a Grã-Bretanha sem trégua havia mais de um mês. As rádios polonesas só passavam programas do Governo Geral, mas membros da resistência tratavam de espalhar as notícias verdadeiras sobre a guerra, mesmo as piores, como aquela. Michael abatera-se ao saber que a terra de *Miss* Woolf estava sendo assolada pela Luftwaffe. Também era sabido que o governo polonês agora estava lá, instalado em Londres, lutando contra a ofensiva nazista com as tropas que tinham conseguido fugir do território polonês pelas montanhas, arregimentando emigrantes pelo mundo.

Jósik pensou no tio Wacla, na América e nos antigos planos dos pais... Andando pela ruazinha deserta, desobedecendo o toque de recolher, ele não sentia dor ou tristeza. O ar frio entrava-lhe pelo peito enquanto ele pensava nos mistérios da vida: tinha ficado na Polônia, e aquele era o seu destino. Ouviu um ruído de motor para os lados da praça e encostou-se numa árvore, quieto e atento. Um carro àquela hora só poderia ser dos *szwaby*. Com o rosto colado ao tronco de um velho carvalho, viu um jipe passar ao longe, levando alguns *hitlerowcy* de volta para suas camas quentes e secas. Esperou mais alguns minutos e continuou a mover-se, escondendo-se nas sombras noturnas enquanto a lua traçava desenhos nas copas das árvores, e as estrelas, frias e silentes, piscavam lá em cima, tão alheias e tão lindas.

Dobrou a rua e viu o vulto da sua casa. A pintura estava descascada, mas a luz do luar fazia a fachada rebrilhar como madrepérola. Ele a achou muito bonita, brotando do chão como uma planta, e seus olhos ficaram úmidos.

Olhou para os lados, confirmando a solidão. Não havia vento, mas o ar gelado agulhava seus pulmões. Jósik sentia-se muito desperto, capaz de uma grande viagem através das montanhas, como se tivesse tomado alguma vitamina poderosa, mas era apenas o açúcar de um inesperado e raríssimo meio vidro de geleia que corria ainda por suas veias juvenis. Enfiou a mão no bolso das calças velhas e puídas e sentiu que o vidro ainda estava ali com a outra parte do doce, a parte que guardara para presentear Raika.

Quando chegou em frente à casa, postou-se abaixo da janela, que estava fechada e escura, e assoviou duas vezes.

Era uma combinação entre eles.

Dois assovios baixos.

Se *pani* Bieska estivesse acordada... Mas ela tinha feito amigos, e um deles trabalhava na casa de um oficial alemão e levava-lhe, em troca de alguns agrados, uma boa dose de vodca que a mãe de Raika tomava, desculpando-se com seus santos mais chegados, pois a guerra era terrível para os nervos e ela precisava dormir bem e só o fazia com a ajuda de uma dose de álcool. Tinha sido contratada para descascar batatas e lavar a louça numa casa a uns seis quilômetros da vila e caminhava muito todos os dias, indo e voltando do trabalho, com seus sapatos velhos de solas furadas, e os calos dos pés, que sempre reclamavam, pareciam ainda mais irritantes no inverno.

Pani Bieska trabalhava onde viviam alguns *hitlerowcy.* Ela ouvia algumas coisas por lá, entendia um pouco das vagas conversas e calava sempre. Havia um furioso movimento no lugar, homens uniformizados iam e vinham, mas Anna Bieska nunca os olhava nos olhos. Sabia bem o seu lugar e, embora precisasse do salário, tinha muito medo daquela convivência cotidiana. Conhecia-os todos por seus sapatos, os coturnos dos soldados e as botas lustrosas de couro macio dos oficiais superiores, cada uma delas com as suas peculiaridades — canos largos, cadarços grossos ou finos, cera com brilho ou opaca. *Pani* Bieska sabia que os "seus" alemães estavam construindo um enorme alojamento ou coisa parecida perto de Oświęcim. Ela, às vezes, falava dormindo... Dizia palavras desconexas, frases ouvidas na casa, pequenas tolices que despertavam Raika e a faziam sorrir no escuro, porque as pequenas fragilidades maternas têm uma graça especial para os filhos.

Naquela noite, quando ouviu os dois assovios, Raika sentou-se ereta na cama que dividia com a mãe, a cama onde outrora Flora e Apolinary passavam suas madrugadas conjugais. Olhou a mãe ao seu lado. Havia uma única vela acesa no cômodo frio e, através da luz bruxuleante, a menina viu que Anna sonhava, resmungando coisas estranhas como de hábito. *Auschwitz. Auschwitz...* Talvez a mãe estivesse aprendendo alemão no novo trabalho com os *szwaby*, pensou Raika, um pouco enojada. Mas sabia que ela trabalhava lá por comida; às vezes, trazia para casa restos de massa fresca, algumas batatas, duas maçãs, um ovo e outras maravilhas esquecidas na cozinha dos alemães, e tais presentinhos deixavam Raika muito feliz. O pagamento semanal, embora baixo, era o que as mantinha vivas, ainda assim exigindo uma grande parlamentação no mercado negro para fazer render o dinheiro.

Raika vestiu seu agasalho e, depois de ter certeza de que *pani* Bieska dormia a sono solto, correu até a porta, destravou o ferrolho antigo em perfeito silêncio e ganhou a rua gelada.

Ali estava Jósik, alto e bonito, com seus cabelos platinados dos quais ela gostava tanto. Raika sorriu como se encontrá-lo ali fosse um golpe de sorte — Jósik, no meio da noite fria, esperando por ela.

"Vamos para trás da casa", disse ele baixinho.

Ambos seguiram até o quintal, abraçando-se por causa das saudades e do frio. Havia uma urgência naqueles dois, como se soubessem que o tempo que tinham era escasso. Beijaram-se castamente sob a macieira já desfolhada, e Raika recostou seu rosto no peito de Jósik, suspirando fundo.

"Se a mãe nos pega aqui...", disse ela, rindo como uma criança levada. "Eu tomaria uma boa surra, você sabe."

Ele riu também.

"Como ela vai? Trabalhando ainda?"

"Oh, sim. Sai bem cedo, todos os dias. Volta ao anoitecer, pobre coitada. Mas tem comido bem e me traz sempre um jantar. Parece que os *szwaby* têm a mesa farta."

Jósik esqueceu-se das recomendações do avô e falou:

"Pois eu conheci um deles. Um oficial. Ele está comprando meus livros."

Raika olhou-o nos olhos. A luz da lua era branca e iluminava o pátio como um holofote. Ela podia vê-lo perfeitamente.

"Oh, Jósik... Isso não é perigoso?"

Jósik deu de ombros.

"Ele parece simpatizar comigo. E sempre paga. Mas, por favor, nunca diga uma palavra disso a sua mãe nem a ninguém. Quanto menos gente souber, melhor. Não sou colaboracionista, você sabe..."

"Nem uma palavra", jurou ela, beijando os dedos cruzados. "Mas seja discreto e tome cuidado com esse oficial. Você sabe que não se pode confiar nos alemães."

"Ele é um bom leitor. Em outros tempos, eu confiaria nele, mas aquela farda... Bem, não se pode pensar direito perto deles. Mas foi um golpe de sorte, não posso negar. Ninguém tem mais dinheiro para comprar livros. As pessoas estão morrendo de fome por aqui. Talvez em Varsóvia ou Cracóvia..."

Jósik lembrou-se da geleia enfiada no bolso lateral da calça e resgatou-a do seu esconderijo.

"Veja... Trouxe para você. Geleia de morango."

Raika levou a mão à boca quase sem acreditar.

"Onde conseguiu isso? Achei que essas coisas tivessem simplesmente deixado de existir."

"Foi o alemão, por um Shakespeare." Ele riu, abrindo a tampa de rosca. "Vamos, coma tudo. É uma delícia."

E ficou ali, sob a lua, vendo Raika comer a geleia com os dedos, sorrindo e suspirando feito uma criança. Ela era uma bela moça, ah, era mesmo, segundo a única foto que sobrou e que Jósik trouxe consigo para a América, enfiada entre seus preciosos livros de segunda mão. Grandes olhos e cabelos loiros, pesados e lisos. Minúsculas sardas pontilhando as maçãs do rosto salientes e uma pele leitosa. Tinha uma cintura fina e um jeito petulante, de uma teimosia agradável, galhofeira. Parecia competir com a vida, olhando para a câmera numa tarde qualquer em Varsóvia, ainda antes da guerra. Acho que ela nunca teria acreditado que morreria sem completar 16 anos...

Mas, naquela noite, tudo isso ainda estava longe, sob o lodo do futuro incerto. Aqueles dois jovens estavam felizes, a geleia foi comida e o vidro, atirado num canto do quintal, já tão malcuidado que sequer lembrava o recanto bucólico da infância de Jósik. No quarto, *pani* Bieska decerto sonhava com um bom prato de *kluskis* sem perceber a cama fria do calor da filha, que estava lá embaixo no sereno, enroscada nos braços do único menino do mundo que conseguiu comer uma biblioteca.

Acho que eles ficaram lá uma hora inteira, sem ligar para o frio ou para a guerra, dizendo-se doces tolices, pequenas e doces tolices que os jovens enamorados gostam de se dizer à toa... Trocando beijos, fazendo planos, contando-se boatos. Alguém ouvira que os italianos estavam na Grécia. Um outro tinha dito que matavam civis às centenas em Varsóvia e que os judeus tinham sido recolhidos para um enorme gueto. Na Grã-Bretanha, tinham apagado uma cidade inteira do mapa. Era tudo muito assustador e muito perigoso, e eles beijavam-se como se as línguas fossem um antídoto para as tragédias do mundo.

Em sua poltrona, já bem desperto e muito sabedor das artimanhas do neto Jósik, o velho Michael pensava em quão estranha poderia mesmo ser a vida. Ele tivera outro daqueles seus sonhos tão tácteis... Uma granada explodira numa estrada vicinal e um homem morreu queimado quando o jipe onde viajava foi atingido. Numa praça, que ele podia reconhecer muito bem, ecoaram dez tiros certeiros e dez corpos tombaram no chão enlameado. Sentada num banquinho em uma enorme cozinha de piso de mármore, *pani* Bieska dava a volta com a lâmina numa batata, formando uma espiral de casca fina que ia dançando no ar enquanto aumentava de tamanho. Anna Bieska olhou para a faca afiada por um longo momento e, depois, calmamente, de modo tão trágico que o próprio sonho pareceu findar-se sob o peso daquele drama, enfiou-a na própria jugular.

O velho sacudiu a cabeça, querendo apagar aquelas malditas imagens. Seu peito vazio parecia palpitar como se ainda houvesse alguma vida dentro dele. Tocou o próprio peitoral em busca do coração, mas só encontrou ali o eco de antigos desesperos. Sim, os sonhos de um fantasma podiam ser estranhos, temíveis e premonitórios. Mas Michael Wisochy já estava acostumado com tudo aquilo. Shakespeare escrevera, em *A tempestade, somos feitos da mesma matéria dos sonhos*. Como ele poderia então sonhar com coisas agradáveis?

Como?, perguntava a si na sala vazia e escura, atulhada com todos os livros do mundo, esperando o neto voltar do seu encontro amoroso e torcendo que o garoto não cruzasse com uma patrulha alemã no caminho até a casa.

Mas não...

Michael sabia que o neto voltaria são e salvo em menos de uma hora. A morte do garoto nunca lhe aparecera em sonho algum. Era aquele o destino do seu menino adorado: sobreviver à guerra.

O que preocupava Michael Wisochy imensamente era o *stabsfeldwebel*. Em vão, tentava classificar aquela aparição inesperada, mas não conseguia. E se fosse um romance, pensava ele, um bom romance? Se Conrad ou Tolstói estivessem debruçados naquele instante sobre a mesa de trabalho, molhando a pena na tinta. Conrad na sua casa em Kent, olhando a monótona paisagem campestre pela janela; Tolstói em sua fazenda em Iasnaia Poliana, um pouco antes de abandonar todos os seus bens, repudiando a própria nobreza. O que escreveriam eles? Qual o sentido do aparecimento súbito de Adel Becker na vida do garoto Jósik Tatar? Seria ele o seu algoz ou o seu anjo salvador? Que peça do intrincado quebra-cabeça da existência seria finalmente associada àquele *stabsfeldwebel* amante de Shakespeare?

O velho fantasma não saberia dizer. Havia uma miríade de possibilidades à sua frente, e ele não podia decidir-se por nenhuma delas, não ainda. Apesar de vislumbrar o final da trajetória de Adel — sim, podia vê-lo já longe do mundo dos vivos, uma alma solta e incompreendida como ele mesmo —, não conseguia pressentir qual seria a importância desse fato na vida do seu jovem neto.

Michael farejava o ar, volitava entre os livros que o alemão tocara com alguma coisa próxima da devoção. Lambia o chão onde as botas do *szwaby* pisaram ainda há pouco, como um cão inquieto brigando ferrenhamente com o seu instinto. Deveria ou não afastar Jósik do alemão? Seria ele um vilão ou um mocinho tardio em meio a um enredo já bastante complicado?

Deslizou até a janela e olhou a lua, alta e branca, no céu. O mundo parecia serenado como se a guerra fosse uma invenção da sua mente inquieta. Lembrou-se de outras noites, muito antigas, quando uma lua tão parecida com aquela iluminara seus amores com a esposa defunta. Sentia-lhe a falta e, embora tivesse achado que, dado ao seu estado curioso, pudesse revê-la a qualquer momento, isso ainda não tinha acontecido.

Por algum mistério, embora tivessem lhe dado um tiro na nuca — "Ah...", gemeu, lembrando o acontecido —, ele ainda se encontrava mais perto dos vivos do que dos mortos. Não tivera nenhuma notícia de Ludmila, Flora ou Apolinary, e todos estavam mortos. Porém, podia ver e ouvir as criaturas vivas com tamanha nitidez como via a lua redonda e branca lá fora, embora apenas seu querido neto Jósik pudesse realmente vê-lo e escutá-lo.

Só de pensar em como era próximo de Jósik, encheu-se de uma súbita ternura. O menino estava a poucas quadras, quase podia vê-lo de namoricos com a jovem Raika no quintal. Sim, de fato, concluiu Michael, rindo um risinho de Sísifo, o amor era mais poderoso do que a guerra e mais teimoso também. Que o garoto se divertisse um pouco afinal de contas. Faltava-lhe comida e trabalho, educação, segurança e conforto, mas, graças àquela garota loira e petulante, não lhe faltava amor.

Satisfeito com tal constatação, o velho fantasma deixou de lado o alemão Adel Becker, enroscando-se outra vez na velha poltrona como um felino cansado, e, finalmente, dormiu um bom e longo sono sem sonhos. Acordou mais tarde quando Jósik entrou pé ante pé na sala atulhada de livros, exibindo no rosto um sorriso dadivoso e ares de quem tinha mesmo passado alguns bons momentos com Raika.

Você tem quase quatorze anos e está morrendo de fome. Você engana a fome com rimas e aventuras literárias de todos os formatos e ambições, mas quando se deita na cama no velho quarto gelado e silencioso onde seu avô dormiu as últimas quatro décadas da sua vida, não é com Marlow, o sr. Kurtz ou a sra. Ramsay que você sonha. Você sonha com um bom prato de *bigos* ou uma travessa de *pierogis* com manteiga bem quente derretendo por cima. Você sonha com mel, com maçãs assadas no forno, com um naco de pão com presunto. Coisas tão impalpáveis quanto a ficção.

Você é um garoto polonês vivendo a ocupação nazista numa aldeia entre Cracóvia e Auschwitz. Você está trancado numa casa há meses, tendo por única companhia o seu avô defunto e milhares de livros que vai, aos poucos, dilapidando. Você já vendeu livros para fazer fogo e sente vergonha disso. Já vendeu livros por quilo. Meses de belíssimas leituras trocadas por quinhentos gramas de farinha e dois quilos de pão velho. Um mundo muito melhor do que este, que o sufoca e o martiriza, trocado por dois quilos de pão de farinha escura, cujo gosto, um pouco amargo, soa-lhe mais bonito do que o mais belo dos poemas de Byron.

Você experimenta uma fraqueza crescente e, sob seus olhos, nuvens cinzentas pousaram há tempos. Não é fácil vender livros em plena guerra. Pão ou Flaubert? Parece uma pergunta tola para a acachapante maioria dos mortais. O velho Michael teria sido um bom cliente, mas o enredo deveria, então, ser misturado e reescrito com um novo arranjo por outra mão que não esta que escreveu tudo isso. Se o avô estivesse vivo, ele gastaria até seu último centavo em Flaubert ou Shakespeare. Mas o velho foi um dos primeiros a morrer. Ele e outros como ele. Os *szwaby* mataram a inteligência polonesa, ceifando-a pela raiz. O que querem da Polônia é apenas o seu pão, o seu trigo, a sua água. A Polônia destinada a ser o grande quintal do Terceiro *Reich*. Enxadas no lugar de penas, cebolas no lugar de livros. As bibliotecas foram queimadas. Lavradores ocuparão o lugar dos pensadores, dos sonhadores, dos grandes fazedores de literatura e de poesia. Portanto, as questões cotidianas são mesmo rasas e a grande pergunta que assola a todos é quando se poderá comer novamente.

Quem quer comprar os seus livros?, você se questiona todas as noites ao deitar com o estômago vazio enquanto a guerra avança lá fora.

Então eis que você conhece Adel Becker.

No começo, existe uma grande desconfiança entre vocês. Principalmente sua. *Não se pode confiar num alemão* parece ser a sua única certeza no mundo. E você não confia nele. Os livros são levados, um a um, da sua casa. E o pagamento, em gêneros ou em złotys, é sempre justo, às vezes até mesmo generoso. Conrad, Shakespeare e depois Wilde e Victor Hugo tomam o rumo das acomodações do *stabsfeldwebel* Becker. A sua fome, aos poucos, vai cedendo a uma serenidade curiosa e desconfiada. Pão branco, tão limpo e cheiroso como os lençóis que Flora passava a ferro, geleia, carne defumada, latas de feijão. Pedaços suculentos de um passado já esquecido surgem diante dos seus olhos e da sua boca. Você sempre guarda um pouco de cada porção para Raika, e Raika parece mesmo imune à guerra, linda, luminosa e corada. Raika, alimentada pelo que a mãe rouba da casa onde trabalha e pelas porções que você lhe destina, é como um farol, um ponto cintilante no deserto branco dos seus dias agora que o inverno voltou outra vez à Polônia.

Você sabe, se não fosse o oficial alemão, talvez já estivesse doente.

Ou morto.

Os interlúdios com o avô são respiros na sua vida. Mas não alimento para o seu corpo. Quantos złotys custaria uma peça de Tchekhov que você não pode comer?

A guerra vai dilapidando Terebin e estende suas garras por toda a Polônia, atravessa as fronteiras e segue vorazmente adiante — o Japão (que você só conhece através de alguns *haikais* de Bashô, que seu avô adorava) e a Itália fizeram um pacto com o *Reich*. A nuvem de gafanhotos espalha-se, destruindo tudo ao redor.

Livros são queimados em praças públicas. Famílias e bairros inteiros são dizimados numa única madrugada. Nada mais é como era antes. Paris está cheia de boches.

Boche é como eles chamam os *szwaby* por lá.

Na Polônia, na bela Varsóvia que você visitou com Apolinary quando tinha dez anos, 35 mil judeus foram confinados num gueto cercado por guardas armados e arame farpado. Você não é judeu, mas perdeu toda a sua família na guerra.

Morrer é fácil.

Vender livros é muito difícil.

Um frio cortante desce sobre o mundo naquela manhã cinzenta e ventosa quando batem à sua porta. É novembro, mas você não lembra exatamente o dia. Um soldado alemão está na soleira, envolto num casaco de lã grossa bem cortado, seu rosto vermelho por causa do frio, mas a postura elegante de uma estátua que, sob a tormenta, parece usufruir de um sol particular.

Você o esperava. Tem um livro separado, *Troilo e Créssida*, e o estende prontamente ao jovem alemão. "*Nie*", diz ele. "Não?", você repete assustado. Você se espanta porque aquele soldado já esteve ali outras vezes e sempre levou o livro que o aguardava sobre o aparador, deixando no seu lugar um envelope de notas.

Mas, desta vez, não.

Desta vez, o soldado diz, num polonês tão capenga que você preferia que ele tivesse falado em alemão, que Becker quer vê-lo. Quer vê-lo pessoalmente. Poderia vestir um agasalho e seguir com ele?

Você deve ter feito tal cara de horror que o soldado esboça um levíssimo sorriso de escárnio. O medo alheio é sempre tolo. "Não se preocupe", diz ele, tropeçando nas palavras. E devolve-lhe o livro. Pessoalmente. Você deve levar o livro pessoalmente.

Então você obedece.

Porque os alemães devem ser obedecidos. Eles não têm muita paciência, com suas armas e suas regras e sua serenidade no assassinato. Com seus *panzers*, suas fábricas, suas enormes suásticas plantadas no alto dos edifícios. Você corre para a sala e, sem dizer nada, o avô entende que você vai sair, que vai ver o oficial alemão apaixonado por Conrad e que alguma coisa diferente, uma nova etapa do jogo, um novo elo da corrente está se formando. O avô não se alvoroça.

"Vá", diz ele. "Vá ver o que o *szwaby* quer. Quem faz as regras são eles, não é mesmo?"

Você veste um casaco. Você veste um casaco que Raika lhe entregou numa noite dessas, surrupiado do velho armário de cedro que fica no corredor daquela que foi a sua casa. A pele do forro está puída e tem um levíssimo cheiro de umidade, mas você alisa o couro escuro e tenta aparentar alguma dignidade, mesmo as mangas deixando entrever os ossos dos seus pulsos, porque você cresceu muito nos últimos meses apesar da pouca comida; você cresceu e é quase um homem, alguma coisa no limbo entre a infância e a juventude luminosa, você está entrando naqueles anos em que a beleza é uma promessa e a força física, um atributo tão natural como o sal para o mar. Mas você é um projeto inacabado, é uma casa onde faltaram as telhas ou uma catedral sem janelas, porque a guerra atrapalhou e confundiu o seu desenvolvimento — as pernas são finas demais, a palidez do seu rosto bem-feito é doentia, as mãos parecem desconectadas dos braços, tão brancas e assustadiças feito peixes. Seus olhos são inquietos, desconfiados — de uma desconfiança incomum à juventude, são os olhos de um velho.

Você ganha a rua com seu casaco apertado e seu exemplar de *Troilo e Créssida*. Uma lufada de vento gélido faz seus cabelos dançarem, arrancando lágrimas dos seus olhos, mas você entra no jipe do inimigo. Entra no veículo pensando que bastava virar a esquina e, se o soldado quisesse, um único tiro o arrancaria desta vida e, certamente, não haveria muita explicação a ser dada.

Mas o soldado mantém a arma no coldre e o jipe na estrada esburacada e cheia de lama enegrecida. Vocês seguem por paisagens desoladas e cinzentas, a fumaça negra saindo das chaminés e subindo pelo céu plúmbeo. Não há muita lenha; as pessoas queimam folhas secas em busca de algum calor, móveis velhos, o que houver. Enquanto puderem obter calor, seguirão vivos, é o que todos pensam por ali. Não há gasolina disponível para a maioria da população, e um grupo de pessoas caminha pela beira da estrada sob o frio e o vento, encolhidas em suas roupas surradas, e você tem certeza de que elas não chegarão ao seu destino. Você sente pena delas, mas o jipe as ultrapassa e não para. Com seu tanque cheio, o jipe segue vazio, apenas você e o soldado em completo silêncio, duas solidões avançando pela estrada sinuosa até o complexo onde Adel Becker trabalha.

É uma construção retangular de tijolos vermelhos, discreta entre as árvores do que deve ter sido uma antiga fazenda. É isso que você vê quando o veículo para sob um toldo escuro. O soldado desce, ele não diz uma palavra, mas você sabe que deve segui-lo. Pisa o chão com cuidado, montículos de neve aqui e ali; a primeira neve do inverno caiu durante a última madrugada e ainda é branca, bonita. Você se lembra da neve da sua infância e da alegria de brincar nela com seu pai, mas suas memórias estão apagadas, caíram no limbo da insignificância. Você vigia-se para estar alerta, para não ceder aos sentimentos, para não sorrir à toa, e, então, se dá conta, andando atrás do soldado e cruzando por grupos de alemães e trabalhadores poloneses que o olham de soslaio, com pena e curiosidade, que faz algumas semanas que você não se diverte mais lendo os romances do avô. Você os lê apenas. Não os vive. De algum modo, como um animal acuado não dorme no seu esconderijo, você não se deixa mais levar pela corrente borbulhante do rio das ficções. Você fica na margem, apenas olhando, como um frequentador assíduo do rio que, de repente, não sabe mais nadar. Um único mergulho poderia ser fatal. Acontece que você desaprendeu a sonhar e sente vergonha disso, andando rápido por um corredor de linóleo até uma sala onde, após duas batidas da mão do soldado, Adel Becker responde: "Pode entrar."

E você entra.

O velho Michael Wisochy era tão esperto em morte como fora em vida e já tinha percebido que alguma coisa da magia da leitura se perdera em Jósik. Os livros já não bastavam. A realidade, feito uma navalha afiada, abrira um profundo corte no seu espírito juvenil.

Ah, ele sabia...

Os hormônios em alvoroço e toda aquela horrível tensão cotidiana. Os tiros no meio da noite. As notícias sussurradas. Os comboios noturnos. Os enforcamentos, as listas de reféns civis no caso de um ataque da resistência. Como um garoto poderia sublimar a fome e o medo com algumas peças de Shakespeare? Era pedir demais até mesmo para Jósik, que sempre fora o mais adorável leitor que jamais conhecera.

Mas, naqueles meses finais do ano de 1940, enquanto Eslováquia, Romênia e Hungria se uniam ao Eixo, a magia da ficção fluía numa corrente sem volta de Jósik para o *stabsfeldwebel* Becker. Todo o amor que antes habitara o espírito de Jósik Tatar parecia florescer vertiginosamente no oficial alemão, fascinado pelos livros que o garoto polonês lhe mandava naquele fim de mundo onde o tinham metido.

Michael sabia que deveria se resignar ao misterioso e incontrolável fluxo da existência. Acreditava que a vida era cíclica, assim como eu penso que A Roda da Fortuna, com seus altos e baixos, é mesmo o mais sábio de todos os arcanos do tarô. Jósik era uma folha ao vento: seria soprado pelos caminhos, rolando pelo chão, rodopiando nos braços das aragens até, finalmente, alcançar a copa de alguma frondosa árvore onde Michael o estaria esperando então, e o encontro com o seu verdadeiro destino haveria de finalmente acontecer.

Por isso, o bom fantasma não se angustiou com a longa ausência do neto naquele gélido dia de novembro em que Adel Becker o chamara repentinamente. Jósik fora levado por um alemão como outrora ele mesmo, numa tenebrosa manhã tempos atrás. Mas Michael acreditava, confiava mesmo no poder da ficção. Uma semente fora plantada no *stabsfeldwebel*, e o espírito daquele homem era solo fértil. Até mesmo uma criatura com sangue ariano correndo nas veias poderia descobrir o afeto; não o afeto comum e recíproco em relação àqueles que ele considerava seus iguais de fato, mas o afeto para com os ditos inferiores, os não arianos, poloneses, judeus, ciganos e simpatizantes dos Aliados.

Adel Becker precisava de Jósik, não apenas da sua rica e surpreendente biblioteca, que ele poderia surrupiar ou queimar à luz do dia se isso lhe desse mesmo na veneta, mas de alguma coisa pura e boa que habitava o espírito do menino, alguma coisa limpa e honesta que o redimia dos horrores cotidianos, da violência sem fim que Becker era obrigado a corroborar, testemunhar, estimular e, até mesmo, organizar.

Michael ficou quase o dia todo olhando os ponteiros do velho relógio de corda andarem como caminhantes teimosamente decididos a enfrentar um deserto. Experimentou emoções tão fortes e variadas que chegou a se esquecer de que já estava morto — a sua permanência ali, e o fato de que podia sentir medo e angústia, era uma quebra tão absurda das regras naturais que ele se sentia ungido. Ao final da tarde daquele vagaroso dia, quando escutou Jósik abrindo a porta e, atrás desse ruído, a sonora voz de Adel Becker falando alguma coisa em alemão para o neto, o velho resolveu arriscar-se a experimentar uma atitude mais ousada.

Tinha sido um longo dia para Michael. Fechado naquela casa, nem mesmo o mais belo trecho de *Anna Karenina* pôde arrebatá-lo, porque, em vagos lances, ele podia enxergar, entre um e outro parágrafo de Tolstói, o vulto do neto num escritório conversando com o oficial Becker. Viu-o comer alguns biscoitos — estava faminto, mas os comia com delicadeza —, viu-o andando por um enorme depósito cheio de caixas, cortado por janelas longitudinais por onde a luz metálica do dia invernal entrava em lâminas, descendo sobre algumas esculturas que, mesmo em meio ao próprio delírio, sua mente aguçada reconhecia como raras, incluindo um Cristo crucificado de Jan Pinsel, que devia valer uma pequena fortuna.

Quando abriram a porta da casa, Michael meteu-se atrás de uma estante e ali ficou apenas esperando. Jósik e Adel Becker entraram falando baixo. Adel trazia uma potente lanterna e Jósik tratou de acender um lampião, pois não havia luz elétrica na casa havia muito tempo. A noite era densa lá fora, embora não passasse das seis da tarde, e os dois surgiram na sala envoltos por seus focos de luz.

"Franz Kafka", disse Adel Becker, e sua voz deslizou pela sala. "Acho que tudo isso me levou a pensar nele como uma boa companhia. O que você tem aí?"

Michael lembrou-se de que Kafka era judeu e que, se estivesse vivo, provavelmente não terminaria a sua genial obra por causa de Adel Becker e do seu bando de malditos *szwaby*. Mas havia devoção na voz do *stabsfeldwebel*, uma devoção sincera; Michael podia reconhecê-la. Ele que era um amante dos signos da ficção. Era preciso deixar de olhar o alemão com preconceito, pensou o velho fantasma atrás da estante, examinando distraidamente as páginas amareladas dos livros enfileirados como um exército, pois o preconceito dava voltas, infiltrando-se nos opressores e nos oprimidos com igual rancor. Tentou olhar Adel Becker com mais atenção, enquanto Jósik e o alemão conversavam sobre quais livros de Kafka ele gostaria realmente de ler naqueles dias. Não, o velho fantasma não precisava de lâmpadas, seus olhos do outro mundo eram capazes de ver no escuro, e o que ele viu foi um jovem adulto quase na casa dos trinta anos, um pouco gorducho e vestido com esmero num daqueles uniformes, falando com alegria do prazer de acompanhar as desventuras de Gregor Samsa. Michael quis perguntar se o *stabsfeldwebel* não se ressentia da sua própria metamorfose, pois um homem culto como ele devia, em algum momento, ter tido uma vida boa e decente em meio aos livros e aos estudos, e, agora, lá estava ele: um ladrãozinho cheio de patentes, um assassino. Mas calou-se, porque não podia colocar a vida do neto em risco por conta do seu humor furibundo.

Jósik e Adel terminaram o seu pequeno colóquio, ao que o garoto ergueu-se da poltrona empoeirada onde se sentara e, parecendo tão à vontade como quando ficava ali a sós com o avô, disse para o oficial alemão:

"Então vou buscar *O processo* e *Um médico rural*. O avô tinha esse conto numa pequena brochura, uma edição tcheca muito bonita."

"Parece-me formidável", respondeu Adel numa voz forte e alegre, como se estivesse jogando conversa fora em alguma *soirée*.

Jósik pegou o lampião e encaminhou-se para uma estante perto da janela, onde as cortinas já estavam cerradas, e vasculhou um pouco por ali. Sabia que o avô guardava as edições de Kafka — e eram muitas — naquele lado da sala.

Enquanto isso, Adel Becker resolveu examinar alguns livros, curioso que estava com todo aquele tesouro escondido. Caminhou pela sala, e as suas botas bem lustradas de couro estalavam no silêncio da noite polonesa, um silêncio que era mais uma ausência de ruídos do que uma calma serenada. Ajustando o foco da lanterna, o alemão postou-se diante de uma estante e pegou com sua mão grande, branca e de unhas polidas três brochuras de Dickens para olhá-las com mais atenção. Os livros abriram um pequeno vão na prateleira, derrubando para o lado um pesado exemplar de *Moby Dick*, que caiu sobre outros volumes menores criando uma clareira entre as brochuras.

E foi ali que Michael, endiabrado e brincalhão, enfiou a sua branca cara de fantasma bem à altura dos olhos do *stabsfeldwebel* Becker. Este, ao enxergá-lo, fez tal careta que sua boca se congelou num grito mudo por alguns instantes.

"Ai, ai!", por fim, Adel Becker gemeu alto, dando um pulo para trás e focando a luz da lanterna na cara de Michael.

Do seu lugar, o velho pôde ver que o alemão tinha bebido um pouco, seus olhos estavam avermelhados pelo álcool. Michael abriu um sorriso onde já não se podiam ver dentes. Ele apagava-se sutilmente, como eu já lhes contei, à medida que seus adorados livros eram levados. E, rindo seu riso de fantasma, ele disse em alto e bom som para o *stabsfeldwebel*:

"*A mentira, como o óleo, flutua à superfície da verdade.* Imagino que você não saiba, mas o grande autor que proferiu tal frase foi Sienkiewicz, e vocês já devem ter queimado os livros dele."

Imaginem o espanto do alemão! Ah, ele tinha bebido um pouco, tinha mesmo. Ao cair da noite, sempre tomava um ou dois conhaques para aquecer suas carnes. Mas não estava bêbado! Aquele vulto luminescente surgido entre os livros enregelou-lhe o sangue por um momento e ele perdeu o prumo.

A voz de barítono de Michael ecoou pela sala. Evidentemente, Jósik também a ouviu, entendendo logo o que havia acontecido. Juntou rapidamente os dois livros que procurava e deu alguns passos até onde o *stabsfeldwebel* estava parado com ares de grande pavor.

Por um momento, Jósik não soube o que fazer. Olhou para o avô, cujo rosto risonho descansava encaixado sobre a prateleira com a língua de fora.

"Avô!", ralhou Jósik. "O que é isso?"

Adel Becker não entendia mais nada. Olhou para o garoto polonês com espanto.

"Avô?', repetiu ele, confuso.

"Oh, perdoe-me, senhor", disse o pobre Jósik, metido numa encruzilhada daquelas. O que fazer? Resolveu ser sincero com o oficial embora estivesse morrendo de medo.

Então falou:

"Nunca pensei em lhe contar um disparate desses, *stabsfeldwebel* Becker, mas a verdade é que meu avô defunto às vezes vem me visitar. Acho que ele sente muita saudade dos seus livros, desta sala, desta casa."

Adel Becker persignou-se como um menino em pijamas diante de uma assombração num velho castelo medieval. Ele já tinha ouvido muitas coisas naquela guerra, mas nada comparado àquilo. Olhou o rapaz mais uma vez e viu que ele parecia muito sereno. Seria doido? Forçou uma risadinha, mas a verdade é que os pelos dos seus antebraços estavam eriçados. Ele ouvira aquela voz, ouvira mesmo. Também vira o rosto do velho, um rosto cinzento, de feições derretidas feito a neve do dia anterior.

"Um fantasma?", perguntou ele finalmente. "Como naquele famoso conto de Wilde?"

Jósik riu.

"Oh, sim... Mas sem correntes e coisas do tipo, senhor. Apenas um velho avô com saudades do neto. Mas acho que a melhor definição seria esta mesma: um fantasma."

Michael, já tendo causado suficiente celeuma, borboleteou no ar e sumiu para os lados da cozinha, assim, feito um vento encanado que acha uma saída, deixando o jovem polonês e o oficial alemão parados em meio aos livros com suas luzes bruxuleando na sala escura.

Adel Becker nunca pensara seriamente em fantasmas e coisas do tipo. Aliás, devido ao seu trabalho, nem mesmo seria bom ficar pensando em possibilidades do além. Afinal, quantas vítimas poderiam atravessar os mundos para vir cobrar o que lhes era devido? Ele balançou o rosto ainda incrédulo, sentindo uma pontada de indisposição estomacal, e passou a mão pela testa, que estava úmida, embora a sala fosse fria.

"Acho que bebi demais. Ou tive uma alucinação", disse ele.

Deu-se conta de que estava com dois Dickens e os devolveu a Jósik. Esticou a mão para os volumes de Kafka, depois buscou no bolso um punhado de notas que meteu desajeitadamente, com a mão livre e ainda um pouco trêmula, no bolso do garoto.

"Tome. Amanhã, mando Julius trazer mais mantimentos. Preciso ir dormir, não estou bem."

"Como quiser, senhor Becker", respondeu Jósik, confuso.

Adel regulou o facho de sua lanterna na direção do vestíbulo escuro, vasculhando o caminho até a saída, e falou:

"Adel... Me chame de Adel, rapaz. Acho que podemos ser amigos."

E, após isso, desapareceu na noite, deixando Jósik ali, com seu pequeno lampião a querosene, chamando pelo avô com uma voz magoada. Afinal, como o velho tivera coragem de fazer aquela loucura? E se o alemão tivesse um surto qualquer e sacasse a arma? E se o matasse num ataque de pânico? Michael já estava morto e não poderia desencarnar duas vezes, mas ele, Jósik, vinha labutando duramente para sobreviver àquela maldita guerra de Hitler.

Pensando nisso, Jósik adentrou a cozinha, também atulhada de livros. Encontrou o avô sentado sobre uma pilha deles com ares de menino travesso, balançando as pernas finas.

"Será que exagerei?", perguntou ele.

Jósik abriu um sorriso.

"O *stabsfeldwebel* quase se borrou nas calças. Mas foi embora e me pagou direitinho."

O avô e o menino riram juntos.

"Talvez ele não volte mais", considerou Jósik.

"Oh, não", respondeu o avô, tomado de grande certeza. "Ele voltará, *mój syn*. Se me escutou, é porque realmente ama os livros. Eu mesmo sou uma espécie de ficção, meu querido. Tenho certeza de que apenas aqueles realmente dignos da mais bela prosa é que podem me ver. Aqueles que acreditam numa vida tecida de palavras."

"Será mesmo?", indagou Jósik.

"Ele voltará", garantiu o velho, seriamente. "Ele voltará muitas e muitas vezes até o dia em que não voltará mais."

12.

A vida flui
sob os auspícios do arcano
O Carro.
Mas a contradição faz parte da estrada,
e também o azar, as perdas,
as partidas.

Naquele ano de 1941, a guerra expandiu sua sombra sobre o mundo. A África era palco de violentas batalhas, e uma parte dos exércitos do *Reich* precisou dar suporte às tropas italianas. Havia trabalho em todo lugar para as criaturas de Marte, o Rei da guerra, e a Alemanha nazista possuía um manancial sem fim de tropas, de modo que, através da Europa, a suástica também avançava com sua fúria bestial.

Em março, o exército alemão iniciou seu deslocamento para a Bulgária. A Iugoslávia também resistia contra a invasão do *Reich* e nunca se tinha visto um povo tão cheio de coragem sob o comando de um rei tão virtuoso. Jósik não conhecia os detalhes da história toda, espalhada pelos resistentes e recontada de boca em boca por poloneses abismados e esperançosos, mas o fato é que uma multidão tomara as ruas de Belgrado cantando *"antes a guerra do que a escravidão"*. As pessoas dançavam nas praças iugoslavas e o rei Pedro era aclamado por seus súditos eufóricos.

A multidão em Belgrado cuspiu no carro do embaixador alemão. Havia imprudência, mas havia um heroísmo digno de Shakespeare naquilo tudo, na corajosa obstinação de um povo contra a intolerância em meio ao continente esmagado pelo poderio militar alemão.

Os rádios não confiscados, escondidos nos lugares mais absurdos, às vezes eram resgatados para a vida e, em volume baixíssimo, entre chiados e interferências, davam boletins diretamente de Londres sobre a inaudita coragem dos iugoslavos. Uma façanha tão impressionante e inesperada atingiu Hitler no coração palpitante do seu orgulho. O Estado-Maior alemão preparava-se para a Operação Barbarossa, que nada mais era do que a invasão à Rússia, e o ato de rebeldia iugoslavo merecia ser punido com a maior rigidez como exemplo para todos os países anexados. Hitler proferiu a pior das sentenças e as tropas de *szwaby* começaram a se preparar.

Nos altos comandos políticos, traições maquiavélicas foram engendradas, o *premier* húngaro, conde Teleski, matou-se com um tiro, e a Hungria viu-se obrigada a permitir que os alemães passassem por seu território para aniquilar a Iugoslávia, com quem os húngaros tinham um acordo. A capital iugoslava foi bombardeada sem qualquer contra-ataque por três longos e tenebrosos dias. Quando os aviões pousaram e as explosões finalmente cessaram, mais de 17 mil corpos jaziam nas ruas aniquiladas de Belgrado.

Naquelas noites do começo do mês de abril, o pobre e devastado Michael Wisochy, ele mesmo um espírito entre os espíritos, viu da sua acanhada janela, como luzes ou estrelas, dezenas de milhares de almas que subiam em franca disparada para o céu, pequenos pontos luminosos que mais pareciam fogos de artifício, cujo pranto de dor e de revolta ele podia escutar. A sinfonia da morte devastou-o, apagando-lhe partes tão fundamentais que, ao final daquela que ficou conhecida como Operação Castigo, quando a bela cidade de Belgrado jazia em escombros, o velho fantasma volitava pela casa sem os pés, como um desenho inacabado. A corajosa Iugoslávia caiu em 17 de abril e, tal e qual um jogo de dominó quando uma peça derruba a outra e assim sucessivamente, dezessete dias depois, também a Grécia capitulou diante do *Reich*. Michael sofreu outro abalo ao saber que a antiga e venerável terra de Homero tinha caído diante do poderio dos *hitlerowcy*. Seus dedos das mãos agora já não tinham unhas, terminando abruptamente num borrão luminoso.

Vejam, meus amigos, o quanto estudei para poder narrar as aventuras de Jósik Tatar. Li livros e decorei mapas, tratados e calendários. A guerra era uma tragédia que se desdobrava em várias frentes... Sim, eu sei que meu querido Jósik e o fantasma do seu avô, com sua casa atulhada pelos mais belos romances já escritos, viviam na pequena Terebin, a oeste de Cracóvia, na Polônia. Mas toda a Europa era um imenso, um turbulento palco, um tabuleiro, e o que acontecia lá influenciava as coisas acolá. Dos países ocupados pelo *Reich* nos meses seguintes daquele ano de 1941, partiram incontáveis vagões repletos de almas condenadas à morte no campo de Auschwitz, e esse lugar de horror e de degradação ficava apenas a menos de duas centenas de quilômetros da casa de Michael Wisochy.

Sim, o pobre e velho fantasma teve mesmo um deprimente fardo naqueles dias. As almas subiam ao céu, agitadas como gaivotas numa praça romana, e ele declamava poemas por elas. Nunca gostara de rezas, e a única exceção aos seus pudores ateus foi quando orara pela saúde de Jósik ainda na barriga da mãe, desencavando orações em todas as línguas e credos, proferindo mantras e palavras de bom agouro.

Aos mortos, Michael Wisochy dedicava versos. E, assim, naqueles tristes dias do avanço alemão nas frentes europeia e africana, poemas de Donne, Keats, Byron, Mickiewicz, Mallarmé e Racine foram declamados à exaustão entre lágrimas e suspiros. Ah, se as palavras gastassem, pensava Michael, sozinho na sala poeirenta... *É contudo um prazer amável prantear,* recitava ele. E, depois, adivinhando as bombas em Belgrado, ele diria: *Com a mente que sozinha se intimida, a Fantasia, com poderes plenos, Envia-a!,* e seus olhos, já sem brilho, se encheriam de lágrimas invisíveis.

Dias se passaram naquele lento declamar de versos, *Nunca mandes indagar por quem os sinos dobram; eles dobram por ti*. A cada nova alma, a cada nova bomba, recuo, tragédia, Michael do verbo se vestia, *Quando, ao sagrado verso, surdo e avesso, um passante, hóspede de mortalha vazia, soberbo e cego e mudo eis se convertia em um virgem herói de póstuma espera*. Era um ritual, e Michael sentia-se melhor em despedir as almas com aquelas palavras que eram das mais belas já feitas pelo homem.

Era uma carga pesada para o pobre velho, sendo ele uma alma itinerante entre os dois mundos: como numa estrada, os prantos do além passavam sempre diante de seus olhos, e foi um tempo tenebroso.

Um tempo tenebroso para o avô Michael.

Pois Jósik estava enredado em outros jogos mais afáveis...

Vamos a eles então.

Imaginem a euforia dos hormônios travando em Jósik as suas batalhas particulares. Enquanto o mundo fervia lá fora, bem alimentado pelos pagamentos de Adel Becker, Jósik começou a ganhar novas cores e a encorpar a olhos vistos. Era como se comesse os livros do avô, pensava envergonhado. Mas o fato é que o *stabsfeldwebel* pagava-lhe bem, em víveres ou złotys. Jósik agora podia dar-se ao luxo de fazer duas boas refeições ao dia.

Nos primeiros meses do ano de 1941, enquanto *pani* Anna Bieska estava ocupada com seus serviços na casa dos oficiais alemães, uma inaudita liberdade chegou para Raika — ela tinha o dia inteiro livre e logo ficou claro que se Jósik viesse ter com ela, pulando o muro de trás pelo lado dos terrenos baldios que quase faziam limite com a floresta e algumas terras aradas, ninguém haveria de saber.

Os primeiros encontros amorosos aconteceram na sala por trás das cortinas cerradas, mas, como a guerra lá fora, os dois jovens amantes, entre beijos e gemidos, iam conquistando palmo a palmo o terreno da casa e logo chegaram ao quarto que pertencera a Jósik. Com os instintos que a vida os municiara, enfiaram-se na cama estreita, onde tantas vezes Jósik sonhara com *pierogis* de bacon ou brincadeiras no lago, e embrenharam--se corajosamente nos mais antigos jogos que a humanidade já jogou. Como poderíamos culpá-los? Ora, estavam lá entre lençóis, navegando nos caminhos um do outro, experimentando reentrâncias, profundezas, pequenas ilhas, correntes furiosas, oceanos de desejo... Eram eles mesmos tão frágeis, expostos à fúria e aos desmandos dos ocupantes alemães, cuja violência refinava-se com o passar dos meses, não deixando uma única família em paz. Bem, Raika e Jósik fizeram aquelas horas, manhãs nebulosas e tardes de um azul outonal, cuja beleza não lhes interessava nem um pouquinho, valerem a pena como nada que tivessem experimentado até então.

Enquanto Michael pranteava os mortos na Iugoslávia e na Grécia, os dois descobriam os prazeres de alcova. E o *stabsfeldwebel* Becker andava ocupadíssimo, pois muitos dos saques efetuados na Hungria, na Iugoslávia e na Grécia acabavam por chegar ao seu amplo e misterioso e inimaginável depósito de obras artísticas. Ah, ele trabalhava como um desses garotos de almoxarifado em época natalina — havia muito a ser catalogado, restaurado, calculado, embalado e despachado para as cavernas onde todo o tesouro do *Reich* estaria imune ao alcance das tropas aliadas.

Muito embora o trabalho exigisse, às vezes, turnos de dez, doze horas, Adel Becker sempre levava um livro consigo, e era através de Shakespeare e Woolf que sua alma sonhava, que ele conseguia se desligar das suas listas, atas, memorandos, e voltar um pouquinho ao mundo silente das histórias, às aventuras alheias cujo desfecho jamais seria cobrado em sangue, mas, em último caso, em lágrimas que ele sanaria com uma taça de vinho tinto, um bom *terroir*, encorpado e forte, bem ao seu gosto.

Abro as cartas pensando em Jósik e surge para mim Os Enamorados. Acho que já lhes expliquei que esse é um arcano traiçoeiro. Ele marca o eterno embate entre o vício e a virtude e define-se como uma carta de indecisão, mas também alude aos relacionamentos amorosos, como diz o seu nome. Enfim, depois de algumas experiências, todos nós aprendemos que atrás do amor sempre se esconde algum perigo, algum risco, a possibilidade eterna da perda. O Cupido encima a carta com sua flecha armada, tendo por trás o fogo da lua. Quem analisa esse arcano com alguma atenção logo percebe que o desenho ali gravado nos mostra um homem entre sua mãe e a sua amada — alguns dizem que o homem está entre o desejo genital e o do seu coração, pois ambas as figuras femininas o tocam; a mulher mais velha aponta para seus genitais, enquanto a jovem toca-lhe suavemente o coração.

Vejo Jósik entre *pani* Bieska e sua filha Raika sempre que olho para esse arcano. Vejo os três ali, enquanto as tropas alemãs faziam o temerário movimento de invadir sua antiga aliada, a União Soviética, num golpe que, com o tempo, acabaria sendo definitivo para o desfecho da guerra.

Mas, em Terebin, aquela aldeiazinha perto dos Cárpatos, onde, quando o vento soprava do oeste, podia-se sentir um cheiro estranho, vago e pútrido, e quando as noites eram assoladas por vendavais, acordava-se com as casas cobertas por uma estranha fuligem desconhecida... Bem, em Terebin travavam-se outras batalhas mais sutis e divertidas, embora, sem que jamais pudesse imaginar, o nosso garoto de cabelos platinados colocava em marcha, ao iniciar seu relacionamento sexual com Raika, a engrenagem misteriosa do destino. Sim, meus amigos, como em qualquer romance, na vida também a relação causal é motor do fado, uma coisa leva a outra e assim sucessivamente. Quando Jósik tirou a virgindade de Raika Bieska, adentrando ainda mais profundamente a misteriosa e verdejante floresta do amor, um caudal de coisas se definiu nos extratos superiores onde o futuro é pesado, medido e calculado.

Pois Jósik contou à Raika, numa noite sob a figueira, que o *stabsfeldwebel* Becker tinha entrado como um golpe de sorte na sua vida. Raika jurou manter segredo, e jurou sinceramente. Mas as mães são criaturas tão amorosas quanto melífluas, e existe uma classe dessas criaturas que não suporta o segredo — Anna Bieska era esse tipo de mãe. Ao ver que Raika às vezes tinha consigo um pedaço de chocolate ou uma porção de açúcar fino e branco, tão translúcido que nem com muitos złotys no bolso se poderia comprá-lo no mercado negro, *pani* Bieska começou a desconfiar que alguma coisa estranha acontecia na sua ausência. E tanto fez e tanto manejou que conseguiu arrancar da filha a origem daqueles presentes — é claro que Raika omitiu a essência dos seus encontros com Jósik Tatar, mas contou que ele vendia livros a um oficial alemão, que Jósik e o *stabsfeldwebel* estavam, por assim dizer, amigos.

Anna Bieska prometeu à filha não comentar com ninguém sobre a situação. É preciso dizer-lhes, meus caros, que, na Polônia, havia uma rede muito ampla de resistentes, infiltrada em todas as estâncias civis e políticas, desde Varsóvia até as mais remotas aldeias. E que esses soldados, organizando-se sob a égide do general Sikorski, que comandava o governo polonês no exílio, puniam furiosamente qualquer tipo de colaboracionismo com os alemães. Ah, a honra polonesa! Límpida como cristal e dura como uma rocha — até mesmo o mais reles cidadão polonês tratava de evitar um colaboracionista; a vida deles poderia ser mais luxuosa, com bônus extras para a alimentação e direitos que tinham sido surrupiados à maioria dos civis, mas era curta, e a sua morte, violenta. Jósik temia que o confundissem com um desses vis cidadãos que forneciam informações ao Governo Geral. Ele amava a Polônia e detestava o *Reich* com o fervor que Michael lhe havia incutido. A sua relação com Adel Becker era literária, ficcional e elevada — nem ele jamais dissera uma palavra sobre qualquer assunto proibido, nem o próprio Adel ousara perguntar. A guerra era cuidadosamente apartada dos seus colóquios, e Jósik sentia certo alívio em vender os livros do avô para um leitor sensível e apaixonado, que não daria às chamas da lareira um Conrad ou um Dostoiévski.

Mas *pani* Bieska era uma mulher ladina. Ela guardou a informação para um momento mais útil e deixou que a filha seguisse recebendo os agrados de Jósik, pequenas joias calóricas em meio a um racionamento cada vez mais desumano. Naquele ano de 1941, os poloneses recebiam uma ração de 669 calorias por dia, enquanto os alemães podiam receber 2.631 calorias. Os judeus, confinados em guetos, recebiam 253 calorias, até o dia em que eram selecionados para um dos transportes para os campos, cujas viagens de sofrimento atroz, que muitas vezes terminavam em morte antes mesmo da parada final, enchiam os sensíveis ouvidos de Michael Wisochy.

Foi numa tarde de junho daquele agourento ano de 1941 que Raika e Jósik finalmente chegaram ao final da longa viagem que vinham trilhando um pouquinho a cada dia. Não, eles não eram afoitos... Tinham aprendido, naqueles anos de fome, a aproveitar as iguarias com parcimônia e, assim, se descobriam de pouco em pouco, palmilhando seus corpos com urgência, mas sem pressa, até que finalmente chegaram às vias de fato.

Ah, tudo tão diferente da minha experiência com Miguelito, aquela tarde de verão sob a figueira, vocês sabem... Confesso que sinto um pouquinho de ciúmes do meu querido Jósik. Oh, sei bem que, se não fosse por Raika e pelos livros que ele comeu ao longo daqueles três primeiros anos da guerra, meu querido polaco não teria jamais sobrevivido, pois nem toda a boa vontade de um fantasma o manteria neste mundo. Ele precisava de amor e de comida, e, assim, recebendo um e outro, foi que conseguiu seguir em frente pelas florestas polonesas durante mais de um ano, e, depois, suportou os longos meses em Majdanek até que os soviéticos o libertaram, e ainda um hiato de dolorosos anos até que embarcasse para o Uruguai no comecinho de 1950... Sou uma boba e sinto o coração apertado ao vê-lo deitado com Raika na cama da sua infância, onde veio a perder a virgindade.

Não vou entrar em detalhes. Eles amavam-se profundamente; se não fosse por causa de tudo que aconteceria nos meses seguintes, estariam juntos até hoje. Raika o ligava à vida, substituindo com sua língua quente, seus seios brancos como leite e seu sorriso luminoso a seiva que outrora ele buscava entre os livros do avô Michael.

A tarde correu lépida como as nuvens no céu. E os dois ali. Alguns momentos da vida são mágicos, e nem sempre podemos reconhecê-los no exato instante em que os vivemos, mas Jósik soube, depois do amor, sentindo os cabelos de Raika espalhados sobre seu peito, que era outra pessoa. Aquela tarde o transformara para sempre.

"Ficaremos juntos", ele disse a ela em voz baixa, olhando o teto onde algumas manchas de mofo tinham nascido no último inverno.

"Sempre", garantiu Raika.

Eram ambos muito jovens e muito pálidos, suas peles de mármore confundiam-se com os lençóis. E pareciam eternos, inabaláveis, feitos para avançarem pelos anos no rumo de uma dessas vidas que costumamos chamar de felizes — acabariam por crescer, teriam filhos e, depois, veriam os filhos dos seus filhos nascerem, envelheceriam discreta e serenamente, tão unidos a ponto de que cada um conheceria o pensamento do outro bastando uma troca de olhares, um único toque, para que se comuni-cassem. E assim passaria a vida para os dois até que a morte viesse dar por ali, levando, talvez, Raika, já muito velha, ou Jósik, ainda um leitor venerável, que morreria dormindo com um livro sobre as pernas. Quando a morte levasse o seu butim, o outro logo feneceria também — depois de uma vida inteira a dois, a solidão é intragável, e ambos logo estariam finalmente reunidos numa colina de um pequeno cemitério camponês em algum lugar não muito longe de Terebin.

Mas não foi isso que aconteceu.

Não foi mesmo.

Jósik voltou para casa ao entardecer, cortando caminho pelo campo para não cruzar com *pani* Bieska, e Raika lavou-se o melhor que pôde, tentando apagar da sua pele o cheiro do rapaz que amava antes que a mãe chegasse, examinando-a com aquele olhar perscrutador e irritante.

Quando Jósik estava para entrar em casa, viu o jipe estacionado atrás de um dos olmos, semiescondido pela folhagem. O soldado Julius esperava por ele.

"Vim buscar a encomenda do *stabsfeldwebel*", disse, olhando um ponto acima do ombro de Jósik.

Jósik entrou em casa e, enquanto o avô volitava ao seu redor, tratou de encontrar os dois Shakespeares que Adel Becker rabiscara num papel ainda no dia anterior.

"Você está com uma cara diferente, *mój syn*...", disse Michael, piscando um olho.

"O alemão está lá fora. Preciso achar *Otelo* e *Rei Lear*."

O velho deu um pulo, meteu-se entre duas sinuosas colunas de lombadas coloridas e tirou dali os dois livros.

"Em alemão?", perguntou.

Jósik abriu um sorriso.

"Avô, você é o melhor dos bibliotecários!"

Michael fez uma mesura e suas mãos, já meio apagadas, dançaram no ar morno da sala.

"*Voilá!* Para o meu único neto, posso fazer papel de bibliotecário, vidente e alcoviteiro. E, eventualmente, darei alguns conselhos, como agora." Com seu nariz comprido, ele farejou Jósik como um cão e, então, arrematou: "Tome cuidado com Raika. Ou melhor, com a mãe dela. Se *pani* Bieska souber que você e a garota, bem... estão se conhecendo no sentido bíblico! Ela é uma mulherzinha vil."

"Avô", disse Jósik, indo em direção à porta, "sou um jovem apaixonado. Não tenho culpa de nada. Eu amo Raika."

"Eu sei. Mas...", retorquiu o velho. "*Não há culpados, o que há são desgraçados.* E não são palavras minhas, mas de Shakespeare."

Jósik ganhou a rua com um sorrisinho no rosto. Era estranho, mas sentia-se feliz, absolutamente feliz, como se a guerra tivesse subitamente deixado de existir. No entanto, lá fora estava o soldado esperando por ele.

Quando Jósik entregou-lhe os dois livros, o alemão disse:

"Suba no jipe, o *stabsfeldwebel* quer vê-lo. Trago-o de volta em duas horas."

Jósik obedeceu sem dizer uma palavra. O avô saberia que não houvera alternativa. No entanto, enquanto o veículo arrancava na noitinha incipiente e fresca, Jósik seguia sem medo. Sabia que Adel Becker não lhe faria mal. Decerto, queria conversar um pouco ou fazer-lhe alguma encomenda especial.

O jipe seguiu pela estrada vazia e silenciosa, e Jósik chegou a mergulhar numa suave vigília enquanto avançavam pelo campo. Às vezes, pensava ele entre pequenos mergulhos no sono, era quase possível viver como antigamente. Como se houvesse um futuro. E havia. Seu futuro era Raika.

Você já não teme a companhia de Adel Becker. Uma cumplicidade tímida e suave criou-se entre vocês, alquebrando o medo que tingia tudo. Sim, você sabe que é estranho, que parece errado um polonês ter em alguma conta um oficial nazista — *mój Boże*, você pensa, as coisas que eles fazem, e com mulheres e crianças! —, mas você gosta do alemão um pouco gorducho com aqueles olhos bonitos de um desbotado tom de verde.

Você chega ao complexo onde o *stabsfeldwebel* trabalha e segue o soldado pelos corredores que já trilhou outras vezes. Ninguém sequer percebe ou se importa com a sua presença. Dois oficiais discutem num canto, examinando planilhas, alguns velhos poloneses, maltrapilhos, mas, aparentemente, bem alimentados, empurram caixas enormes em carrinhos com rodas de borracha. À sua frente, o soldado caminha a passos largos, sincopados, como se estivesse numa daquelas marchas. Você o segue, afobado, prestando atenção em tudo. A guerra desenvolveu em você um sentido de direção aguçado, seu corpo aprendeu a funcionar em estado de alerta: os sons, a luz, os rostos que cruzam por você, tudo é captado e registrado porque talvez possa ser importante em outro momento. A vida e a morte andam juntas, você sabe. Tudo pode significar alguma coisa amanhã; você acha que aprendeu isso com o seu avô, afinal a vida é como nos livros, e um detalhe da página dezesseis pode ser crucial para um evento da página noventa.

Vocês saem da construção principal e entram numa espécie de anexo comprido. Depois de um labirinto de corredores estreitos que ainda cheiram a argamassa, lá está o oficial Becker, sentado atrás de uma mesa, comendo coelho assado e bebendo vinho tinto. Um cesto de pão quase intocado sobre a mesa faz sua boca encher-se de saliva e seu estômago contrair-se — o amor dá fome, você aprendeu. O *stabsfeldwebel* indica uma cadeira, e você senta. De algum modo, os dois livros que entregou antes ao soldado já estão sobre a mesa, e ele sorri, agradecido.

"Julius vai lhe dar o pagamento na volta", diz ele depois de engolir um pouco de vinho.

Você agradece em voz baixa. Adel Becker percebe que você tenta não olhar a comida, mas não comenta nada — não oferece o coelho, o vinho ou o pão. O que ele fala é que queimaram um Picasso: "Você já viu um Picasso?"

Você balança a cabeça e diz que não, nunca viu um Picasso.

"Mas você sabe quem é? Mestre do cubismo, um gênio, mas não atende aos gostos do *Führer*. E o que não atende aos gostos do *Führer* não presta", diz ele.

Você sente o sangue se aquecer. Gosta do alemão, mas do *Führer*? Você se alvoroça e, baixinho, diz: "Ele mandou queimar o quadro, ele adora o fogo. Queimou bairros inteiros de Varsóvia, não é?"

O *stabsfeldwebel* ergue uma sobrancelha.

"Você está mais corajoso hoje", diz ele. "Eu diria que está mesmo temerário. E se um dos meus colegas entra aqui e o escuta? Há sempre uma arma engatilhada por perto, meu caro Jósik, é preciso cuidar o que se diz. Mas admiro a sua sinceridade."

Você baixa os olhos, olhando suas botas velhas, de solas gastas. Se o alemão olhar nos seus olhos, verá mais do que sinceridade.

Mas o homem está animado e falante e parece apreciar a sua companhia. "Sabe, Jósik, tenho pensado que uma das coisas mais perigosas do mundo é ignorar um artista, mesmo um artista ruim. Eles podem ser loucos de tão, digamos, vaidosos. Pensei em ser artista ainda quando jovem, mas faltava-me a devida dose de loucura e de vaidade, por isso resolvi ser professor." Bebendo mais vinho, acrescenta: "Mas loucura é também coragem. Veja o *Führer*, se o tivessem aceitado na Academia de Belas-Artes em Viena... Bem, tudo seria diferente, não é mesmo? A Alemanha não conheceria essa grandeza..."

Você o vê baixar a voz e prosseguir:

"Mas o mundo estaria em melhores lençóis... Afinal, queimar um Picasso? Eu o teria escondido, mas sou um homem que cumpre ordens. É como queimar um original de Shakespeare, não é mesmo?"

Você diz que é muito triste.

E o *stabsfeldwebel* prossegue, um pouco alterado pelo vinho.

"Eu, hoje, estou muito triste com isso. Nem o meu apetite se manteve."

Você olha para a comida sobre a mesa outra vez e o alemão dá uma risada.

"Vamos, coma o coelho, está bem gostoso... Temos uma polonesa que cozinha muito bem aqui. Não, não quer? Vou pedir que Basia o prepare para a viagem, faço questão."

Ele pega um pequeno sino e o sacode com delicadeza. Alguns instantes depois, uma porta se abre e uma mulher magra, na faixa dos quarenta anos, entra na sala apressadamente. O alemão manda que ela embale os restos da refeição. E, depois, deixe tudo com Julius, ele acrescenta.

A mulher, que deve ser Basia, aquiesce. Ela não ergue os olhos, mas recolhe os pratos com destreza, colocando-os sobre uma bandeja de prata, e sai da sala sem fazer ruídos. Você pensa na mãe de Raika, em outro lugar parecido com este, atendendo a outros oficiais, comendo os restos que eles deixam no prato, ouvindo as imprecações, suportando a violência. Você balança a cabeça, apagando tudo isso, e se concentra no *stabsfeldwebel* Becker.

"Bem, disseram que o *Führer* não tinha originalidade, que as suas pinturas eram triviais", prossegue Becker, enchendo outra taça. "Depois, durante algum tempo, em Viena, ele pintou postais para sobreviver. O próprio *Führer*, imagine, Jósik!"

Você tenta imaginar o *Führer* pintando postais num sótão velho e frio. E tenta imaginar Adel Becker humilhando a pobre Basia, chamando-a de polaca vadia, puta polonesa e outras coisas que são ditas todos os dias pelos ocupantes às mulheres da sua terra. Adel Becker olha você por um momento e, então, prossegue o seu solilóquio.

"Gostaria de ter conhecido o seu avô, meu caro Jósik. Vivo, é claro... Não aprecio o ocultismo. Ainda tenho receio daquele dia, mas não falemos mais nisso... Talvez eu esteja com a alma no ponto para ler um Dostoiévski. Veja, não creio que possa ser perdoado, mas o que aconteceu hoje aqui foi apenas por ordens superiores", suspira ele. "Você devia ver a chama alta, azul e furiosa que consumiu o quadro. Era grande, veio da França, de uma família de judeus da Côte d'Azur. Anotamos sempre a procedência — neste ponto, exijo toda a organização possível... Ah, Jósik. Você me entende, não é mesmo?"

Você aquiesce.

"Eu o entendo, *stabsfeldwebel*. É o seu trabalho", é o que você diz. "Mas é triste. Meu avô teria chorado ao ver uma cena dessas."

Você pensa no velho Michael. Ele faria um terrível discurso sobre a burrice de Hitler. Um tonto, uma hiena, uma besta! Você pensa nas palavras que o velho escolheria... E então o *stabsfeldwebel* olha para você.

"Deixe eu lhe dizer uma coisa, meu amiguinho. Julius o esperou por cerca de uma hora hoje. Você chegou perto do horário do toque de recolher. Onde andava?"

Você responde que tinha ido comprar comida, mas o alemão faz um sinal para que se cale.

"Bem, bem... Melhor que não me diga; até com os amigos é necessário algum segredo. Mas tome cuidado, meu rapaz", ele baixa a voz novamente. "Ouça o que lhe digo: as coisas vão começar a esquentar por aqui. Muita gente vai morrer. Não posso dar detalhes, você sabe bem... Mas a resistência, aqueles insanos rapazes, bem... Eles explodiram um comboio perto de Cracóvia e dois oficiais nossos morreram. Haverá represálias por aqui."

Você sabe da explosão, mas não da morte dos oficiais. Ser polonês não é uma tarefa fácil, e ser membro da resistência, menos ainda. A cada ação bem-sucedida, um número de reféns morrerá. Gente escolhida a esmo. Listas são publicadas em praça pública com o nome das pessoas que serão responsabilizadas caso aconteça algum ato contra os alemães. Às vezes, eles as escolhem a esmo, numa igreja, num bonde, numa rua. O *stabsfeldwebel* olha para você, o cenho franzido. Ele diz que por isso o chamou, para avisá-lo.

"Fique em casa, Jósik, bem quieto. Vou cuidar que Basia prepare uma boa quantidade de comida, e você se esconde lá por uma semana. Haverá prisões coletivas, todo aquele mau gosto... Mas é preciso deter essa gente. Ah, meu caro, realmente gosto muito de você, Jósik, mas os poloneses são muito teimosos, sim, senhor!"

E você fica ali, olhando para o homem que vem zelando pela sua própria integridade, e seus dedos se contorcem de fúria. Ah, se pudesse agarrar o seu pescoço. A pele branca do pescoço. Deixar ali a marca dos seus dedos, dos seus dedos poloneses, dos seus dedos que já folhearam milhares e milhares das mais belas páginas da literatura já escrita pelo homem. Mas tudo o que você diz é: "Obrigado, senhor. Ficarei em casa e vou separar alguns Dostoiévski, pode deixar."

E então o *stabsfeldwebel* toca o sino novamente, e, agora, quem entra como se houvesse sido previamente combinado, como se todos estivessem num palco encenando uma peça, é Julius, o soldado. Ele traz um embrulho com a comida.

"*Gute Nacht*", diz Becker.

"*Gute Nacht, Herr* Becker", repete você.

E as coisas aconteceram exatamente como Adel Becker dissera-lhe que aconteceriam. Uma lista de reféns foi lida na praça e dez habitantes de Terebin foram levados entre coronhadas e pontapés. Nem Raika, nem Anna Bieska, nem o nome de Jósik Tatar estavam naquela lista. Aliás, Jósik não saiu para a praça a fim de ver o tenebroso espetáculo da caça aos reféns. Embora a plateia se mantivesse em circunspecto e pesaroso silêncio, uma mulher desesperou-se ao ver o esposo ser levado por dois *hitlerowcy*, e seus gritos desencadearam como resposta uma furiosa rajada de metralhadora. A mulher, uma idosa e uma menina de seis anos foram atingidas e morreram sob o sol de final de junho naquela triste manhã. Seus corpos ficaram lá, caídos na terra vermelha, por doze horas. Ninguém recebeu permissão para recolhê-los até tarde da noite.

Trancado em casa por dias, Jósik voltou à leitura, mas o cheiro e o gosto de Raika intrometiam-se entre as frases de Proust, e gastou longas tardes vagando pelas páginas, encontrando apenas algum prazer no campo de batalha onírico descrito pelo autor, onde soldados alemães morriam como moscas durante a Primeira Grande Guerra. É claro que o nosso jovem Romeu deu um jeito de escapulir numa tarde, correndo pelo campo em flor até os fundos da casa de Raika, batendo à porta para roubar-lhe um beijo e dizer:

"Não saia nos próximos dias, minha querida. Foi um aviso do meu amigo."

Raika obedeceu. Na tarde seguinte, quando dois caminhões entraram levantando poeira pela ruazinha de terra que contornava a praça, ela espiou por uma fresta na janela e viu doze soldados arrombarem uma casa do outro lado da rua, a casa de *pan* Soliwz. Aos berros e às coronhadas, eles atiraram na calçada o próprio Adam Soliwz, um velho marceneiro, sua esposa, Halina, e seus dois filhos, Tadeuz e Rataj. Ao que parece, Rataj, o mais jovem dos dois, teria algum envolvimento com a resistência. Raika viu a família ser assassinada na calçada; primeiro o pai, depois a mãe, depois o primogênito. Todos levaram um tiro entre os olhos, com Rataj assistindo de camarote, agarrado por dois soldados. Depois, o próprio Rataj recebeu uma bala em cada um dos joelhos e, aos urros, foi jogado no caminhão, que partiu outra vez, repetindo o espetáculo pulveroso da chegada.

Encostada à janela, Raika chorou de horror e de medo. Quando *pani* Bieska chegou horas mais tarde, encontrou a filha deitada no corredor, quase catatônica, narrando, entre soluços, o terrível espetáculo que presenciara naquela tarde.

A casa dos Soliwz foi queimada na noite seguinte, e as chamas vermelhas e furiosas subiram ao céu enevoando a visão das estrelas, espalhando-se pela floresta e enchendo os corações de um silencioso medo. Ninguém viria ajudá-los, nunca mais. A Polônia estava nas mãos dos *hitlerowcy* e aquele pesadelo não teria fim. Alguns dias depois, como um alento, correu pela vila o boato de que Inglaterra e União Soviética, inimigos no começo da guerra, tinham assinado um pacto contra Adolf Hitler e suas tropas. A notícia, divulgada pelos jornais da resistência, alcançou casas e fazendas como um rastilho de pólvora, e uma nova esperança, mesmo frágil e remota, pareceu nascer no horizonte.

Na casa de Jósik, o velho fantasma suspirava, passeando entre as pilhas e pirâmides de livros.

"Então, agora, os russos estão do nosso lado... Ah, já disse o Bardo: *a desconfiança é o farol que guia o prudente*! Não me fio nos russos, muito menos no ambicioso Stálin!"

Jósik pensava que o avô era um fantasma muito, mas muito pessimista.

"É bom que os russos estejam com os aliados agora, vovô! Eles são poderosos e estão por perto."

Michael sentou-se no alto de uma pilha de livros e, lá de cima, proferiu:

"Os russos estão apenas do lado deles mesmos, *mój syn*. Mas que Hitler cometeu uma imprudência ao se meter nas estepes russas... Realmente ele cometeu! O verão é curto e o inverno é longo. E a Rússia é muito mais extensa do que um único inverno."

Naqueles dias turbulentos, Jósik encontrou por duas manhãs uma cesta pronta à sua porta. Havia frutas, farinha e até toicinho! O *stabsfeldwebel* era um homem que sabia cumprir as suas promessas...

Lá no meu quarto, atrás do posto de gasolina, com Miguelito roncando espalhafatosamente ao meu lado, eu sonhava com Jósik fechado na sua casa repleta de todos os livros do mundo e podia sentir o gosto divino e quase esquecido do toicinho levemente tostado no fogão à lenha, enquanto Jósik comia os regalos que Adel Becker, o nosso estranho personagem, mandava por meio dos seus acólitos. A natureza humana é misteriosa, eu pensava ao despertar no meio da noite, assustada com a veracidade dos meus sonhos, sentindo ainda na língua o sal do toicinho polonês.

13.

De como coisas transformadoras
sucedem sob os auspícios
do arcano de Saturno,
A Morte.

Os primeiros meses do ano de 1942 foram cruéis para o velho fantasma Michael.

Ele tinha perdido os prazeres da vida havia tempo... O gosto dos morangos e das cerejas, o vento frio espicaçando seu rosto no inverno, o lento escorrer dos dedos pelas folhas de papel, os desenhos impressos nas páginas e aquele cheiro celestial de um romance recém-aberto, misturado aos odores do pinho queimando na lareira de pedras... Tantas coisas que ele ainda podia lembrar, mas que nunca mais experimentaria. Coisas simples... A luz dançando no alto dos pinheiros do bosque, o gosto quente e agridoce da *borsh* na sua boca e o crepitar dos pedaços de toicinho frito que Flora misturava ao purê de batata. A mão em torno da xícara quente, o abraço de Jósik...

As sensações da vida tinham ficado para trás. É claro, ainda havia o amor, o amor absoluto que sentia pelo neto, um rapaz alto e magro, mas bonito, de traços simétricos, o nariz reto, fino, os olhos como os da sua finada esposa. Jósik era mais do que um consolo, era o seu motivo para estar ali, agarrado ao lado de cá quando sentia-se exaurindo a cada dia, derretendo como um bloco de gelo ao sol.

Mas, se a vida era uma lembrança ancorada a Jósik, a morte era um chamado constante, intenso e desestruturador. A morte cantava e declamava e urrava nos seus ouvidos quando os comboios carregados de judeus e de condenados passavam a poucos quilômetros de Terebin, na linha férrea onde, em tempos mais felizes, Apolinary trabalhara, indo de uma estação a outra sob o sol e sob a chuva, levando homens e mulheres para que vivessem a vida e cumprissem seus afazeres. Agora, aquela linha férrea estava destinada aos trâmites da morte; todo trem que passava por ali ia rumo a Auschwitz. Lotados de pessoas em desespero, vagões com o chão coberto de cal viva e as janelas hermeticamente fechadas desfilavam todas as madrugadas rumo àquele campo de assassínio, e a vida, essa coisa frágil, essa chama, gemia e lamentava-se... Seus anseios surdos, tecidos por mil vozes, subiam aos céus noturnos e, por motivos misteriosos, aqueles milhares de gritos e pedidos de socorro e as últimas palavras dos moribundos iam todos dar exatamente nos ouvidos do fantasma Michael Wisochy.

Ah, ele não podia concentrar-se em mais nada!

As noites eram seus algozes mais cruéis; porém, também durante o dia, os surdos lamentos ecoavam no ar, abafando o farfalhar das árvores, os volteios do vento no campo e as vozes dos vizinhos na sua faina de sobreviver. Shakespeare chorava, Conrad chorava, o visionário Kafka chorava, a pilha de lenha chorava, o telhado lamentava-se, tudo parecia carpir o assassinato daqueles milhares de criaturas agonizantes, condenadas à mais cruel das mortes numa escala quase inimaginável de terror.

Michael não dizia nada a Jósik. Como contar ao neto o que acontecia a poucos quilômetros dali? Enquanto centenas de milhares de vítimas padeciam atrás dos muros recobertos com arame farpado, Jósik vivia seu pequeno interlúdio de felicidade com Raika. Seus fugazes encontros amorosos, quando *pani* Bieska saía para o trabalho cotidiano, agora eram todos sob os lençóis.

Enquanto os jovens se amavam, a morte sussurrava ao pobre Michael...

Deixei meu dente de ouro no bolso do casaco cinza; Se Basia estivesse aqui; Nunca mais verei Janek; Uma nuvem no céu; Um dia, deixei meu sorvete cair no chão numa ruazinha em Konstancin; Eu te amo; Não chore, Zigmus; Um pedaço de pão; Não há ouro bastante para pagar a liberdade; Segure minha mão; Chegaremos logo; Por favor, não morra, Tadeuz; Onde estará minha querida Irena?

Michael os via, um a um, os mortos dentro dos vagões, subindo ao céu feito minúsculas espirais de fumaça cujos lamentos iam dar no mais fundo da sua alma.

Ele contava...

Vinte, quarenta e sete. Duzentos e dez. Setecentos e vinte e um. Mil seiscentos e oito. Dez mil e sete. Cento e três mil e vinte e dois.

Eu vi Zófia pela última vez na estação de Lviv; Kot tinha vinte anos; Um gole de água, mamusia; Eu cumpri minha tarefa com a AK; Os miolos dele saltaram na minha cara; Tatús, cadê Wladek?

Cento e cinco mil e um. Cento e cinco mil e dois. Cento e oito mil e vinte e nove. Cento e dez mil, *mój Boże*, gemia Michael.

Alguns lhe pediam coisas, pequenos favores... Que avisasse a Halina Korski que alguém buscasse o pequeno Miska, pois ele escondera-se sob o fogão num apartamento do gueto em Varsóvia. Que à margem do Dunajec tinha sido enterrado um saco com moedas de ouro. Que avisasse a Stanilas que Lucjan tinha morrido de difteria.

Michael prometia que sim, avisaria a todos.

E as almas passavam por ele, como se ele fosse um portão...

Dia e noite.

Dia e noite.

Noite e dia, como um calvário.

Raika não soube que engravidara de Jósik. Ela era muito inexperiente nessas coisas, e *pani* Bieska nunca tinha falado de sexo com a única filha. Ela sentiu tonturas e achou que era fome. Sentiu fome e sabia que estava comendo pouco demais. A fraqueza era fácil de ser desculpada também. De fato, os primeiros sintomas eram extremamente vagos para uma garota de quatorze anos tão despreparada para as coisas do corpo. Creio que isso tenha sido um alívio, um pequeno presente em forma de segredo.

Mas Michael soube.

Quem ouvia a morte também podia ouvir a vida.

Um ruído frágil, nada de mais. Como uma vertente correndo suavemente no seu leito de pedras... Porém, em contraposição às doloridas lamúrias da morte, a suave música da vida trouxe para Michael alguma paz lá por meados de abril de 1942.

Ele soube numa manhã, quando Jósik vestia um agasalho leve. Ia ver Adel Becker. Tinha separado uma caixa de livros segundo uma pequena lista que o *stabsfeldwebel* mandara lhe entregar junto com um envelope cheio de notas novas. O Governo Geral imprimia seu dinheiro, que era sempre novo, táctil, luminoso. Nada de złótys sujos, usados por polacos.

Michael ouviu a música, o suave gorgolejar em seus ouvidos. Ele não estava preparado para aquilo, mas, então, entendeu... Entendeu como entendia um belo poema que guardasse sua mensagem subliminar entre as palavras impressas na página, um poema que, falando do azul, na verdade queria dizer do verde.

Ele ouviu o ruído, o gorgolejar da vida e compreendeu: Raika estava grávida de Jósik.

O velho ficou aflito com a novidade. Não tinha sonhado nada sobre aquilo. Ficou exultante também, pois a morte parecia empestar tudo naqueles tempos horríveis, espalhando seus eflúvios, madrugada após madrugada, pelo mundo gasto e exaurido. Mas a manhã primaveril, o céu luzindo para além das cortinas empoeiradas, tudo isso lhe dizia, *glub-glub-glub...*

Raika estava esperando um filho.

"Vou sair, avô", disse Jósik, com a caixa de livros na mão, sem notar o desconcerto do velho.

O soldado de sempre esperava-o lá fora, dentro do jipe, para levá-lo aos escritórios do *stabsfeldwebel*. Ainda havia muita agitação nos depósitos, pois, quanto mais famílias eram presas e deportadas, mais obras de arte apareciam, como por encanto, para serem catalogadas, embaladas e mandadas para a Alemanha.

"Jósik", disse o fantasma. "Cuide-se, por favor."

Jósik aquiesceu e fechou a porta atrás de si. Ele não temia mais Adel Becker. Nenhum dos dois o temia.

Michael ficou no meio da sala, parado no ar, tentando entender por que não contara ao neto aquela revelação tão inesperada. Havia um motivo, ele sentia. Não sonhara com aquela concepção, mas sonhara com outras coisas.

As bombas, um carro explodindo, dez tiros na praça.

Jósik não deveria saber. Não ainda.

Mais tarde, se fosse o caso.

Eles ainda tinham 38 semanas segundo seus cálculos. Ele era muito bom em biologia — embora tivesse perdido o contorno dos pés e do nariz e seus traços se apagassem quase diariamente, todo o conhecimento que adquirira ao longo da sua extensa vida ainda estava límpido e acessível na sua mente.

Pensou nas semanas que um feto precisava para se fazer dentro do útero materno, quatro dezenas delas. Numa guerra, aquilo era um tempo longo, muito longo. As tropas alemãs enfiadas em território soviético, por exemplo... Pelos seus cálculos, estavam lá havia mais de quarenta semanas. Tinham entrado na terra de Stálin com a ambição de ganhar a guerra e pisotear os russos. Mas encontraram pela frente as aldeias soviéticas queimadas e evacuadas, e centenas de quilômetros de marcha em território inimigo transformaram-se numa terrível provação. Depois, viera o inverno, o violento inverno russo, a neve, o frio, a fome, a lama, as chuvas... As tropas alemãs morriam como moscas na União Soviética.

Uma gestação inteira havia se passado desde junho de 1941, e o que parecia nascer ali era o desmantelamento dos exércitos do *Reich*.

Sim, nove luas.

Muita coisa poderia acontecer até lá, pensou Michael. Ainda não era tempo de contar ao neto.

Assim, nosso querido Jósik jamais soube que Raika engravidara dele. Ou melhor, soube muitos anos mais tarde por mim, pois as cartas do tarô confirmaram-me o que o avô Michael já me tinha contado em sonhos.

Enfim, seguia Jósik, naquela primavera de 1942, tão inocente desse segredo que era como se, de fato, ele não existisse. Porém, Anna Bieska era uma mulher experiente nos assuntos de alcova. Ela não descobriu a gravidez da filha, não mesmo — mas, certa manhã, ao recolher os lençóis para a lavagem, encontrou neles as indefectíveis manchas do amor. Ora, Anna tinha dividido seu leito com o marido por doze longos e felizes anos e, então, entendeu que sua filhinha, aproveitando a ausência materna, tinha feito coisas não muito àbonadoras na cama que ambas compartilhavam desde o começo da guerra.

Pani Bieska era uma mulher esperta. Não confrontou Raika. De que adiantaria, afinal? O amor era um bicho teimoso, e a juventude era inquebrantável... Ademais, por mais que proibisse a menina de ver Jósik, Anna precisava trabalhar na casa dos *hitlerowcy* seis dias por semana, e a filha teria várias horas livres, podendo enganar a mãe das mais diversas e fascinantes maneiras. Não, ela não deveria se indispor com Raika — seria pólvora queimada à toa. O melhor caminho para acabar com aquilo era dar um jeito em Jósik.

Anna Bieska traçou um plano simples. Sabia muito bem que certos jovens que viviam nas fazendas ao redor de Terebin tinham contato com a resistência polonesa. Os braços da Armia Krajowa estavam por todos os lados. E Anna tinha uma boa informação para lhes dar: Jósik Tatar era amigo bem íntimo de um *stabsfeldwebel*. O oficial comprava livros de Jósik e, provavelmente, mais do que isso... Afinal, de onde o garoto tirava dinheiro para comer, e até boas botas ele usava?

Foi isso que Anna Bieska deu a entender, numa manhã, para dois rapazes que cortavam lenha numa estrada vicinal a meio caminho da fazenda onde ela trabalhava. Esse tipo de informação era importante para a gente da resistência, e todos os colaboradores, todos os poloneses que ajudam os *hitlerowcy,* acabavam sofrendo estranhos e prosaicos acidentes quase sempre fatais.

Os rapazes escutaram a história de Anna sem pestanejar. Um deles disse:

"O neto de Michael, seria possível?"

Anna Bieska fez um esgar.

"Ele tem comida farta e até botas novas. Basta espioná-lo. Você vai ver que tem amigos alemães."

Os rapazes aquiesceram e voltaram a rachar lenha maquinalmente. Mas a coisa estava feita. Depois disso, *pani* Bieska seguiu para o seu trabalho. O dia inteiro, lavou roupa branca com lixívia, escovou pisos e limpou privadas imundas, descascou batatas e foi tratada com desprezo, mas seu coração estava leve feito algodão. Logo Raika estaria livre daquele garoto, os alemães estavam se afundando na URSS e a guerra finalmente acabaria. Ela suspirou, tirando do forno meia dúzia de pães quentes. Em breve, poderia voltar para sua amada Varsóvia e encontrar um bom partido para a filha. A guerra ficaria para trás, e ela nunca mais descascaria uma única batata em toda a sua vida!

Depois de reuniões clandestinas e sussurros e bilhetes em código, ficou decidido que Jósik Tatar estava sob a investigação da resistência. Ele foi seguido por dias e dias, seus movimentos, acompanhados de perto sem que ele jamais desconfiasse, até a tarde em que um rapaz de nome Tadek Bronski entrou na velha e esquecida casa de Michael Wisochy.

Era uma tarde de maio e a primavera gloriosa luzia lá fora. Tadek pulou uma janela e viu-se na sala atulhada de livros. A fome de literatura do *stabsfeldwebel* Becker e os tempos de mercado negro não haviam causado um estrago tão profundo no enorme manancial de livros de Michael. A entrada intempestiva de um jovem camponês naquela biblioteca mágica obviamente transformou-se num momento de espanto genuíno.

"*Mój Boże!*", resmungou Tadek, que nunca vira tantos livros na vida e nem achava que alguém pudesse ter visto.

Tadek andou pelos sinuosos caminhos tangenciados por colunas de livros coloridos, viu as vigas de brochuras que seguravam o teto, entrou na cozinha onde, em vez de panelas, a poesia e a prosa imperavam, e encontrou um colchão no quarto amparado por... livros. Ele nunca tinha ido ao teatro, de forma que não saberia dizer, mais tarde, que se sentira numa espécie de cenário. E nem jamais imaginara que o resoluto fantasma de Michael esteve no seu encalço durante os trinta minutos em que permanecera ali.

Tadek vasculhou o que pôde. Além de livros, ele constatou, havia muito pouco. Também outros estavam investigando Jósik Tatar — a resistência tinha gente comprada nos escritórios do Governo Geral e nos ninhos dos *hitlerowcy* —, e nada havia sido encontrado contra o garoto. Ele vendia livros a Adel Becker e talvez fossem amigos. Mas Becker não repassara informações importantes sobre a AK para seus superiores, de forma que era óbvio que ele não tinha tais informações.

Tadek partiu pela mesma janela pela qual entrou sem levar nada a não ser seu espanto por aquela misteriosa caverna de livros.

Duas horas mais tarde, quando Jósik, exausto do amor, voltou à casa, encontrou o avô sentado sobre uma pilha de Rilkes e Donnes esperando por ele.

"Estão vigiando você."

"Quem?", quis saber Jósik, descabelado e feliz.

"A resistência. Acham que é colaborador dos *szwaby*."

Jósik arregalou os olhos.

"Eu?"

"*Pani* Bieska é uma mulher ladina", respondeu Michael, revirando os olhos baços. "E você está dormindo com a filha dela."

Jósik ficou rubro.

"Como você sabe?"

"Já tive quinze anos, *mój syn*. Eu lhe avisei. Bico calado sobre o *stabsfeldwebel*. Estamos vivendo tempos perigosos... Muito perigosos. Meus ouvidos estão cansados das lamúrias dos mortos."

Jósik pensou na geleia de morangos. Seria possível que Raika tivesse falado alguma coisa à mãe? Não, ele tinha certeza. *Pani* Bieska era — como dissera mesmo o avô? — uma mulher ladina. Ele olhou o velho, que parecia muito sério e pensativo.

"E agora?"

Michael suspirou fundo.

"Agora é esperar. Você não fez nada de errado, Jósik. Vendeu livros a um oficial alemão, e vendeu-os por um custo bastante alto. Todos aqui vivem dessas tramoias. Mas tome cuidado. E evite sair de casa por uma semana ou duas", disse o velho, sabendo que aquele último conselho Jósik não haveria de obedecer.

Nada aconteceu com Jósik, e maio e junho passaram sem grandes incidentes. Raika estava sentindo-se estranha, mas era uma jovem bastante magra e seu corpo pouco mudara. A falta da menstruação, ainda inconstante, não lhe chamava a atenção — devido à pouca comida, as regras nunca tinham sido mensais mesmo, e Raika não se preocupava muito com isso.

Porém, a Armia Krajowa agora tinha um alvo novo e fácil nas adjacências de Terebin. Depois das investigações feitas pelos jovens do campo, ficou decidido que Adel Becker era uma vítima interessante e de fácil acesso. Se pudessem acabar com cada um dos *hitlerowcy* em território polonês, melhor. E o *stabsfeldwebel* Becker circulava de jipe com apenas um soldado pelas estradas vicinais da região, indo e vindo de onde quer que achassem alguma coisa de valor para o *Reich*. Seria extremamente fácil armar uma cilada para ele. Assim, Adel Becker, o nosso leitor, entrou na lista da Armia Krajowa. Seus movimentos foram estudados; Julius, seu ajudante de ordens, foi catalogado e seguido. Um porteiro polonês do depósito de obras de arte foi comprado, fornecendo a agenda pessoal de Becker e algumas anotações surrupiadas à sua mesa.

As pequenas e sinuosas estradas vicinais não eram um alvo complicado para os homens da resistência. Eles tinham crescido por ali, e a região inteira não guardava segredos para eles, ao contrário dos alemães, que desconheciam cada palmo de campo, cada casa de fazenda. Além disso, os resistentes contavam com a simpatia da população polonesa. Não havia muita vigilância pelas estradas entre Cracóvia e Auschwitz, pois os alemães preocupavam-se mais com a linha férrea por onde passavam os vagões rumo a Auschwitz e à fronteira alemã.

Um plano foi traçado.

Um dia foi escolhido.

Eles esperaram pacientemente enquanto o mês de julho escorria, azul e dourado, um verão suave de belos dias. Em agosto, voltaram a molhar a mão do porteiro, recebendo as informações necessárias para calcular alguns dos movimentos do *stabsfeldwebel* nos próximos dias. Uma bomba foi cuidadosamente preparada e levada de um galpão em Cracóvia para uma afastada casa de fazenda nos arredores de Terebin.

Nomes foram escolhidos para a ação.

Tadek Bronski e Witold Karski.

Tadek tomou certos cuidados para evitar que Jósik Tatar estivesse no carro naquela tarde de 10 de agosto de 1942, o que não era realmente muito comum, pois Jósik quase nunca deslocava-se com o próprio *stabsfeldwebel* Becker.

Tadek tomou várias providências para não envolver o jovem Tatar de forma alguma, pois o Governo Geral era muito violento nas suas represálias. Tadek gostava dos Tatar, gostava de Michael Wisochy, e nunca se esqueceria da incrível e absurda biblioteca escondida na casa sombreada pelos olmos.

Não sei muito sobre Adel Becker nesses seus últimos dias de vida... Suponho que seguia levando a sua existência cotidiana. Comia lautos jantares e bebia seu Chardonnay com alguma moderação. Sofria no *toilette* com uma espécie de prisão de ventre que o fazia ler dezenas de páginas de Homero e de Tolstói antes de ter algum alívio. Repetia a sobremesa após o almoço, principalmente quando era torta de maçã com nata batida, a comida especial de Basia (embora ela cuspisse na nata antes de servi-la sobre a torta do *stabsfeldwebel,* o que considerava seu "toque final"). Escrevia cartas para a noiva sem saber que ela já quase o esquecera por conta de um engenheiro que viera de Berlim para o quartel-general em Frankfurt. Sonhava com os *strudels* da mãe, com a pequena e elegante sala de mogno e os tapetes de lã onde passara sua infância e juventude, lia Conrad e Shakespeare e Dostoiévski, e não sentia grande remorso por seu trabalho, *pois era apenas parte da engrenagem*. Adel estava angustiado com a campanha do *Reich* na União Soviética e vinha requisitando mais e mais os serviços de Jósik. Queria bem ao jovem polaco e ficava satisfeito ao ver que estava mais corado, mais forte e mais feliz, sem saber que a maioria daquelas mudanças se devia mais ao amor de Raika do que aos seus pagamentos semanais.

Não creio que haja muito mais sobre Becker...

Foi uma boa pessoa para Jósik, devo dizer aqui, embora, como todos os *hitlerowcy* na Polônia ocupada, agisse de forma mesquinha e seu maior objetivo fosse mesmo salvar o próprio pescoço a fim de voltar para casa no final da guerra.

Adel Becker ainda mandava seus carregamentos para a Alemanha, é claro, com minuciosos relatórios cheios de adendos, rezando que uma bomba não encontrasse aqueles tesouros todos no meio do caminho. Com o campo de Auschwitz funcionando a pleno vapor, obras de arte apareciam de vários cantos da África e da Europa, e os tesouros do *Reich* aumentavam de forma impressionante.

Naquela tarde do dia 10 de agosto de 1942, depois de repetir a torta de maçã de Basia, chamou o soldado que o acompanhava e disse:

"Vamos até Terebin, Julius. Preciso despachar alguns documentos em código e o operador está me esperando."

Juntou seus papéis em uma pasta escura, ajeitou o quepe sobre a cabeça, alisou o dólmã e saiu pisando firme. Quem sabe, pensou, tivesse tempo de fazer uma pequena visita a Jósik. Então lembrou-se:

"Diga para Basia juntar os restos do almoço numa cesta. Talvez eu faça uma surpresa ao nosso jovem polaco."

Enquanto esperava no carro, Julius correu até a cozinha, voltando em seguida com a cesta pronta. Quando saíam pelo portão, o velho porteiro olhou o jipe longamente e pensou: "Será hoje?" Ele vinha se fazendo essa pergunta havia vários dias. Mas os jovens da resistência pareciam não ter pressa. O velho suspirou fundo. Aquele *szwaby* ali até que não era dos piores.

"Mas a Polônia é dos poloneses", disse num sussurro, enquanto o veículo desaparecia pela estrada de chão batido, levantando atrás de si uma nuvem de poeira.

A coisa toda foi muito rápida, à luz do dia.

Comentariam, depois, que a AK estava ficando cada vez mais ousada.

O jipe seguia pela estrada, um céu azul espalhava-se a perder de vista com algumas nuvens equilibrando-se preguiçosamente sobre os altos pinheiros da floresta que ladeava a estrada.

E, então, quando o motorista fez uma curva, lá estavam eles.

Dois jovens lenhadores com seus machados e uma árvore caída bem no meio da estrada. O motorista diminuiu um pouco a velocidade antes de parar.

"O que foi?", perguntou Adel, levantando os olhos dos relatórios que devia enviar a Berlim.

Ele não tinha visto o céu nem as nuvens, brancas feito algodão, e, sem saber, perdera a sua última chance de apreciar o sutil espetáculo do verão no campo. Pois, naquele momento, alguém jogou alguma coisa dentro do jipe, uma espécie de trouxa de tecido.

Adel Becker assustou-se, o motorista também.

"O que é isso?", perguntou ele, erguendo-se.

E, então, antes que o jovem soldado que o acompanhava pudesse verbalizar a palavra que lhe nascia na garganta (sair... é preciso sai...), o estranho artefato explodiu. Um dos lenhadores, para ter certeza de que o serviço ficaria bem acabado, atirou uma garrafa cheia de gasolina por sobre o capô do jipe e a coisa toda pegou fogo muito rapidamente, elevando ao céu uma coluna de fumaça escura que poderia vir de qualquer uma das muitas casas de fazenda da região.

Imediatamente, enquanto o veículo queimava, os dois lenhadores começaram a cortar a árvore caída que impedia a estrada. Da floresta, surgiram mais três rapazes com machados. Eles trabalhavam rápido — tinham cortado lenha a vida toda. O jipe queimava às suas costas sem que nenhum deles sequer olhasse para trás. Quando a árvore estava toda fatiada, dois deles trouxeram carrinhos de mão. Com cuidado e presteza, levaram os pedaços da velha árvore para o meio da floresta, desimpedindo novamente a estrada. Depois, recolheram os pequenos galhos que tinham se espalhado no momento da queda.

O céu ainda estava azul quando eles sumiram pelo meio da floresta, e o jipe exalava uma única coluna de fumaça escura, transformado numa massa negra, como um velho e enorme animal fulminado por alguma maldição divina.

(Em casa, o fantasma de Michael sentiu um estranho ardor nas tripas que já não tinha mais. Ele viu o jipe queimando, ele ouviu um único grito de pavor. Ele sentiu pena do *stabsfeldwebel*... Mas era a vida. E, mais do que a vida, era a guerra. As coisas, agora, poriam-se um pouco complicadas para Jósik.

Michael olhou o neto, que estava deitado num canto da sala, lendo distraidamente uns versos de Baudelaire. Agora, ele lia pouco, pensou o velho, pois o amor era mais premente.

"*Nossos festejos terminaram. Como vos preveni, eram espíritos todos esses atores, dissiparam-se no ar, sim, no ar impalpável...*", disse Michael. Citava Shakespeare, caso vocês não recordem.

Então Jósik olhou para o avô com um meio sorriso no rosto.

"O que houve?", perguntou ele.

"Nosso Próspero morreu", respondeu Michael calmamente. "Numa estrada aqui por perto. Explodiram o jipe onde ele estava com aquele jovem soldado que sempre vinha aqui. Mas Becker não sentiu dor, foi muito rápido..."

"Adel?"

Jósik sentou-se no chão, nervoso. Ocorreu-lhe perguntar:

"Você ouviu o que ele disse, avô? Você sempre ouve as lamúrias daqueles que morrem."

"Não", respondeu Michael. "Ele partiu em silêncio.")

As coisas aconteceram rápido depois da explosão. O Governo Geral era ágil nas suas punições. Quando o veículo do *stabsfeldwebel* Becker foi encontrado nas imediações de Terebin, a sanção foi logo colocada em prática. O Partido Camponês era sempre culpado pelos atos de sabotagem, pois apoiava e incentivava a Armia Krajowa. Por isso, as punições nas pequenas cidades eram muito mais rigorosas do que na capital.

Um caminhão parou na praça em Terebin. Trinta *szwaby* armados desceram da traseira sob o comando de um capitão. Cada um deles correu para uma casa ou agarrou um refém na rua ao acaso. Um menino que brincava com gravetos na praça. O padeiro. A velha que molhava suas rosas no quintal. A casa dos Kawaski foi arrombada, tiraram duas pessoas de lá. Entraram na casa dos Zucca, pegaram a velha avó pelos cabelos brancos e ela foi jogada na praça com os outros. Um dos netos protestou, um garoto de quinze anos, levaram-no também. O ferreiro.

Dois lavradores que passavam numa carroça carregada de trigo para o próprio Governo Geral. Um dos soldados derrubou o portão da velha casa dos Tatar. Raika abriu a porta esperando que fosse Jósik, embora ele sempre entrasse pelos fundos. Mas um alemão a pegou pelo braço. Ela foi levada para a praça.

Jósik tinha se atrasado por causa da conversa com o avô. Ele estava a poucos metros dali, escondido atrás de uma árvore quando viu que levavam Raika para a praça junto com os outros. Ao seu lado, sabendo de tudo, como se a vida fosse um roteiro que ele tivesse lido e decorado, o espectro de Michael sussurrou com o vento:

"Não. Não seja louco de ir até lá."

Michael estava apavorado. Embora tivesse aqueles sonhos, algumas coisas lhe escapavam. Ele não poderia segurar o neto, não era um tipo de alma penada poderosa. Mas Jósik não foi. As lágrimas corriam pelos seus olhos quando Raika sentou-se no chão junto com os outros.

Havia vinte reféns. O oficial leu um pequeno comunicado sobre o atentado que matara Adel Becker e um soldado. Uma bomba. Violência gratuita. Ato de banditismo. Para cada morto alemão, sangue polonês deveria ser derramado.

Então o oficial apontou o dedo para o grupo reunido ali. De forma aleatória, foi dizendo *sim, não, sim, não*.

Ja, nicht, ja, nicht.

O garotinho foi liberado, correu para os braços da mãe que chorava. Àquela altura, um grande grupo de pessoas já se reunira na praça para prantear os seus mortos. Cada vez que o capitão libertava alguém, os suspiros podiam ser ouvidos acima do vento que soprava naquele final de tarde.

Quando passou por Raika, o oficial disse:

"*Ja.*"

O oficial não sabia que aquela garota loira estava grávida, mas não teria feito qualquer diferença. Jósik sentiu seus joelhos fraquejarem. Ao seu lado, Michael exortou-o:

"Aguente firme. Se for lá, será morto também. Eles não gostam quando a plateia é temperamental, você sabe."

E, então, começaram as execuções.

Dez tiros, um para cada refém.

Bem longe dali, *pani* Bieska tirou o longo avental que usava no serviço e pendurou-o num gancho perto do fogão na grande cozinha dos *hitlerowcy*. Ela roubou uma maçã de uma caixa, apreciando rapidamente a sua textura vermelho-dourada, enfiando-a com presteza no bolso do vestido. Para Raika, pensou, sem saber que a filha não estaria mais em casa quando ela chegasse duas horas depois.

14.

Tudo ao contrário, tudo virado.
Um arcano para este capítulo
só pode ser
O Enforcado.

Após a morte de Adel Becker e de Raika, nosso Jósik finalmente partiu de Terebin.

Partiu às pressas e sem rumo certo.

Sua única bússola era o avô. O fantasma de Michael guiava-o pela floresta por caminhos misteriosos e esquivos onde era frequente que membros da Armia Krajowa circulassem, principalmente à noite, como eles.

Pois só andavam à noite.

De dia, Jósik escolhia algum lugar suficientemente discreto, um declive em meio aos pinheiros e abetos, enfiava-se sob um cobertor de folhas e ali permanecia, dormindo o cansaço das dez horas de caminhada noturna. Às vezes, subia em alguma árvore, acomodando-se lá em cima como um pássaro desajeitado, enquanto o velho, sentado temerariamente em algum galho, balançava-se feito um menino sem pés cada vez mais desbotado, misturando-se ao azul cerúleo, quando o dia estava bonito, e às nuvens densas que pareciam espetadas no alto do arvoredo, quando o dia estava nebuloso.

Ele não era um rapaz atlético, e aqueles primeiros tempos foram difíceis. Mas a dieta que Adel Becker fornecera-lhe ao longo do último ano fazia toda a diferença agora. Jósik tinha força de sobra para as longas caminhadas sob as estrelas ou sob a chuva rala — se chovesse muito, escondia-se sob um pedaço de lona que o avô o aconselhara a levar consigo.

"Ainda bem que lemos *Robinson Crusoé*", dizia o fantasma, piscando um olho. "É como atravessar uma ilha desconhecida..."

Jósik aquiescia sem sorrir. Fazer brotar algum fervor ou alegria no seu rosto era uma tarefa difícil.

Nem a falta de comida — ele fugira com todas as provisões que tinha em casa e todos os złotys, mas dinheiro de pouco adiantava na floresta — incomodava-o. Parecia conformado com a alimentação precária e com a vida nômade, pensando sempre que a sua sorte era infinitamente melhor do que a de Raika. Alimentava-se de muitas maneiras fortuitas e só entrava numa aldeia para comprar mantimentos em último caso, quando não conseguia caçar um coelho, encontrar cenouras silvestres escavando o chão, frutas em árvores pelo caminho ou qualquer raiz comestível. Ou, ainda, peixes que ele fisgava com a ajuda de um galho comprido e um antigo alfinete dourado, que, outrora, servira para Flora prender seus xales no inverno. Jósik pescava à noite e sentia certo prazer naqueles serões silentes sob as estrelas.

A vida era como uma pescaria. Quando menos se esperava, *platc*, um peixe mordia o anzol. E, depois, podia-se passar horas ali à beira da água e nada, absolutamente nada. Era uma questão de sorte.

Porém, a morte de Raika não lhe saía da cabeça. Via-a entre as árvores da floresta escondida como uma sílfide, via-a na estrada poeirenta a vagar ao seu lado e via-a, à noite, na superfície das lagoas ou nas sombras da lua, como se o velho inquilino da lua, o pequeno coelho que sua mãe lhe mostrava quando menino, tivesse cedido seu lugar lá em cima para a querida Raika. Quando dormia, sonhava com ela.

Jósik sonhava com ela enquanto eu sonhava com ele.

Vejam que estranha dança...

Pois Jósik vira Raika ser fuzilada no meio da pequena praça de Terebin. Sabia que não poderia fazer nada. A Armia Krajowa retalhava os alemães pela ocupação e por seus crimes violentos e cotidianos contra o povo, e os alemães retalhavam a AK com o assassínio de poloneses inocentes. Era um círculo vicioso terrível, mas ele sabia que os milhares de combatentes da resistência estavam certos e que era preciso lutar contra a gente do Governo Geral.

Lembrava-se do avô dizendo:

"Não seja louco de ir até lá. Eles nunca se cansam de matar. Se você interferir, matarão outros dez, contando com você."

Então Jósik não agiu como um louco.

Depois de um único e certeiro disparo, viu a garota cair inerte no chão de terra. Jósik, então, voltou para a casa do avô. Pensou em esperar Anna Bieska e dar-lhe a notícia. Mas, depois, considerou que ela não merecia e que só a suportara por causa de Raika.

Ele ficou um longo tempo sentado entre os livros, e o espectro do avô estava ao seu lado como um cão de guarda. Talvez o velho já soubesse; acho que ele sabia de tudo ou quase tudo. Algumas coisas ele simplesmente não podia evitar — não é fácil enganar o destino. Mas, tratando-se de Jósik, Michael brigava até mesmo com o fado e com as Parcas.

Depois de um longo tempo, Jósik levantou-se, reuniu algumas coisas pela casa e fez uma trouxa. Levou também um pequeno volume de poemas de Donne e duas peças de Shakespeare e, então, partiu para a floresta com o fantasma de Michael no seu encalço.

Não, ele não agira como um louco...

Fora prudente, como o avô recomendara. Mas, agora, estava enlouquecendo aos poucos, um passo de cada vez.

No rumo do quê ele seguia?

Jósik não sabia dizer, não sabia mesmo.

"Vamos evitar as cidades e as aldeias na medida do possível", falava o velho, como se a ideia de partir tivesse sido dele.

Mas Jósik não o ouvia, não o suficiente para entendê-lo. Estava distraído e calado, perdido nas inomináveis distâncias da memória.

Em choque, pensava Michael.

Por muitos dias, o rapaz seguiu assim. Quieto, caminhava por horas sem reclamar. Depois, fazia uma refeição frugal e dormia.

No entanto, o velho sabia que tudo aquilo estava escrito... Ele sonhara todas aquelas mortes. E só agora é que podia montar o estranho quebra-cabeça daqueles sonhos.

A granada, o carro voando pelos ares, os dez tiros na praça de Terebin.

Michael Wisochy também sonhara com uma grande cratera abarcando toda uma rua. E vira seus livros espalhados na terra, queimados e destruídos. Tudo, o sonho de uma vida, transformado em cinza e carvão negro e fétido.

Por isso, depois do fuzilamento coletivo, quando Jósik falou que queria deixar a aldeia, Michael agradeceu aos céus. Ele pressentia um grande perigo, a morte rondava aquele lugar, aproximando-se devagar e vorazmente. Ah, a loba sorrateira...

Enquanto seguiam pelas florestas, o velho parecia ter um plano. De fato, ele vira, num daqueles sonhos confusos, o neto limpando a neve das ruas de uma grande cidade. Como nunca estivera em Londres, não podia imaginar que as calçadas londrinas é que seriam o destino de Jósik. Ele pensou e pensou, escolhendo entre as possibilidades menos remotas. Afinal, não estavam em condição de fazer planos muito requintados — um jovem caminhante e um fantasma, imaginem só!

Michael decidiu-se pelo leste.

Lublin, pensava ele.

Seguir para Varsóvia seria perigoso. Mas Lublin era uma grande cidade onde Jósik poderia se misturar à gente e viver discretamente até o final da guerra, arranjando algum trabalho que o mantivesse. Michael Wisochy tinha um fraco por História, e o fato de a velha Lublin ter sobrevivido às invasões dos tártaros, dos rutenos, dos iotivingianos e dos lituanos parecia dar mostras da sua incrível capacidade de resistência. Afinal, quem suportara hordas de milhares de bárbaros haveria de sobreviver às atrocidades do Governo Geral para contar a história.

Não era exatamente um plano, como vocês podem ver, era mais um pressentimento. Afinal, o velho fantasma nunca fora um homem prático. Talvez tivesse dado certo... Por um longo tempo, pareceu-lhe que daria. Eles viajaram por meses até que o inverno tornou o deslocamento pelas estradas e florestas impossível.

Jósik arranjou trabalho numa pequena fazenda cortando lenha, limpando a neve e cuidando dos estábulos durante o inverno. Ganhava um canto para dormir junto com os cavalos e comida diária. Ele não pedia mais. Dormir com os animais deixava o ambiente aquecido, e ele foi feliz cuidando dos quatro cavalos de *pan* Witold Jankovski durante os meses daquele inverno de 1943. Recebia uma sopa de batata e metade de um pão; às vezes, até mesmo um pedaço de pudim de leite, quando *pani* Jankovski estava de bom humor e as vacas cumpriam o seu trabalho para além da cota que os alemães da região exigiam. Lia seus livros à noite, à luz do lampião, sob as velhas cobertas cheirando a feno. O fantasma do avô esteve sempre ao seu lado, farejando perigos e, nas noites frias, recitando versos de Shakespeare que sabia de cor.

"Vamos deixar esses cavalos mais cultos", brincava o velho, arrancando um sorriso de Jósik.

Witold era um bom fazendeiro, velho demais para o frio dos invernos, e, durante aqueles meses, Jósik não teve problemas. Os alemães não chegavam perto da fazenda, e ele estava com seus papéis em ordem, embora fosse um menor de idade sem um adulto responsável, o que poderia lhe criar problemas.

Certa noite, Jósik estava deitado sob os cobertores sentindo o sono chegar depois do trabalho pesado, quando Michael o chamou:

"Jósik."

"Sim, avô?"

"Você sente muito a falta de Raika?"

Jósik suspirou no estábulo silencioso.

"Sinto. Às vezes, tenho vontade de parar e simplesmente ficar parado para sempre. Como uma árvore, sabe? Até eu criar raízes."

"Você deve seguir em frente", disse o velho. "Feito o grande Ulisses, deve resistir às tentações e seguir seu caminho."

Jósik riu.

"Mas Penélope esperava por ele ao final da jornada."

"Alguém vai esperar por você algum dia, *mój syn*. Preciso lhe dizer uma coisa."

"Diga, avô."

"Anna Bieska se matou há algumas semanas. De remorso, de tristeza. Com uma faca afiada. Ela foi corajosa no final."

Jósik sentou-se na sua enxerga e mirou o velho desbotado contra as paredes de madeira do estábulo. Um cavalo resfolegou perto deles como se emitisse a sua opinião sobre a horrível morte de Anna Bieska.

"Como você sabe?", perguntou ele.

"Vi num sonho faz tempo. E, ontem, sonhei de novo. Também posso lhe garantir que, quando a alma dela saiu do corpo, escutei seu pranto. Sempre escuto os mortos quando desencarnam, é um verdadeiro suplício."

"Michael", disse Jósik impressionado.

O velho deu de ombros.

"Bem, a minha situação é delicada. Não estou nem lá, nem cá. Mas parece-me um preço justo para seguir ao seu lado nesta viagem."

Jósik virou-se, ajeitou os cobertores e apagou o lampião, pois era preciso economizar querosene, e ele só o mantinha aceso por meia hora, enquanto lia antes de dormir. Então disse:

"Não tenho pena de *pani* Bieska. Amanhã, vamos embora, já avisei *pan* Witold. A neve derreteu bastante e podemos seguir."

"Muito bem", disse o velho. "Sem raízes. Boa noite."

No dia seguinte, eles estavam de volta à estrada.

E durante meses, enquanto a primavera instalava-se e, depois, quando o verão assumiu o protagonismo, enchendo o campo de flores e verdejando as florestas, tornando as estradas quentes e poeirentas, eles seguiram adiante.

Numa pequena aldeia, Jósik declamou poemas em troca de moedas. Fez grande sucesso com seus belos olhos azuis e seus modos elegantes, e quando uma jovem morena o convidou para um passeio ao entardecer do dia seguinte, sentiu grande inquietação, pois uma vontade louca de viver brilhou dentro dele como uma lâmpada numa sala escura. Mas, ao pensar em Raika, recusou o convite da garota.

Em outra aldeia, uma senhora cega de nome Danusia, dona de uma plantação de cerejas, chamou-o para ler para ela em troca de alguns złotys. Jósik leu por uma semana, recebeu seu dinheiro e um balde de cerejas e, depois, tomou a estrada outra vez. Não gostava de ficar muito tempo em lugar nenhum, embora não fosse judeu e não estivesse sendo perseguido por nenhum crime. Mas ele queria ir em frente.

"Quando for a hora de ficar, ficaremos", disse-lhe o avô certa vez.

"E como vamos saber?"

"Eu saberei, Jósik."

E, assim, vagaram por estradas, florestas e campos por semanas e semanas. A vida ao ar livre tinha lá os seus encantos, principalmente no verão. Certa vez, viram uma tropa de alemães na estrada. Fugiram para o mato e esconderam-se por muitas horas. Os alemães não gostavam de andarilhos nem de ciganos, e não era conveniente cruzar com eles por aí.

Raika já estava morta havia quase um ano quando entraram num pequeno vilarejo já nos limites da província de Lublin, não muito longe da estrada que levava a Zamość. Pelas contas de Jósik, eram meados de julho de 1943. Havia uma pequena pensão no lugar, e ele considerou pagar os quinze złotys pela noite e por um prato de sopa de cevada.

Estavam indo para o leste com um pequeno desvio para o sul para evitar uma estrada com movimento de tropas alemãs. Jósik não sabia como se chamava o vilarejo, mas a pensão tinha apenas dois hóspedes para o pernoite — um caixeiro-viajante e um estudante que seguia para Zamość. Viagens longas exigiam um salvo-conduto dado pelos alemães ao preço de muitos złotys e eram um luxo para poucos poloneses naqueles tempos. As pessoas na pensão eram todas da região, e Jósik decidiu que era um bom lugar, mas tentou não chamar muita atenção para si.

No quarto simples, ele lavou-se com água morna, um grande requinte que desconhecia havia meses, e, depois, sentou-se discretamente à mesa coletiva para comer a refeição. O avô, com medo de que algum literato pudesse estar presente ao jantar e enxergá-lo, como o *stabsfeldwebel* Becker lograra certa vez, decidiu esperar pelo neto no quarto.

Havia três homens à mesa e uma velha senhora que servia na pequena sala de refeição iluminada por dois lampiões. Não havia luz elétrica por causa de um atentado malfadado da AK, disseram-lhe. Em represália, os alemães não consentiram com o conserto da rede elétrica, e a vila permanecia às escuras havia meses. A mulher que servia à mesa parecia ser a dona do lugar e também a cozinheira. Ela encheu os pratos de cada um deles com uma concha cheia de sopa e entregou mais dois pedaços de um pão escuro, porém macio, para cada comensal. Era uma mulher gorducha e tinha um buço tão cerrado que parecia um homem, pensou Jósik com um sorriso. Era também bastante faladeira. Contou que a nora tinha recebido notícias frescas sobre a guerra de uma fonte muito confiável.

E baixou a voz para dizer:

"Vocês sabem que *eles* estão morrendo feito moscas lá na maldita terra dos russos. Que Deus os fulmine! Mas nós também não estamos com sorte... O general Sikorski morreu num acidente de avião. Ele era o nosso líder, o futuro da Polônia livre."

Um dos comensais largou sua colher no prato e perguntou tristemente:

"O general morreu ou mataram ele?"

"O avião caiu... em Gibraltar", disse a velha, lutando com a língua para acertar a palavra difícil. "Acho que o lugar era esse mesmo."

Fez-se um silêncio de luto na pequena sala. Todos amavam o general Sikorski, que vivia a exortar a Polônia a resistir e era o cabeça da Armia Krajowa, sua ligação com o governo aliado em Londres e nos Estados Unidos. Jósik só ouvia. Era uma notícia muito, muito triste. Ele comeu o seu pão, e, então, a velha, depois de servir chá para todos, recomeçou sua ladainha:

"Souberam que uma vila para os lados de Cracóvia foi bombardeada? Um lugar pequeno, quase não sobrou nada, nada mesmo... Muita gente morreu. As bombas caíram no meio da noite sem avisos. Eram para acertar as linhas do trem que ia para Oświęcim. Minha nora me disse o nome da aldeia... Terebin. Nem estação de trem tinha... Conheci, certa vez, uma família de lá. Mudaram-se para Gdańsk e nunca mais tive notícias."

Jósik deixou de comer, espantado com a história da velha. Respirou fundo, tentando engolir o bocado de pão que estava na sua boca, e esperou. Do outro lado da mesa, o caixeiro-viajante perguntou à mulher:

"Escute, boa senhora, quer tirar o nosso apetite? É um bom jeito de economizar... Contar notícias trágicas aos hóspedes, e todos sabemos que tragédia não nos falta sob as garras do Governo Geral. Tome, pegue meu pão, pois perdi a fome. Acabo de decidir que vou fazer jejum pelo general Sikorski."

Outro deles, um velho que parecia fazer suas refeições sempre por ali, mas que vivia na cidade, soltou uma gargalhada.

"Eu não faço jejum por ninguém. Nunca sei quando terei outro prato de boa comida ou dinheiro para pagar por um. *Pani* Masia não vende o jantar fiado... Além disso, morre-se fácil aqui hoje em dia. O general deve ter comido bem melhor do que eu lá em Londres, até que esse maldito avião acabasse com a raça dele, transformando-o em banquete para peixe..."

A velha riu, mostrando a boca desdentada.

"Quem não quiser comer não coma. Apenas contei as novidades que minha nora me trouxe hoje. Vou fazer mais chá, mas vocês só podem repetir uma vez, está escrito na tabuleta lá na entrada, não esqueçam", e saiu no rumo da cozinha.

A sopa de Jósik esfriou no prato.

Terebin... Bombardeada.

Ele não podia acreditar. Pediu licença educadamente, enfiou o outro naco de pão no bolso e subiu para o quarto onde sabia que o avô o esperava.

Lá estava o velho, volitando por sobre a cama de campanha. Fazia calor ali e um pouco de brisa entrava pela única janela.

"Jósik", disse ele ao ver o neto de volta. "Tão cedo! Comer rápido faz mal. Dificulta a digestão."

"Não terminei o jantar", respondeu Jósik.

"Desperdiçou dinheiro? A comida era intragável?" E, então, olhando bem o neto, percebeu que lágrimas corriam pelo seu rosto. "Jósik. O que houve?" Jósik estava muito aflito quando disse:

"Explodiram Terebin... Parece que não sobrou quase nada. A dona da pensão contou lá embaixo..."

As lágrimas que escorriam pelos seus olhos transformaram-se subitamente, como quando uma chuva de verão engrossa sob os trovões e vira um temporal fustigando os campos e lavouras, num pranto convulso que fazia seu corpo tremer.

"Os deuses estão do nosso lado", disse Michael comovido.

Jósik ergueu o rosto e apertou os olhos para ver bem o avô.

"Que deuses?", perguntou com raiva.

"Conrad, Dostoiévski, Tolstói, Woolf, Shakespeare e todos os outros. Os grandes."

"A vila foi destruída, avô."

Michael aquiesceu.

"Isso quer dizer que *pani* Bieska apenas encurtou o seu caminho."

"Será que a nossa casa...", começou Jósik.

Michael ergueu sua mão de contornos desfeitos. Um borrão surgiu diante dos olhos de Jósik.

"Tudo foi destruído, eu sei, eu vi", disse o velho. "Minha casa, sua casa... Todos os livros, tudo. Os aliados queriam explodir as linhas férreas que seguem para aquele lugar... aquele maldito lugar..."

"Que lugar?", perguntou Jósik.

"O campo de Auschwitz. O inferno que os alemães criaram."

Jósik deitou-se na cama. Estava mais calmo. Tirou do bolso o naco de pão e começou a mastigá-lo com força, e o avô não conteve um sorriso.

"Assim está melhor. Amanhã pegamos a estrada. Já estivemos o bastante por aqui."

"Sim, avô."

Então o velho disse:

"A morte de Raika salvou você, *mój syn*. Só por isso, tenho certeza de que ela está no céu junto com todos os anjos de Deus, nosso Senhor."

E Jósik não disse nada, mas aquiesceu melancolicamente com a boca cheia de pão.

Com a notícia sobre as bombas em Terebin, a boa sorte de Jósik subitamente desapareceu. Ou, então, Michael abalara-se mais do que deixava transparecer com a confirmação do fim trágico da sua amada biblioteca, da casa e da vila onde vivera toda a sua mui proveitosa vida. Embora tivesse realmente sonhado com as crateras em torno da praça e a biblioteca destruída, acalentara alguma esperança de estar enganado.

No dia seguinte bem cedo, pegaram a estrada sem ter muita certeza do melhor caminho a seguir. Michael tinha se decidido por evitar a cidade de Zamość, mas errara numa bifurcação e, ao entardecer, estavam tão perto da zona urbana que podiam ver a fumaça das chaminés e escutar um ruído curioso que o velho interpretou como os pensamentos dos moradores ao saírem do trabalho, correndo para casa antes do toque de recolher.

No começo daquela noite, deram de cara com uma tropa de alemães. Ao vê-los numa curva do caminho, Jósik sentiu seu coração gelar. Ocorreu-lhe que deveria sair em disparada para o campo, mas, adivinhando seus pensamentos, o avô disse:

"Não corra. Eles já o viram. Os alemães são como perdigueiros, gostam de caçar. Se correr, eles atiram. Seguir em frente é sua única chance."

O grupo estava procurando alguns poloneses da resistência que atuavam na região. Ao verem Jósik, pararam. À frente deles, um *stabsfeldwebel* em uma motocicleta mandou que Jósik entregasse seus documentos. Michael estava ao lado do neto, mas não foi visto por ninguém enquanto Jósik vasculhava a bolsa e entregava os papéis, reconhecendo no alemão que o inquiria as mesmas patentes que outrora Adel Becker ostentara. "Um *stabsfeldwebel* me salvou e outro irá me matar", foi o que ele pensou.

"O que faz por aqui", indagou o oficial, "andando sozinho pela estrada a esta hora? Faltam quinze minutos para o toque de recolher."

"Estou indo para Zamość", disse Jósik em alemão. "Venho a pé há muitos dias e me atrasei."

"Está indo para Zamość para quê?"

"Procurar trabalho."

O oficial aquiesceu.

"Alguém o conhece por lá? Tem parentes, amigos? Um endereço que possa me dar?"

Jósik sentiu que suas tripas se embolavam de medo.

"Não", respondeu.

O *stabsfeldwebel* olhou-o longamente. Havia uns vinte alemães com ele, todos armados. O sol já estava se pondo entre as árvores, deixando um rastro vermelho no céu.

"Sabe que temos por aqui muitos problemas com os cretinos da resistência? Eles andam por aí à noite, depois do toque de recolher. O campo está coalhado deles. Estas florestas também. A gente de Zamość é teimosa demais para o seu próprio bem. Eles incendeiam as casas dos honestos alemães que o Governo Geral trouxe para repovoar a cidade. Eles jogam bombas nos carros do exército do *Reich*."

Jósik não disse uma palavra. Ao seu lado, o velho Michael chorou, mas suas lágrimas eram invisíveis até mesmo para o neto. E, então, calma e solenemente, o *stabsfeldwebel* ordenou:

"Prendam-no."

Quatro soldados cercaram Jósik. Um deles enfiou o cano de uma arma na sua têmpora, mas o oficial repreendeu-o:

"Eu disse, prender; não matar. Vai ser interrogado. Se conseguir provar que não trabalha para a resistência, vai trabalhar para o *Reich*. Vamos mandá-lo para um campo. Já ouviu falar de Majdanek?"

Jósik negou com a cabeça.

"É um pouco longe daqui. Se você tiver sorte..."

E a longa viagem de Jósik Tatar subitamente terminou naquela noitinha, a vinte quilômetros da antiga cidade de Zamość.

Entro no seu sonho, Eva.

Sim, eu sei, você queria sonhar com ele. Com o meu neto.

Ah, a juventude...

Goethe disse que é a embriaguez sem vinho. Goethe teria vergonha deles. Dos alemães. Agora odeio todos eles. O ódio! Ele tem esse poder de contaminação. Sempre detestei a virulência. Sempre... Mas, agora, ela é inevitável.

Vim aqui contar para que você saiba. Aos fantasmas, certas coisas são permitidas. Sou feito de sonhos, Shakespeare escreveu. A vida é um presente, Eva, como o seu tarô. Para Jósik, a vida é uma conquista. Vencer um dia de cada vez, e não basta perseverança, é preciso sorte também.

Majdanek... É lá que ele está.

Ficará lá mais oito meses. Acredite em mim.

Esse lugar que você vê às vezes quando dorme. Fantasmas que ainda não morreram. Números tatuados, arame farpado, contagens. Tiros na noite, o tifo, a febre, a disenteria. Isto é Majdanek. Um inferno criado pelos alemães.

Eu bem que tentei evitar. No começo, ainda em Terebin, eu não sabia de nada... Queimei tutano; Adel Becker era bom ou mau? Adel salvou meu neto durante todo aquele tempo — pão, leite, ovos, geleia, toicinho. Valia mais do que dinheiro. Quando a única alternativa que tivemos foi a mata, Jósik era um jovem forte. Se não fosse a comida de Adel Becker, ele não teria resistido.

Meses na floresta, um ano inteiro vagando pela Polônia. Eu soprava--lhe os caminhos, eu conhecia as distâncias, a orientação, como se meu coração fosse uma bússola e meus olhos, um mapa.

Evitamos tantas patrulhas! Eu podia ver no escuro, perscrutava o amanhã. Jósik me ouvia, assim como você vê as coisas nessas suas cartas.

Mas um dia...

Aconteceu.

Eles estavam lá. Procuravam um grupo de jovens da resistência perto de Zamość. Não sei se deram com os resistentes, mas acharam meu querido Jósik. E, então... Ele foi interrogado, duramente interrogado. Feriram-no, arrancaram-lhe as unhas da mão direita. Mas ele não sabia de nada.

Então foi mandado para Majdanek...

Fui com ele. Ainda estou lá, e lá estarei quando você acordar, minha cara Eva.

Você sonha com Jósik, eu sei. Posso ver.

Então vim. Vim para contar, Eva...

Ele ficará lá oito meses. Vai perder toda a força e a coragem. Carregará pedras, limpará latrinas, trabalhará nos fornos crematórios — última etapa antes do fim. Quem chega aos fornos crematórios, logo vira cinza também. Dos assuntos da morte tornei-me entendido. Jósik quase morrerá; não posso evitar esse sofrimento para ele, não posso mesmo.

Muito se falará dos campos...

Muito.

Os horrores serão descobertos um a um. Depoimentos estarrecedores. Os comboios da morte. As pilhas de sapatos, centenas de milhares. Os dentes de ouro arrancados às bocas dos judeus, centenas de barris cheios de dentes. Os poloneses, os presos políticos, os ciganos, os doentes. Crianças às centenas de milhares. As câmaras de gás.

Muito se falará.

Mas Jósik nunca dirá uma palavra. Nem uma única palavra.

É por isso que vim lhe contar. Aqui, no seu sonho, a minha voz é como o vento. Porque você precisa saber, Eva. Você precisa mesmo saber. Para entender os silêncios, para perdoar.

Para abraçá-lo à noite.

Para fazer suas as palavras que ele nunca dirá.

Eu já não tenho mais corpo... Desde que as bombas destruíram minha biblioteca em Terebin, fui borrando-me até que apaguei de vez. Sou essa voz nos seus ouvidos, essa voz que amanhã você há de esquecer. Você esquecerá até a hora certa.

Mas Jósik pode me ouvir. Falo com ele dia e noite. Leio para ele quando dorme no seu beliche, cheio de pulgas, com mais dois judeus da Grécia, que foram parar em Majdanek.

Os gregos não me escutam, roncam alto de cansaço, apenas Jósik me escuta.

Então, como quando era criança, conto histórias para que ele durma. E sigo contando-as pela noite afora. Até que soe a música... Aquela música estúpida. Ao alvorecer, sempre cedo demais. E aos gritos dos kapos e ao estalar dos chicotes...

Meus livros se perderam para sempre, mas as histórias ficaram em mim. Elas ficarão em mim para todo o sempre.

Então eu as conto...

Nas segundas-feiras, Conrad.

Nas terças, Virginia Woolf.

Nas quartas, Tolstói.

Nas quintas-feiras, Faulkner.

Nas sextas, poesia...

Donne, Camões, Miłosz, Eliot, Rilke.

Nos sábados, Shakespeare, o Bardo.

Nos domingos, Proust.

Como uma Sherazade incorpórea, conto histórias para enganar a Morte. Quando ela entra no campo à noite, passando sua mão branca sobre dezenas de prisioneiros, esquece propositadamente o beliche onde dorme o meu Jósik.

É um trato que temos. Pois eu conheço a Morte, você sabe.

Eu barganhei com ela.

Jósik se enfraquecerá de dia e se recuperará à noite. Como uma Penélope com sua mortalha, enganando os deuses, assim estamos nós.

Ele e eu.

Jósik quase morrerá, quase...

Salvar-se-á de uma disenteria por sorte. Vai ser esquecido numa contagem quando um dos outros tentará fugir. Trinta e nove morrerão em represália, mas não ele. Um kapo *vai deixá-lo de lado embora seu nome esteja na lista. Vai perder dentes e obrar sangue. Mas sobreviverá porque, todas as noites, ele será o sr. Ramsay e será Marlow e será André Bolkonsky... Será todos os outros que não ele, e, no mundo das histórias, sua alma vai encher-se de coragem para seguir por mais um dia.*

Um dia de cada vez, como colheradas de um remédio amargo.

Aos fantasmas, certas coisas são permitidas, eu já disse a você... Permitirão que eu engane a realidade com um pouco da melhor ficção já escrita. E, como minhas rosas no inverno polonês, Jósik será salvo pelas histórias.

Salvar-se-á por muito pouco...

A Morte é curiosa, mas tem de cumprir a sua labuta.

Então os soviéticos atravessarão o Vístula.

Eles esperarão, pacientemente, do outro lado da fronteira por dias e noites terríveis. Quando Varsóvia for destruída depois do levante, das bombas, do morticínio, somente então os soviéticos atravessarão o Vístula para tomar posse da sua presa.

Em julho de 1944, eles encontrarão o campo de concentração de Majdanek.

Jósik estará no alojamento porque os nazistas terão fugido dois dias antes. Matarão muitos, mas também deixarão muitos para trás. Jósik vai sobreviver. Ele deveria ter morrido muitas vezes, mas não morreu.

De Majdanek, depois das sopas, do remédio para piolhos, dos antibióticos, vai atravessar a Polônia destruída. As linhas de trem bombardeadas levarão a lugar nenhum. Todos aqueles que conhecia terão morrido. Mas Jósik vai sobreviver. Vai aguentar-se de escambos, da ajuda da Cruz Vermelha e dos soviéticos.

Não estarei mais com ele nessa parte da jornada.

São os desígnios, Eva...

Ficarei em Majdanek. E quando os tijolos de Majdanek secarem ao sol de muitos verões, quando as pessoas circularem por lá — as pessoas livres com suas câmeras fotográficas — apenas para lembrar o que nunca poderá ser esquecido, eu ainda estarei lá.

Junto com outros milhares de fantasmas, eu estarei lá.

Mas Jósik vai partir.

Cruzará muitas fronteiras e oceanos, conforme as cartas lhe contaram. Vai aprender um novo idioma, recomeçará sua vida como quem troca de livro e seguirá em frente.

Depois, Eva, a tarefa será sua. Você vai saber quando.

Eu o confio a você, porque sempre confiei nas pessoas que têm a capacidade de fabular.

Espere por ele, Eva.

Espere por Jósik.

15.

A maré da vida sobe e desce
e o seu equilíbrio é o movimento.
Um arcano suspenso no ar
da transformação:
A Força.

As lembranças daquele tempo nunca me deixaram, perdoem se eu apresento aqui certa melancolia...

Mas quero contar a vocês como foram as coisas comigo lá no *pueblo* à época em que os sonhos com Jósik me levavam todas as noites até Majdanek.

É claro, eu não sabia...

Nem quando o próprio Michael me visitou, a voz dele soando nos meus ouvidos como o vento, arrancando-me do sono e deixando-me em estado de tensa vigília. Eu já estava grávida naquele tempo, e Miguelito não tinha paciência para meus poucos caprichos. Por isso, quando despertei assustada, depois daquele sonho estranho com o velho flutuando ao meu redor, seus cabelos de samambaia nevados e seus trejeitos de prestidigitador, ele balançando no ar suas mãos de longos dedos, Miguelito sentou-se na cama e disse numa voz azeda:

"Ora, Eva... Você é a única mulher grávida que tem insônia! Vá dormir."

Ele andava mais ranzinza. Para que um bebê?, me perguntava. O padre já nos tinha casado, afinal de contas. O que mais eu poderia querer?

"Apague a luz e vá dormir", repetiu ele. "Está sentindo alguma maldita dor?"

"Não", respondi. "Mas tive um sonho estranho com um lugar horrível. E, depois, um velho me disse que eu deveria cuidar do seu neto... Ah, você nunca irá entender!"

Ele resmungou, virando-se de lado na cama estreita:

"Você diz maluquices demais. Vai ver são os livros que o padre Augusto lhe deu. Vou proibir você de ler, vai fazer mal ao bebê."

Mas Miguelito não me proibiu coisa nenhuma. Ele nunca persistia em seus planos. Assim, segui lendo e lendo e lendo; sonhando à noite com Jósik naquele lugar horrível... No Uruguai, as notícias da guerra resumiam-se a reportagens de jornal sobre os submarinos alemães e seus estragos. O *Graf Spee* tinha afundado anos antes em Montevidéu, e aquilo fora o ápice para nós.

Enfim, naquela noite, depois de algum tempo, voltei a dormir. No dia seguinte, trabalhei como sempre na lanchonete La luna de azúcar — fiz isso por dias e semanas enquanto minha barriga crescia como uma fruta no pé. A gravidez, que no começo me deixara nervosa, cheia de medo, transformou-se num consolo, numa alegria. Miguelito não participava daquilo; o bebê era um peso para ele. Mais dinheiro, mais compromisso. Mas ele não podia evitar e padre Augusto andava atento a nós.

"*Diós tiene mil ojos*", dizia ele para Miguelito quando passava pelo posto. E Miguelito fazia o sinal da cruz, prometendo a si mesmo que seria um bom pai.

Bem, de qualquer modo, foi uma promessa vã.

A Roda da Fortuna girava e girava, e eu não ocupava o alto do grande carrossel, não mesmo. Estava escrito que eu sofreria... E sofri. Depois de meses, entre serões na lanchonete e livros de Defoe e Flaubert, as nove luas necessárias para que o bebê dentro de mim se fizesse finalmente completaram-se. Eu queria a criança, mas a perspectiva da sua chegada intempestiva — pois não havia dia ou horário marcado, não era como buscar um parente numa estação de trem ou num ponto de ônibus — enchia-me de um medo pegajoso, que deixava úmidas as palmas das minhas mãos. Além disso, Miguelito não estava muito interessado no andamento das coisas. A vida conjugal, depois que engravidei, tornou--se aborrecida e irritante para ele. Havia toda aquela proibição ao sexo e, quando ele conseguia me enredar entre os lençóis, a barriga branca e protuberante acabava por minar suas ânsias amorosas.

Tive uma gravidez solitária, mas estava acostumada com a solidão. Talvez meu único amigo fosse o padre Augusto, a quem jurei que o bebê seria batizado logo na primeira semana de vida, como um "bom filho de Deus". O padre era piedoso comigo, e os livros da sua biblioteca amenizaram a aridez dos meus dias.

Em meados da primavera, senti as primeiras dores. Não sei bem explicar aquilo... Como se um anzol tivesse me fisgado por dentro, senti um puxão e, então, uma dor furiosa desceu do meu ventre até as pernas. Eu estava na cama, numa vigília agitada, era madrugada e fazia um grande silêncio no mundo.

Lá na Europa, Jósik Tatar ladeava uma estrada de ferro junto a um grupo de homens de várias nacionalidades, todos magros, famintos e esperançosos. Ele seguia para Cracóvia (eu soube depois), de onde pensava em conseguir transporte até Terebin e ver o que sobrara da aldeia onde tinha vivido a sua vida até a morte de Adel Becker. Enquanto ele andava pelo campo sob um céu cinzento e com ânimo de chuva, senti aquela primeira fisgada...

Dei um pulo e sentei na cama, chamando Miguelito.

"Chegou a hora", disse eu.

Ele remexeu-se, cheio de preguiça, e resmungou:

"Essa criança vai sair a você, que não me deixa dormir. Tem certeza, Eva?"

Eu não tinha certeza de nada, completara dezesseis anos alguns dias antes, aquele era meu primeiro filho e eu estava cheia de pavor. A avó Florência não contara boas coisas sobre seu parto, e a maternidade tinha-lhe sido bastante onerosa, como já lhes contei. Mesmo assim, um pouco a contragosto, como se tivesse de ir buscar troco para um cliente que pagara como uma nota graúda demais, Miguelito enfiou um pulôver e foi buscar a parteira que vivia no *pueblo*. Havia um hospital em Rocha, mas eu não queria vencer vinte quilômetros na motocicleta de Miguelito, pulando e sacudindo pela estrada estreita e ventosa.

Um breve soluço escapou da minha boca quando Miguelito saiu e me vi ali sozinha. Como eu me metera em tamanha encrenca? Para piorar minha angústia, senti, naquele momento, um líquido claro escorrendo por entre as minhas pernas e molhando os lençóis. O tarô, é claro, não me preparara para nada daquilo, e eu quase não convivia com mulheres. Num encontro rápido com a parteira, ela me falara sobre a bolsa, e compreendi que realmente estava chegando a hora da minha criança nascer.

"Um, dois, três, quatro...", contei o tempo entre as contrações, mais para me distrair do que qualquer outra coisa.

Eu teria pegado o tarô, mas não quis sujá-lo. Estava confusa demais e alguns arcanos certamente teriam efeito tranquilizador. Esperei deitada na cama. Vinte minutos depois, a parteira, uma velha senhora de cabelos riscados de cãs, entrou no nosso quarto trazendo uma pilha de panos nos braços finos e um sorriso bondoso no rosto.

"Chegou a hora, minha filha?", perguntou ela com carinho. E, virando-se para Miguelito, falou com autoridade: "Não fique parado aí, rapaz! Ponha bastante água para ferver. E me traga uma bacia, uma bacia bem grande."

Achei que ele iria blasfemar contra a velha, pois não gostava que lhe dessem ordens. Mas apenas obedeceu, abrindo uma cerveja enquanto o fogareiro fazia o seu trabalho e a parteira examinava-me com cuidado.

"Vai dar tudo certo, Eva. As mulheres foram feitas para isso." Ela riu baixinho. "Esse seu nome vai dar sorte, o nome da primeira mulher que Deus pôs no mundo. Falando nisso, já pensou no nome da criança?"

Miguelito respondeu:

"Se for um *varón*, vai chamar Pablo."

"E se for uma menina?", perguntou-me ela, delicadamente.

"Vai ser um *varón*", determinou Miguelito.

Ele queria um garoto para jogar bola e andar de motocicleta com ele. Mais uma mulher na sua vida o poria louco, ele já tinha dito.

A parteira sorriu para mim.

"Pelo jeito, você já tem um filho. Vai ganhar outro. Com este aqui, será mais fácil levar a vida, porque você pode ensinar-lhe desde pequeno..."

Miguelito não ouviu nada, tinha ligado o rádio para se distrair da tensão e saíra para a rua em busca de um pouco de ar.

Duas horas mais tarde, eu estava com um menino nos braços. Ele era pequeno, branco e silencioso. E também a coisinha mais bonita que eu jamais vira.

Depois de tudo — e foi rápido e doloroso —, Miguelito surgiu ao meu lado, olhando-me com um novo respeito, quase amoroso, e falou com voz terna:

"Agora temos o nosso Pablo. O nosso Pablito."

Só, então, percebi que lá fora caía uma chuva furiosa, um temporal que sacudia o arvoredo. Limpando o palco do nosso pequeno espetáculo, a velha senhora sorriu e me disse:

"Uma chuva dessas é sinal de bom agouro."

Tinha sido, afinal de contas, uma noite boa. E poucas vezes, no meu passado, a vida surpreendera-me, então acreditei na boa velha, que recolhia seus panos e a tesoura afiada, guardando tudo na sua sacola de juta, como um padre recolhe os paramentos ao final da cerimônia religiosa ainda diante dos fiéis.

Mas a vida dá as suas voltas como o vento. Se minha avó Florência estivesse viva, certamente teria pescado no mar tempestuoso do futuro alguma pista da brevidade da presença do pequeno Pablo ao meu lado... Acontece que o tarô gostava de mentir para mim e, com exceção de Jósik e da sua longa aventura até o nosso encontro, vi apenas ilusões no meu caminho. Meu filho Pablo foi a maior de todas e também o meu maior amor, até o dia em que Jósik Tatar finalmente entrou na minha vida.

Ah, preciso respirar um pouco.
Todas essas lembranças...
Não vou apressar as coisas porque isso me faz sofrer.
Não...

Vou contar como tudo aconteceu naquelas semanas e meses em que fui tão feliz com o pequeno Pablo. De certa forma, eu sentia que não iria durar muito tempo. Anos depois, Jósik diria que eu tinha "um espírito polonês", porque os poloneses parecem carregar consigo um pessimismo inato, segundo ele. Nenhum polonês confia numa boa notícia, sabendo que, logo depois, virá o derradeiro troco da vida.

Não tenho certeza de todos os motivos pelos quais os poloneses pensam assim — embora, é claro, o que aconteceu durante a Segunda Guerra, e mesmo antes do tempo do general Piłsudski, possa ser razão suficiente para tão grande e tão arraigado pessimismo. Quanto a mim, embora a história da autonomia política do Uruguai pouco me interessasse, eu realmente sentia que Pablo era felicidade demais. Talvez fosse culpa de Miguelito — afinal, como uma coisa realmente duradoura e boa poderia vir dele? Tenho vergonha, mas era assim que eu pensava, e ainda penso hoje... Metade daquele garotinho tinha vindo de Miguelito e de dezenas de parentes e antepassados desconhecidos, indóceis e desesperados, cujas histórias hediondas ele gostava de contar quando bebia além da conta. Além disso, a fragilidade de Pablo certamente decorreu dos genes de Miguelito, encharcados de álcool e defumados por anos de *marijuana*.

Pablo era um bebê muito sereno, até quieto demais. Desde as primeiras semanas de vida, parecia uma coisinha muito frágil. É claro que todos os bebês são frágeis, mas não como ele... Até que teve um resfriado e outro e outro, de forma que não dormia à noite, mergulhado em largos serões de choro que punham Miguelito furioso.

"Se Florência estivesse viva, eu bem que mandaria vocês pra lá", dizia ele. "Um homem tem o direito de dormir à noite, maldito seja!"

Eu ignorava as suas broncas e pegava o menino no colo, cantando suavemente alguma canção do rádio. Saía para a rua — as madrugadas de primavera eram serenas e boas e o ar tinha cheiro de flores — e cantava para Pablo por horas até que ele dormisse em meu colo e, mesmo exausta, eu me sentia feliz ali com ele sob as estrelas.

Mas uma miríade de pequenas doenças perseguiam o meu menino. Brotoejas, febres, diarreias, refluxos... O padre Augusto benzeu-o algumas vezes.

"Deus faz o mesmo por todos, mas nem sempre é o bastante", disse o padre uma tarde em que o menino estava com febre. "Minha querida Eva, vamos levar Pablo num pediatra, creio que ele precise de antibióticos."

Com sua ajuda, consultamos um médico que vivia em Rocha e, durante alguns meses, depois de um tratamento com remédios e compressas, meu filho pareceu serenar, mamando com vontade e ganhando peso. As cólicas não o incomodaram, então as coisas pareceram regular-se subitamente até o inverno seguinte.

Nesse tempo, enquanto eu cuidava do meu pequeno Pablo, Jósik vagava pela Europa destruída pela guerra. Foi uma longa e penosa aventura quase tão devastadora quanto a própria guerra. Acho que logo ficou claro que ele devia partir da Polônia, nem que fosse para se livrar das terríveis lembranças que o perseguiam. Como aprendera inglês com o avô Michael, Jósik conseguiu um visto para a Inglaterra, onde, ele imaginava, as coisas estariam um pouco melhores do que no leste da Europa.

Mas a penúria atacara também a boa e valorosa terra de Churchill. Havia centenas de milhares de refugiados em campos, e boa parte de Londres havia sido destruída pela *blitz* alemã. Depois de um périplo de meses, vagando por cidades polonesas em estado de miséria e absoluto caos, Jósik Tatar chegara à Inglaterra e vira-se sem grandes chances de melhora. No começo, trabalhou no campo de refugiados em troca de comida. Depois, conseguiu emprego numa fazenda no campo, a trezentos quilômetros de Londres. Porém, quando a temporada de colheita acabou, viu-se sem emprego novamente. Então Jósik voltou à capital, mas as dificuldades persistiam. Ele varreu ruas no verão e limpou a neve das calçadas durante o inverno. Como Jósik, milhares de poloneses tinham uma vida de penúria por lá, e parecia não haver perspectivas. Ele soube de generais poloneses condecorados com a Virtuti Militari, que tinham destruído tropas inteiras de alemães na França, na Bélgica e na Holanda, e que viviam em Londres de limpar neve e desobstruir chaminés ou trabalhavam como porteiros em prédios públicos por um salário de miséria.

Enquanto isso, meu pequeno Pablo completou seis meses. Arrisco-me a dizer que era parecido comigo, mas não tenho nenhuma fotografia dele. As poucas que tive, queimei-as antes de partir. Pode ter sido um gesto estranho, eu sei... Mas queria guardá-lo na minha memória como tinha sido, uma criança doce e sorridente, com olhinhos escuros e covinhas, e não congelado num retrato de péssima qualidade feito um peixe num aquário.

Então, meus caros, chegamos ao fatídico mês de julho daquele ano de 1947. Vou ter de contar o que aconteceu para vocês, afinal faz parte desta história. Mas aceitem isso como um ato de coragem, até mesmo de confiança. Não é nada fácil...

Assim como Jósik nunca falou de Majdanek para ninguém, também nunca contei do meu filho a qualquer outra pessoa. Nenhuma das *mucamas* com as quais dividi o alojamento durante os dez anos em que estive no L'Auberge antes da chegada de Jósik jamais soube que eu tivera um menino e que ele morreu de repente, aos sete meses de idade.

Oh, não...

De certa forma, meu pequeno Pablo agora ocupa o lugar que Jósik — *o menino* — ocupou durante tanto tempo. Ele está nos meus sonhos, nesse outro mundo que visito todas as noites.

É por isso que posso contar...

Mas serei breve.

Não quero cutucar as memórias, não além do necessário.

Era julho e fazia frio. Eu já lhes disse, o ano era 1947.

A calmaria na saúde do meu filho metamorfoseou-se numa madrugada, subitamente, numa febre alta e num choro convulso que não nos deixou dormir. Havia alguma estranheza naquele choro, e toda vez que eu pegava o menino no colo, ele parecia gritar de dor, como se centenas de minúsculas agulhas o espetassem sob sua pele fina e suave. Chovia, fazia frio, e suportei pacientemente o lento escoar das horas madrugada adentro, com Miguelito reclamando do sono e o bebê em seu agoniado desespero.

Pela manhã, Miguelito levou-me até o padre. Pablo ardia em febre no meu colo, na carona da motocicleta. Alguma coisa estava muito mal; a criança não dormira nem mamara, e o padre, ao ver o menino, concordou comigo que era preciso urgência. Ele tinha um aparelho de telefone na sua pequena casa paroquial e uma agenda recheada com os números de toda a congregação. Com dois telefonemas rápidos e alguns "Seja louvado", conseguiu que uma enfermeira que vivia ali perto fosse ver Pablito às pressas. A mulher chegou pouco depois, tocou o menino com gentileza, olhou seus olhos, sua pele, auscultou-o improvisadamente e, quando mediu-lhe a temperatura, falou numa voz fina:

"Temos de levar essa criança ao hospital, pois acho que é grave."

O marido esperava-a lá fora, e seguimos, todos nós, no seu Ford azul--escuro até Rocha. O padre Augusto ficou, mas prometera iniciar suas rezas imediatamente e acender uma vela ao arcanjo Miguel.

No meio do trajeto, tive coragem de perguntar o que o meu filho poderia ter. A enfermeira olhou-me com piedade, seus pequenos olhos escuros ficaram úmidos, e ela disse:

"Quase posso afirmar que é meningite. Vamos esperar o doutor vê-lo."

Até mesmo o tonto do Miguelito sabia que meningite era uma doença muito grave. Ele encolheu-se no banco ao meu lado com visível terror. Tinha trazido algum dinheiro e deve ter pensado em um copo de uísque onde buscar coragem, que era o jeito mais simples que conhecia para encarar alguma falcatrua da vida. No meu colo, a criança chorava baixinho, quente como a chapa onde eu fizera *tostadas* por tanto tempo lá na *lancheria*.

Devo ter feito milhares de promessas, sabendo que o padre me faria cumpri-las uma a uma, enquanto vencemos os vinte quilômetros, entrando na cidade de Rocha e seguindo pela avenida calma sob a chuva que engrossava até a entrada do hospital. Lá, a boa enfermeira tomou as rédeas da situação e, em poucos minutos, meu filho foi levado por dois médicos para uma sala ao final de um corredor silencioso. E eu fiquei na recepção ao lado de Miguelito.

Não sei quanto tempo se passou naquela sombria manhã de inverno... Tudo misturou-se para sempre dentro de mim, irremediavelmente. O menino foi internado, deixaram-me vê-lo depois, tão pequenino num berço enorme e asséptico, perdido entre os lençóis brancos e ligado a assustadoras canículas que pingavam medicamentos nas suas veias minúsculas. Fiquei algum tempo ali, olhando-o simplesmente, sentindo--me completamente incapaz de modificar aquela angustiante situação. Depois, como ele piorara ainda naquela tarde, fui proibida de vê-lo e colocada em quarentena por suspeita de que o bebê tivesse a pior cepa da doença, a mais grave e contagiosa. Havia protocolos a serem seguidos, disseram-me com vozes doces, pacienciosas e firmes. Fomos levados de volta ao nosso quarto atrás do posto de gasolina. Mas, passados quatro dias, nem Miguelito nem eu apresentamos qualquer um dos sintomas, a não ser uma tristeza atroz que nos impedira até mesmo de comer ou dormir direito durante todo aquele tempo, no qual apenas o padre passava para nos ver uma vez ao dia, dando notícias pela janela, com ares aflitos, mas com os olhos rebrilhando e cheios de fé.

"Pablo está muito fraco, mas vai sobreviver pela graça de Deus, nosso Senhor", dizia ele sempre. "Deus não nos dá cruz que não possamos suportar. Você sabe, Eva."

Eu não sabia. Faltara à maioria das aulas da catequese, mas não quis desencantar o padre Augusto.

Uma tarde, vieram buscar-nos.

Assim que vi o padre, acompanhado da enfermeira que nos ajudara no outro dia, entendi que tudo tinha se acabado. Um profundo langor tomou conta de mim. Disseram-me depois que estive em choque e fui medicada por vários dias ainda após o enterro do meu menino.

E isso foi tudo, meus caros...

E isso foi tudo.

Após a rápida cerimônia no cemitério, Miguelito e eu assinamos uma pilha de papéis, e o município pagou os custos do hospital e do enterro. O padre procurou consolar-me com a ajuda de todos os santos do incrivelmente variado panteão católico. Porém, depois daquele dia, sinceramente, deixei de acreditar em Deus e em qualquer manifestação Sua. Se Ele existe, creio que há de me entender. Se tinha algum acerto comigo, não deveria ter colocado o pequeno Pablo no meio da pendenga, disso tenho certeza.

O padre visitou-me durante uma resma de tardes, mas acabou por compreender que eu chegara ao final da estrada e que nem todos os salmos da Bíblia poderiam modificar o meu desencanto.

"Ao menos siga lendo os meus livros, querida Eva. Passe lá em casa e escolha alguns títulos. As histórias ajudam a gente a esquecer as tristezas da vida."

Sem saber, andando ao meu lado pelas ruas poeirentas do povoado, o padre Augusto dizia uma das frases de Michael Wisochy. Havia certas semelhanças entre eles, percebo isso bem. Hoje, examinando o passado, o meu e o de Jósik, creio que aqueles dois, Augusto e Michael, eram mais um sinal da sincronicidade das nossas vidas.

De qualquer modo, depois que Pablo riscou o céu da minha existência como uma dessas estrelas cadentes, desaparecendo tão violentamente como chegara, entendi que não havia mais nada naquele *pueblo* para mim.

Eu jamais poderia voltar ao La luna de azúcar e passar tardes inteiras servindo café com *tostadas*, e nem todos os livros do querido pároco haveriam de roubar-me da tristeza que cada recanto, pedra, árvore e trecho de caminho evocavam em mim diariamente. Além disso, Miguelito, mais bêbado do que nunca, tentando afogar no uísque a sua tristeza paternal, tornara-se absolutamente insuportável para mim. Eu sequer podia imaginar-me outra vez fazendo-lhe favores sexuais. Só de pensar que ele poderia tocar-me, sentia uma espécie de frio terror e todos os pelos dos meus antebraços se arrepiavam. Talvez fosse o medo de ter outro filho, talvez fosse o próprio Miguelito — eu me cansara definitivamente dele.

Quando tive a certeza disso tudo, decidi que era hora de partir. Havia, então, alguns hotéis no balneário de Punta del Este, para onde turistas de vários países acorriam nas férias de verão. A guerra fizera bem ao turismo uruguaio, e gentes de todos os lados acorriam ao elegante balneário, longe demais da virulência das batalhas europeias. Falava-se em lugares como Playa Hotel, Hotel San Rafael, com seu cassino, e a boate Le Carrousel, onde cantores famosos se apresentavam para plateias cheias de turistas ricos, e dizia-se que alguns restaurantes como o Mariskonea e El Mejillón contratavam funcionários para a temporada que viria. Parecia haver muito *glamour*, muitas possibilidades de trabalho e boas gorjetas por lá.

A Roda da Fortuna dava outro giro, eu sabia, sentia o sangue correr mais rápido nas minhas veias. Num impulso, saquei do tarô e puxei três cartas. Surgiram-me A Morte, A Roda da Fortuna e A Estrela, e entendi que sim, deveria ir embora, deixando para trás aqueles anos da minha vida, a estância onde eu crescera, o *pueblo*, o padre, Miguelito e suas promessas vãs, a memória do meu menino e aquela angústia evanescente que era como um véu recobrindo o mundo que meus olhos podiam ver.

Na manhã da partida, enquanto Miguelito dormia sua ressaca, enchendo o quarto com os eflúvios da noite anterior, tirei do meu dedo a aliança falsa que ele me dera quando casamos diante de Deus por instâncias do padre Augusto. Deixei-a solenemente sobre a cama, junto com algumas centenas de pesos que, pensei, ele haveria de precisar para uma boa refeição. Se Deus existisse mesmo, estava assinada ali a minha separação, pois nunca tinha casado diante de um juiz que não o Celestial, como dizia o padre.

Enfiei no bolso do casaco as minhas economias, juntei minha mala e parti sem um bilhete. Acho que Miguelito deve ter ficado bastante aliviado com o termo que dei ao nosso casamento, porque jamais me procurou, embora as notícias corressem pelo *pueblo*, e — segundo uma carta que recebi meses depois do padre — *era do conhecimento de todos que eu abandonara meu companheiro e fugira para recomeçar a vida em Punta del Este.* Padre Augusto terminava sua missiva com um salmo, e entendi, então, que me apoiava e que sabia que eu precisava refazer a minha vida longe das cinzas frias do passado. *Os céus são do Senhor, mas a terra ele deu aos filhos dos homens,* ele escreveu ao final.

Senti meu coração cheio de gratidão pelo velho pároco e, depois, quando recebi meu soldo da semana, despachei pelo correio uma curta resposta, juntamente com um exemplar de *Don Segundo Sombra*. Foi um presente oneroso, porque eu ganhava pouco trabalhando na cozinha do Mariskonea cinco noites por semana. Nunca mais nos falamos, Augusto e eu, mas creio que o deixei em boa companhia.

E, assim, encerrou-se todo um capítulo da minha vida. Daqueles anos, apenas o tarô seguiu comigo, e eu ganhei alguns trocados tirando futuros para os funcionários do restaurante durante os intervalos ou já na alta madrugada, quando o último cliente ia embora e podíamos comer uns *chipirones* e beber uma cerveja gelada na enorme cozinha vazia e cheia de odores.

Depois de uma temporada no Mariskonea, um dos garçons indicou-me para a senhora Margarete Mugaró, dona do Hotel L'Auberge, que precisava de alguém para limpar os quartos do seu recém-inaugurado empreendimento e ajudar com as tardes de chá e waffles, que já eram concorridas naqueles anos e uma das mais apreciadas atrações do bosque de Punta del Este. Naquele tempo, a Playa Brava era quase agreste e

poucas casas haviam sido erguidas nos bosques. As árvores espalhavam-
-se, gloriosas e soberanas por todo o longo braço de terra, flertando com
o mar e com o céu num jogo de cores tão impressionante que fazia o
coração da gente doer ao caminhar pelos caminhos de terra ou areia na
hora dourada das três da tarde. Aceitei o emprego no hotel da senhora
Mugaró e, sem saber, finalmente, estava no lugar onde Jósik haveria de
me encontrar vários anos mais tarde.

(Segundo meus cálculos, creio que foi por esse tempo que Jósik Tatar
começou a acalentar a ideia de que partir da Europa seria sua única
chance de reconstruir a vida.

E, então, junto com centenas de outros expatriados sem lar e sem
raízes, ele saiu em peregrinação por um visto de residência na América.
Com a diferença de vários anos, o plano de seu pai Apolinary era válido e
fundamental novamente. Em algum lugar dos extratos superiores, aquele
maquinista gentil e afetuoso ajudou o filho a escapar dos seus fantasmas;
tenho certeza disso.)

16.

Um navio para o futuro.
O arcano para isso é O Sol.
Afinal, foi nesta parte da história que o menino
(já adulto) se salvou.

Estudei a história do Uruguai na escola, embora não fosse uma aluna notável, pois era distraída demais e um pouco preguiçosa também. Mas me lembro muito bem da matéria — sempre fui boa em História. E era mais ou menos assim...

Era o dia 2 de fevereiro do ano da graça de 1526, quando o navegador Juan Díaz de Solís desembarcou na península desconhecida. Segundo consta nos calendários católicos, aquele era o dia de Nossa Senhora da Candelária. Talvez Solís tenha levado isso em conta como um sinal de bom agouro; porém, os índios chaná-beguaes, que povoavam o lugar, não seguiam calendários. Eles fizeram danças e ofereceram sacrifícios, mas seus pedidos se perderam nos extratos inalcançáveis onde viviam os seus deuses surdos. De forma que, não por crente, mas por poderoso, o homem branco estabeleceu-se no paraíso dos chaná-beguaes.

Juan Díaz de Solís, o descobridor do Rio da Prata, antes de seguir viagem rumo a novos horizontes, batizou a península de Cabo Santa María.

Alguns anos mais tarde, o sangue manchou a brancura das areias da península descoberta por Solís — nela, travaram-se violentos combates entre os soldados do Império do Brasil e os republicanos das Províncias Unidas do Rio da Prata. Ah, as guerras sempre existiram...

O inusitado viria logo depois: em 1843, o Cabo de Santa María foi vendido por 45 mil pesos de prata a dois aventureiros ingleses que construíram, aqui na península, uma imensa charqueada. A grandiosa empresa não prosperou. O que aconteceu mesmo foi que o nome escolhido por Solís acabou sendo esquecido... O vento deu as suas voltas, cambiando de lugar as areias, vergando o tronco delgado dos pouquíssimos pinheiros espalhados pelo gigantesco areal à beira-mar.

Um dia, o paraíso recebeu seu derradeiro nome, *Punta del Este*. Foi então que as gentes platinas descobriram o tesouro de belezas que se escondia neste pedaço de terra corajosamente esparramado sobre o oceano.

Em 1890, o primeiro hotel da península seria erguido dos sonhos de um homem chamado Pedro Risso, que ousou converter as instalações de uma empresa pesqueira num hotel para pensionistas. Pedro Risso foi um desses homens que sonham com o futuro. Chegaram à península, então, os primeiros turistas vindos lá da longínqua (naquele tempo) Montevidéu. Era uma viagem difícil e atribulada, mas valia a pena. Os homens tomavam seus banhos na Playa del Plato. As mulheres, em La Pileta. Os banhos comuns eram proibidos por lei. Caçavam-se patos nas lagoas; as primeiras casinhas de veraneio, de pedra e madeira, foram erguidas na península.

Muitos anos haveriam de passar...

Derrubaram-se árvores para erguer casas, e as casas cederam lugar a edifícios baixos e alegres. O vento nascia sempre às duas horas da tarde, metódico fenômeno. Surgiram estradas e pontes, vieram poetas e cantaram o pôr do sol. Os banhos de mar em praias distintas foram esquecidos por homens e mulheres, e as areias quentes passaram a abrigar casais de namorados. Os namorados tiveram filhos. Hotéis ganharam fama, e hotéis faliram.

O Hotel Casino Punta del Este foi inaugurado no ano de 1938, quando Jósik ainda tinha um avô, um pai e uma mãe, e a Polônia era livre. À época da Segunda Guerra, enquanto o nosso menino Jósik comia os livros do avô Michael um a um, as pessoas bailavam nesta península azul tão inconsequente, longe demais do perigo para que valesse a pena sofrer pela catástrofe na Europa, do outro lado do Atlântico. Com os submarinos alemães afundando os navios de passageiros pelos oceanos, foi um tempo de progresso para o turismo uruguaio.

Alguns verões se passaram. Enquanto os elegantes casais seguiam bailando nos salões uruguaios em suas distraídas noites de férias, o jovem Jósik e sua pequena Raika beijavam-se sob o silêncio das estrelas em Terebin.

E, logo depois, como sabemos, Raika morreu... Morreu com outras nove pessoas porque um grupo de resistentes da Armia Krajowa assassinara, na noite anterior, um jovem oficial do *Reich* de nome Adel Becker — e eu me pergunto: como o destino podia ser duplamente cruel? Assim, por causa dessa terrível coincidência, o garoto Jósik ficou sem namorada, sem amigo e sem sustento em um único e tenebroso dia.

Mas isso é passado. Sim, eu sei que peguei a mania de só olhar para o passado desde que comecei a narrar esta história.

Este capítulo aqui, no entanto, trata da viagem de Jósik Tatar para o Uruguai e, alguns anos depois, para a península de Punta del Este, onde nos conhecemos.

Quero contar-lhes, portanto, um pouquinho da história desse lugar assim como Jósik a pesquisou nos seus livros de segunda mão, quando o destino apontou seu misterioso dedo para cá, mandando-o reconstruir sua vida num pequeno país tão desconhecido dele ao sul da América do Sul.

Punta del Este crescia...

O Hotel L'Auberge, com a sua Torre del Agua, foi construído dois anos após o final da Segunda Guerra. Antes mesmo que eu viesse parar aqui trabalhando como *mucama*, o lugar já esperava por mim. Que hotel teria mais a minha cara do que um cujo quarto de número 13 não existia? A senhora Margarete Mugaró era uma mulher que acreditava em sortilégios. O número 13 dava *mala suerte*, ela dizia. Então nada de *habitación* 13, a carta da Morte no tarô.

Mas, enquanto os turistas chegavam por aqui para ver as belezas do Uruguai e comer os waffles belgas que ficaram famosos na região, Jósik vivia seus percalços lá na Europa, como sabemos. Tendo escapado por um triz das garras da morte, Jósik deixara um fantasma já totalmente desbotado esperando por ele, parado em frente ao pórtico de Majdanek, sem nenhum livro para ler pela eternidade afora. Pobre coitado.

Depois do seu insólito adeus ao fantasma do avô, Jósik abandonou a Polônia através de vários caminhos e, como tantos outros refugiados poloneses, seguiu para Londres a fim de viver uma existência de penúria e solidão, limpando a neve das calçadas inglesas. Nos últimos anos da década 1940, Jósik Tatar já fizera muita coisa para sobreviver. Principalmente, esquecer.

Esquecer era uma tarefa árdua...

Do passado, ficara apenas com aquele nome, *Jósik Tatar*. Perdera Flora e Apolinary, e perdera duas vezes o avô Michael. Também houvera Raika... Mas sua vida não era diferente da de milhares de outros sobreviventes daquela guerra.

Enfim, acho que foi mesmo uma grande conveniência o fato de o funcionário da Emigração lhe oferecer um lugar naquele navio para a América do Sul. Jósik estava exausto de levantar pás cheias de neve, e a chuva das suas próprias lágrimas era o suficiente para ele. Os cinzentos dias londrinos apenas faziam acentuar a sua profunda tristeza.

Então a vida soprara aquele aceno, a chance de um visto.

Na Europa do pós-guerra, havia dezenas de milhares de apátridas esperando um visto e uma vida nova, e nenhum dos dois era fácil de conseguir.

No guichê, atrás de um mostrador de vidro, um funcionário sério e gentil lhe disse:

"É um lugar de terceira classe, mas sempre se pode achar algum espaço no convés."

Jósik Tatar ficou pensando nas gaivotas e no mar. Durante o longo tempo que passara trancado na velha casa do avô, comendo os livros um a um, ele lera diversos romances sobre o mar. O mar, às vezes, vinha-lhe em sonhos em Majdanek também, sonhos nos quais se via em meio a um dos livros de Virginia Woolf, misturado aos agregados da família Ramsay.

O homem do guichê chamou-o de volta à realidade:

"Você pode se arranjar no Uruguai, pense nisso."

Jósik parecia incapaz de assinar os papéis e ficou algum tempo olhando para os formulários com cara de tolo enquanto o funcionário se impacientava um pouco:

"Vamos, rapaz. Outros brigariam por esta chance. Muitos judeus poloneses emigraram para o Uruguai."

"Eu não sou judeu", retrucou Jósik suavemente.

"Mas é polonês", argumentou o funcionário da Emigração, com uma lógica que encerrava todas as dúvidas. "E aqui, qual será o seu futuro?"

E as coisas sucederam exatamente assim.

Jósik resistiu à guerra depois de comer boa parte dos livros do avô. Tinha penosamente sobrevivido à sua família. Terebin fora torturada e saqueada pelos alemães durante anos de violenta ocupação — a terra polonesa fora sangrada e destruída pelos soldados do *Reich*, os malditos *szwaby*. Depois, os soviéticos se apoderaram do pouco que ficou.

Nao havia para onde voltar, não mesmo; Jósik sabia muito bem disso — nada tinha restado da velha casa onde crescera em Terebin, embora ainda pudesse sentir o cheiro dos *placek* que a mãe preparava na cozinha minúscula e sua boca salivasse sempre que ele pensava num bom prato de *kluski*, a deliciosa massa com molho de nata que Flora fazia como ninguém.

Nem a rotunda e destrambelhada casa do avô estava mais lá... Depois de centenas de livros vendidos, uma bomba derrubara as paredes que davam para o quintal, fazendo a casa desabar junto com várias outras e deixando as fundações ardentes e retorcidas expostas como as entranhas de um cadáver.

Uma trinca de ruas tinha sido destruída por bombas que deveriam ter caído sobre a linha férrea mais a oeste, no rumo de Auschwitz. Jósik escapou, como sabemos, porque tinha fugido para o mato algum tempo antes, levando consigo alguns livros e os złotys que tinha guardados.

Ele vagou pelos campos poloneses, escondendo-se aqui e ali, pedindo comida em fazendas, pescando quando encontrava um rio, enveredando pelos caminhos nas montanhas, seguindo à noite sob as estrelas e dormindo durante os dias até a chegada do inverno. Fez isso durante um ano inteiro.

E depois... Bem, depois, ele teve o azar de cruzar com uma tropa de *hitlerowcy* e foi preso e levado para o campo de concentração de Majdanek, próximo à cidade de Lublin.

Mas ele não queria pensar em Majdanek, não ali, na Emigração... E eu também não quero falar sobre isso, meus amigos. Para algumas coisas, o melhor que podemos dar é o nosso silêncio, o nosso eterno silêncio. Mesmo depois, quando nos encontramos e nos apaixonamos — como estava escrito no tarô havia muitos anos —, Jósik nunca me disse sequer uma palavra sobre Majdanek.

Nem uma única palavra.

Sonhei com Michael, e ele me contou algumas coisas, vocês sabem... Deixemos, então, Majdanek e seus inconsoláveis fantasmas para trás e voltemos ao guichê onde Jósik Tatar decidia o seu futuro.

Jósik Tatar assinou os papéis, recebeu os carimbos no passaporte, foi e voltou muitas vezes da repartição, sonhou com o oceano cinzento e imenso, com um país onde vacas pastavam por extensos campos verdes e dourados e bailes aconteciam em grandes casas com piscinas e cocheiras.

Apesar de tudo, o passado ainda pulsava dentro dele, e deixar a Europa era dolorido. Mas Jósik sabia que o avô Michael o teria apoiado. Quando arrumava os seus poucos pertences, recordou o avô parafraseando um dos seus autores preferidos, o dedo erguido em riste, os cabelos brancos e alvoroçados que chegavam até suas grandes orelhas rosadas, a boca larga, judiciosa e sorridente:

"*Os miseráveis não têm outro remédio a não ser a esperança, mój syn!*"

Era uma frase de Shakespeare, é claro. Como sabemos, o velho adorava o Bardo, e os seus conselhos eram quase sempre paráfrases de algum autor admirado.

Jósik tentou pensar em um escritor uruguaio cuja obra pudesse ter lido ou que o velho Michael gostasse, mas nenhum nome lhe ocorreu. A biblioteca do avô não alcançava os confins da América do Sul, chegando, no máximo, até Portugal, com Eça de Queiróz e Fernando Pessoa. Talvez isso já fosse um bom motivo para se aventurar naquela viagem, ele considerou — Michael sempre fizera de tudo para aumentar a sua biblioteca...

Enquanto isso, do outro lado do oceano, uma jovem de cabelos castanho-escuros abria o seu gasto baralho de tarô herdado da avó ranzinza que morrera anos antes, sentada na sua cama, no pequeno quarto sobre a cozinha que ela ocupava junto com outras duas *mucamas* do Hotel L'Auberge.

Ela parecia exausta depois de passar várias horas arrumando camas e limpando banheiros, mas, ao deitar os olhos sobre os arcanos, o que ela viu foi um grande navio zarpando no mar cinzento, e isso a fez sorrir de satisfação.

Essa jovem, vocês sabem, era eu.

Em dezembro de 1950, numa manhã nublada e primaveril, Jósik Tatar embarcou no navio que o traria para a América do Sul.

Era um rapaz de 23 anos.

Do passadiço, antes que o navio zarpasse, olhou o céu leitoso e não experimentou alegria nem tristeza. Sentia-se oco como se todas as suas emoções e memórias tivessem escapado por alguma misteriosa rachadura no seu ser. Mais tarde, no pequeno espelho do banheiro coletivo, viu um rosto magro e escanhoado e uns olhos azuis com pequenas pintas castanhas ao redor da íris, como feridas ainda não cicatrizadas. Lavou-se com cuidado, comeu a parca ração de terceira classe que lhe cabia e dormiu um sono sem sonhos.

Durante dias e dias, a imensa massa de água oceânica e os pássaros marinhos que sobrevoavam o navio foram tudo o que Jósik pôde ver. Como costumava fazer em momentos de grande solidão, procurou Michael no branco dorso das gaivotas e no silêncio úmido do seu catre estreito.

Mas não havia sinal do avô, e ele sabia que o velho era um fantasma teimoso demais para deixar a sua amada Polônia, mesmo depois de tantos anos de tragédia.

Michael não lhe apareceria jamais, era um fantasma com raízes. Talvez o seu espectro tivesse se metido em algum recôncavo de uma centenária e poeirenta biblioteca que a sanha dos nazistas deixara escapar, ou, quem sabe, simplesmente o avô se evolara em definitivo, finalmente conformado em desaparecer como uma alma qualquer depois da despedida nos amaldiçoados portões de Majdanek.

Aquela viagem transcontinental inaugurava uma nova etapa na vida de Jósik Tatar — absolutamente consciente disso, sentindo o futuro e a ansiedade correrem por suas veias misturados ao seu próprio sangue, o vento marinho soprando no basculante da cabine coletiva, a única coisa que ele fez durante toda a longa travessia foi ler.

Era mesmo um leitor fervoroso, a despeito de ter comido a biblioteca do avô...

De fato, meus amigos, os livros o haviam salvo e, desta vez, pensava Jósik com fervor, não seria diferente. Ganhara, de uma associação de ajuda aos sobreviventes da guerra, algum dinheiro para a viagem, e investira a soma numa provisão de livros usados sobre a América do Sul e o Uruguai. Aquela pequena pilha de volumes de segunda mão, dois ternos velhos e três mudas de roupa branca bastante gasta eram toda a sua bagagem.

A travessia durou três semanas. Jósik passava as manhãs no convés da terceira classe, em meio ao alarido dos passageiros e tripulantes, sempre com um livro na mão. Havia um grupo de judeus ortodoxos, que se sentava quieto perto dos botes salva-vidas, e um grupo de imigrantes italianos, alegres, desbocados e bêbados de brisa e de conhaque, que tocavam e dançavam, arrancando palmas de uns poucos passageiros animados. Havia crianças que corriam pelo convés, jogando bola ou procurando gaivotas no céu, e mulheres silenciosas, encolhidas perto da amurada, chorando por filhos e maridos mortos. Havia uma velha que falava sem parar e que tinha, assim como Jósik e tantos outros, um número tatuado no braço; havia uma moça albanesa — Jósik demorou muito para decifrar o seu idioma — que cantava tristes melodias olhando o céu enevoado e, depois, chorava em perfeito silêncio até pegar no sono, a cabeça caída sobre o peito magro, os longos cabelos negros escondendo seu rosto como um manto.

O convés de terceira classe era um espaço cheio de tristeza e de memórias difíceis. Jósik não queria ser como eles — como o velho judeu com seu solidéu, o olhar parado, suando sob a roupa preta feito um fantasma de outro tempo, como a moça albanesa que cantava, como o bonito jovem italiano que tinha uma cicatriz vermelha a lhe cortar a face esquerda e que bebia até que palavrões cheios de ódio saltassem da sua boca feito formigas de um formigueiro.

Com seu livro, Jósik ficava encostado à amurada porque as manhãs silenciosas o apaziguavam. Na bruma fresca e envolvente, reconstituiu o seu passado desde as primeiras memórias — a mãe, o pai, o avô Michael, o perfume dos *pierogis* de Flora, aquela manhã fatídica na praça em Terebin, quando viu o avô vivo pela última vez, a maciez da pele de Raika, a textura das capas de couro dos livros que adorava, as noites de caminhada pelos campos sob as estrelas e, então, Majdanek, as chamadas, contagens, marchas sob o gelo e a chuva, os piolhos e a febre.

Quando conseguiu reunir tudo dentro de si, dolorido de saudade e tristeza, Jósik Tatar soltou no céu marinho as suas lembranças uma a uma, feito balões de gás que uma criança deixa escapar para o céu.

Aos poucos, quase imperceptivelmente, com o curso dos dias, Jósik Tatar foi serenando. As jornadas, sempre iguais, eram como um bálsamo. A comida que serviam era ruim e não variava nunca, mas isso não o incomodava depois dos anos de privação alimentar que experimentara durante a guerra. Ele tomara posse de um canto perto da amurada, e a cada alvorecer instalava-se ali com um cobertor e seus livros... Antes que as crianças saíssem para o convés no meio da manhã, com suas barrigas cheias de mingau, Jósik já estava ali lendo sobre Juan Díaz de Solís e suas conquistas. Depois do frugal almoço, descia para a cabine que dividia com outros homens e dormia largas horas de um sono revigorante e denso.

Na segunda semana no mar, Jósik Tatar sentiu um lampejo de felicidade.

Não era alegria...

Não era a euforia leve e deliciosa que o tomava quando, em Terebin, o pai o levava a andar na locomotiva, nem o que experimentava quando, cheio de orgulho e de expectativa, acompanhava o avô às empoeiradas e mágicas livrarias da bela Cracóvia para escolher um livro.

Era uma outra coisa sutil, como cócegas... Um sopro morno que aquecia seu peito e permitia que seus olhos notassem novamente algum rasgo de beleza neste mundo:

o céu de um amanhecer cor de romã,

a constelação de Escorpião iluminando as noites silenciosas em alto-mar,

a massa de água azul-escura, às vezes cortada por um peixe que rabonava sob a lua,

a fúria elétrica de uma tempestade que cruzou o caminho do navio à altura da Ilha da Madeira...

O mundo podia ser bonito, Jósik pensou um dia.

E esse pensamento simples, tão natural para um jovem de 23 anos de idade, foi para Jósik Tatar como uma pedra preciosa que ele encontrasse inesperadamente em seu caminho. Ele guardou aquele pensamento. Acarinhava-o à noite, antes de dormir, como quem segura um amuleto.

Jósik não se misturava com os demais passageiros, mantinha-se à parte, um rapaz discreto, de uma beleza esmaecida, sempre com um livro nas mãos. Tinha grande prazer de, terminada a leitura, guardar seu exemplar na bolsa de viagem.

Não, ele não precisava mais comer as histórias uma a uma!

Às vezes, antes de dormir, comentava em pensamentos as melhores passagens com o avô Michael, como fazia quando era menino nas tardes que passavam juntos na antiga biblioteca perdida.

Jósik sonhava bastante com o avô. Acho que era um sinal de que, de um outro modo, o bom Michael seguia junto com ele. Sonhar com o avô acalmava-o, ele sentia a sua benevolência como um manto que o envolvia, protegendo-o da dureza da realidade.

Meu pobre Jósik estava se curando...

Acho mesmo que era extraordinário que pudesse sorrir depois de tudo o que passara. A contração espontânea dos seus lábios, um certo langor que às vezes corria pelo seu corpo, tudo ainda parecia meio impróprio, de uma precocidade um pouco perigosa. Mas, quando Jósik abria o basculante pela manhã, percebendo que o ar marinho tinha um cheiro novo, mais picante, um cheiro de estranhas terras e lugares inimagináveis, achava isso muito agradável.

"Beleza! Onde está a tua verdade?", perguntava-se Jósik baixinho, imitando o avô e sorrindo.

William Shakespeare, que Michael tantas vezes declamara, vinha aos seus lábios, e Jósik sorria de leve, sentindo no rosto a brisa salgada do recém-descoberto Oceano Atlântico.

Seria justo confiar naquela realidade?

Ele não tinha certeza...

Porém, no convés, uma velha senhora judia sorria para um menino que brincava com um caminhãozinho de madeira sem uma roda, e um jovem casal trocava um beijo casto, o corpo magro da moça apoiado ao do rapaz. Se olhasse ao redor, inúmeros eram os exemplos de uma alegria nascente, uma euforia, a luz, ainda muito frágil, de uma esperança coletiva diante do futuro.

Já não faltava muito para chegaram ao porto de Montevidéu...

O navio corria velozmente rumo ao seu destino; as águas oceânicas não eram mais assombradas pelos submarinos alemães. Parecia impossível, mas, depois de matar milhões de pessoas e destruir cidades inteiras, o *Führer* tinha dado um tiro na têmpora após engolir uma cápsula de cianureto. Sim, o velhaco maníaco era tão maluco que, pelas dúvidas, se matara duas vezes.

Alguns dias depois, o navio finalmente aportou. Era verão quando chegou a Montevidéu.

O ano, 1950.

Naquela manhã, enquanto Jósik Tatar conhecia a alegre balbúrdia do porto do meu país, eu varria as suítes do Hotel L'Auberge. Os turistas chegavam com as suas malas e a sua alegria para a estação de férias. Eu tinha sido contratada havia dois anos, adorava o lugar e, apesar do trabalho na alta temporada exigir um esforço contínuo, eu estava feliz — estava feliz como se soubesse que Jósik caminhava para mim.

Naquela manhã, trocando os lençóis de uma suíte, vi seu rosto na brancura das fronhas, uma face pálida, bem escanhoada e jovem, mas seus olhos eram velhos. Foi o que pensei, afofando os travesseiros com um estranho aperto no peito.

Ainda faltavam vários anos para que efetivamente nos encontrássemos. Durante quase dez anos, ele trabalharia em pequenos hotéis e restaurantes de Montevidéu e Colônia do Sacramento, até que aprendesse o *métier* e os donos do L'Auberge, ouvindo falar da sua competência por um amigo, o trariam para trabalhar aqui por um bom salário.

Mas já estou adiantando as coisas novamente...

Entre Jósik e eu, no começo, havia apenas o tarô. Depois, foi como se uma porta entre os nossos mundos se abrisse; eu sonhava-o em muitas noites, como o sonhara naqueles tempos com Miguelito, e podia vê-lo caminhando pelas ruas em Montevidéu, andando no porto aos sábados, sempre sozinho com seus livros.

Acho que ainda amava Raika e sofria por ela.

Jósik era como uma espécie de nuvem que viajava no céu sem paradeiro certo.

Mas, antes disso, ele chegou a Montevidéu.

Então lá estava ele...

Imaginem, depois de tudo o que passara! Tinha toda uma biblioteca na barriga. Mas não parecia, não parecia mesmo. Era magro como um varapau, e todos aqueles Flauberts e Conrads e Homeros não tinham deixado nenhuma adiposidade no seu corpo.

A única marca visível daqueles anos terríveis era uma tatuagem com um número no seu antebraço direito e uma sombra perene misturada ao azul dos seus olhos cansados, mas essas eram duas coisas que ele sabia disfarçar bastante bem.

Depois de ter os seus papéis devidamente carimbados, com algumas palavras do idioma espanhol rolando na ponta da língua (pois, ao contrário de mim, que só conheci os livros por causa do padre Augusto, Jósik era muito culto e tinha se preparado o melhor possível para o Uruguai), ele andou pelas ruas fervilhantes de recém-chegados, trabalhadores portuários e curiosos que tinham ido espiar aquele navio de refugiados que atravessara meio mundo.

Jósik viu crianças, criados e funcionários públicos. Viu as gentes da Cruz Vermelha recepcionando os imigrantes, as placas com nomes de entidades judaicas e grupos de senhoras gorduchas que acenavam com seus lenços de renda brancos. Viu fotógrafos e viu jornalistas. Viu mulheres com belos vestidos floridos dando ordens para que as suas malas fossem recolhidas, viu homens elegantes, viu carregadores suados, viu os vultos dos prédios derretendo-se sob o sol quente de dezembro e viu a orla do Rio da Prata abrindo-se diante dos seus olhos como um gigantesco leque azul-escuro.

A cidade estava intacta, alegre e pacífica — não havia marcas de bombardeios. As conhecidas cicatrizes de concreto e ferro retorcido, as quadras calcificadas, as ruas que terminavam em tristes montes de entulho haviam ficado para trás.

Em Montevidéu, tudo parecia novo, bonito e limpo, carros passavam pelas ruas estreitas rumo à *rambla* que contornava a praia, e um suave cheiro salobro flutuava no ar. Ele caminhou por uma quadra ou duas levando a sua única mala e os documentos no bolso do paletó. Fazia um calor úmido, denso. Jósik viu dois homens se abraçarem sob uma árvore, pareciam emocionados. Reconheceu o mais jovem; ele viera no navio.

Então dobrou a esquina e seguiu para a praia, fugindo das suas memórias. Aquelas semanas no mar tinham-lhe ensinado que a água era uma presença curativa: ele viveria dali em diante perto do mar.

Sentou-se num banco de pedra, com os pés na areia branca e grossa. Algumas gaivotas gritaram no céu. Mais uma vez, Jósik pensou no avô, olhou para a amplidão azul sobre a sua cabeça e disse baixinho:

"Quem não estima a vida não a merece."

A frase (fui pesquisar depois) era de Leonardo da Vinci. Acontece que as citações do velho Michael estavam voltando-lhe à mente, todas elas, um exército de citações sobre as coisas da vida, citações que o tinham abandonado durante o tempo em que permanecera em Londres. Jósik interpretou aquela lembrança repentina como um sinal de que o avô estava ali com ele, naquela *rambla*, na esquina da sua nova vida no sul da América do Sul.

Ele inspirou fundo o ar da cidade misturado à brisa marinha. Cruzara oceanos! A massa de água à sua frente tinha uma coloração plúmbea. Achou que era mesmo um bom nome aquele, *Rio da Prata*.

Então suspirou. Pela lei das probabilidades, Jósik Tatar já deveria ter morrido umas quantas vezes.

Mas, de fato, ele não acreditava na lei das probabilidades.

O avô ensinara-o a acreditar em Conrad, Tolstói, Shakespeare e outros. Isso ampliava muito as coisas, pensou Jósik, tirando os sapatos e as meias. Com um sorriso travesso, deu alguns passos e enfiou os pés na água. E, então, soube que, como num livro, começava um novo capítulo da sua vida.

Não tenho absoluta certeza de como Jósik Tatar passou os seus primeiros tempos em Montevidéu, domesticando sua língua acostumada com as consoantes secas dos idiomas eslavos, lutando árdua e corajosamente com o espanhol e sempre carregando um dicionário no bolso. Mas, misturando as visões que o tarô me mostrou com o pouco que Jósik achou relevante me contar, ele arranjou uma série de pequenos trabalhos, ocupou quartos em pensões baratas que se perderam na sua memória, vagou tardes inteiras pelo porto, examinando seu mercado, sua *rambla*, as sombreadas ruas históricas do centro, terminando tais andanças na agitação dos barcos pesqueiros que atracavam ao final da tarde, onde, apesar de seu contato com o mar ser ínfimo para além da longa viagem que o trouxera ao Uruguai, sentia-se plenamente à vontade. Ele aprendeu, entre outras coisas, a limpar peixes e a comer mariscos crus, apenas salgados na água do mar. Entre esses passeios, frequentando minúsculas livrarias, Jósik também descobriu autores como Horacio Quiroga, Mario Benedetti e Felisberto Hernández. Cada vez que entrava numa daquelas silenciosas e úmidas cavernas de tesouros, a imagem do avô e da sua doida biblioteca, que havia sustentado um teto durante vários invernos e a sua própria vida durante a guerra, vinha-lhe como um soco no estômago. Jósik sempre precisava de alguns instantes parado ao regaço de uma estante repleta de livros para recuperar suas forças e sua determinação. Porém, de algum modo, voltava semanalmente às livrarias do centro de Montevidéu e, depois de algum tempo, acabou fazendo amigos e sendo reconhecido pelos frequentadores e donos por causa da sua extrema cultura e do seu conhecimento literário.

Seus empregos, durante os primeiros anos aqui no Uruguai, foram uma série de pequenos cargos desimportantes, mas ele cumpriu-os todos com a total capacidade do seu gênio e toda a sua determinação. Começou como camareiro num hotel, arranjou serviços em escritórios, foi gerente de um restaurante no centro e, assim, foi aprendendo a lidar com clientes, hóspedes e funcionários. Era calmo e centrado para a sua pouca idade. Do seu passado, ficaram-lhe apenas o sotaque e o hábito de carregar livros de bolso ou sacolas com romances que lia avidamente nos seus momentos de lazer. Completou 24, 25 e 26 anos e, então, seguiu para Colônia do Sacramento, onde gerenciou, por algumas temporadas, um pequeno hotel na velha cidade cercada por muralhas à beira do Rio da Prata.

Então, creio que no final do ano de 1959, o casal Mugaró enviou um emissário até Colônia com uma oferta de emprego do já tradicional Hotel L'Auberge, em Punta del Este, que tinha quatorze quartos disputados por turistas argentinos e europeus, servia waffles belgas desde antes da Segunda Guerra (quando era apenas uma casa de chá) e usava a velha Torre del Agua, que abastecera a região nos seus primeiros tempos, como um mirador de onde se via o vasto e rebelde mar da Playa Brava.

A essas alturas, eu já era uma antiga funcionária do hotel, estava aqui havia dez anos, cuidando das suítes pela manhã e trabalhando no salão de chá à tarde, onde as vinte e nove mesas se enchiam de visitantes famintos e felizes, interessados nos famosos waffles preparados por Gregório. O casal Mugaró já estava idoso e queria um homem de confiança para tocar o hotel.

Esse homem era Jósik Tatar.

Lembro o alvoroço que houve à sua chegada. Empregados, motoristas, *mucamas* e o próprio Gregório, que era muito mal-humorado, todos ajeitando seus uniformes e enfileirando-se pela alameda florida de rosas vermelhas sob o bulício das aves nos seus ninhos no alto dos pinheiros, entre o jardim e o salão de chá, à espera do novo gerente como se ele fosse a rainha da Inglaterra ou coisa parecida.

A senhora Margarete entrou no hotel de braço dado com ele, sorridente como quem reencontra um filho perdido. Eram estranhamente parecidos, pensei ao vê-los. Ambos loiros, vindos da Europa, cada um a seu tempo. O próprio esposo de Margarete era um judeu que sobrevivera à Segunda Guerra, e acho que isso os aproximou efetivamente, aquele passado em comum.

E, então, o vi de perto...

Jósik Tatar.

Tantos anos acompanhando-o desde que era um menininho agarrado às saias de Flora, passado e futuro misturados nas lâminas do tarô da avó Florência, e, depois, comendo todos aqueles Shakespeares e Flauberts, nos seus colóquios com o avô fantasma, e, então, seu amor por Raika, a bomba que matou Adel Becker, o fuzilamento coletivo na praça, a fuga para o campo...

Ali estava ele! Existia de verdade e era ainda o mesmo do tarô, ainda o mesmo dos meus sonhos, de tantos anos de sonhos... Pequenas rugas ao redor dos seus olhos azuis, os cabelos claros um pouco ralos, alto, magro e reservado. Ele não me reconheceu, é claro. A janela por onde eu o seguira era como uma lente — apenas o meu olho via e somente ele era visto. Pobre Jósik, deve ter estranhado o sorriso que se abriu no meu rosto quando segurou minha mão, todo formal e dizendo apenas:

"Boa tarde, *señorita*..."

Ah, meu querido!

Creio que, se soubesse metade da história, teria dado meia-volta e desaparecido pelo bosque até a península, tomando o primeiro ônibus que o levasse a Montevidéu sem dar qualquer explicação ao casal Mugaró, pois Jósik temia o amor como uma doença contagiosa... Tinha sido um garoto curioso — alimentara-se de clássicos da literatura, tivera por amigo o seu maior inimigo, convivera durante anos com um fantasma literato —, mas o amor, esse fogo mundano, que, diariamente, habita os dias e ilustra as páginas das revistas e recheia as novelas radiofônicas; o amor, esse começo de todas as coisas, era, para ele, o mais desesperador dos sentimentos. Pois só quem sofreu a perda de tantos amores, como ele, poderia entender o inefável peso de um coração vazio.

Jósik Tatar logo mostrou-se um gerente excepcional, um homem justo e sereno, trabalhador e gentil. O casal Mugaró pôde, enfim, gozar de bem--merecidas férias e, com um otimismo novo, embarcou num cruzeiro para a Europa; depois, viajou até Israel, que saíra vitorioso de uma guerra com os árabes. Apesar disso, o Estado Judeu devolveu aos Mugaró a crença no futuro da humanidade, e eles acabaram acreditando também que, mesmo longe, viajando para aproveitar finalmente o dinheiro ganho com seu hotel visionário, as coisas ficariam muito bem por aqui, em Punta del Este, aos cuidados de Jósik. Acho que ficaram mais de um ano ausentes, e foi nesse tempo que Jósik Tatar e eu nos sintonizamos.

Sim, éramos como duas frequências que se cruzavam aqui e ali, mas as coisas se fizeram num começo de tarde, ao final de fevereiro, quando Jósik me encontrou na praia. Eu ia muito à praia em frente, caminhando as duas quadras do hotel até a *rambla*, entre o arvoredo repleto de pássaros, bebendo de todo aquele verde e aquele azul. Punta del Este era então — e segue sendo — um paraíso.

Depois de anos vivendo a minha própria sina, eu finalmente me aquietara. Estava longe do sofrimento. Era uma mulher pobre, uma *mucama* que dividia um alojamento com outras duas colegas, mas Miguelito sumira na poeira dos anos, eu tinha uma boa poupança num banco em Montevidéu, o consolo do meu tarô e era feliz com meu trabalho cotidiano, limpando, passando e lustrando, servindo chá quente e refrescos frios, waffles e *tostadas*.

E então houve aquela tarde...

A neblina nascia da areia e parecia dissolver o contorno das coisas e alterar-lhes a massa, tudo como que flutuava em meio ao azul do céu. Apenas o mar, ressoando mansamente, ocupava seu lugar como um soberano generoso. Eu estava na praia, pensando na vida. Imaginem que eu esperava Jósik desde sempre, mas já havia alguns meses que convivíamos e ele não dava mostras de me notar, não especialmente.

Ele chegou à praia.

Exatamente àquela hora mágica na qual os deuses passeiam pela areia, invisíveis e impávidos, camuflados na maresia.

Ao vê-lo, avançando em meio à maresia, entendi que eu esperava por aquele momento havia anos. Jósik Tatar, com uma calça de sarja com as bainhas arregaçadas, uma camisa aberta, os cabelos úmidos, viu-me sentada à areia e aproximou-se.

Falamos um pouco. Ele era reservado, mas eu o conhecia havia tanto tempo que os seus hiatos apenas confirmavam tudo o que o tarô me havia mostrado. Jósik contou-me que tinha vindo da Europa e eu aquiesci — não era uma grande revelação mesmo para quem não o conhecesse, pois seu sotaque era forte e ele costumava pronunciar algumas palavras de forma estranha, como se sua língua desse um nó nos *jotas* e nos *esses*. Em pouco tempo, a neblina adensou-se ao nosso redor, confundindo agradavelmente a minha noção de tempo e de espaço.

Era como se estivéssemos sozinhos no mundo, cercados pelo mar.

"Adoro isso", disse a ele.

"Eu também", respondeu Jósik. "O mar tem um poder reconfortante. Sinto-me melhor perto dele... Acho que é porque somente depois que deixei a Europa, naquelas semanas no navio, foi que pude finalmente me reconciliar com o passado."

Eu não sabia então, mas ele tinha me dito mais de si do que jamais dissera a ninguém desde que Raika tomara um tiro na nuca em plena praça em Terebin.

Todo o resto foi estranhamente fácil. De certa forma, como vocês sabem, éramos íntimos. Sem grandes arranjos, passamos a nos encontrar na praia todos os dias no final da manhã ou no começo da tarde, quando eu tinha a minha folga e o salão de chá ainda estava fechado.

Falávamos de nós.

Um dia, levei-lhe o tarô...

Jósik Tatar tivera um fantasma na sua vida; acreditar nos desígnios e presságios dos arcanos foi muito fácil para ele.

Acho que, uns três meses depois do nosso primeiro encontro, eu lhe contei sobre os sonhos, as visões que tivera desde os tempos em que vivia em La Capilla com minha avó. Sem que Jósik me dissesse uma única palavra, pude descrever as casinhas de Terebin e sua praça retangular, os cabelos de samambaia de Michael e o belo e confiante sorriso de Raika. Sobre Majdanek e o adeus no portão de ferro, com os soldados soviéticos limpando a sujeira deixada pelos nazistas, quando Jósik se despedira do vulto quase apagado do avô, falei muito pouco — aquele assunto (eu sabia) era muito doloroso para ele.

Jósik ouviu tudo sem me interromper. Se estava impressionado, disfarçou bem. Ao final, segurou a minha mão entre as suas e, olhando meus dedos marcados pelos anos de trabalho, disse:

"Já estavas aqui antes de entrar e quando saíres não saberás que ficas." Sorriu para mim. "Isso é Diderot... Meu avô, Eva, como imagino que você saiba, fazia centenas de citações diárias de autores que ele admirava. Não pude resistir diante do que você me falou... Pois sempre estivemos juntos e eu nunca soube de nada."

Então ele me beijou. Um beijo casto, leve.

"Eu acredito em você", disse ele, acariciando meus cabelos.

"Ainda bem", respondi sorrindo. Eu tinha trilhado muitos dias para chegar ali, àquele momento, mas não pude deixar de fazer graça, pois tenho dificuldade com essas coisas cruciais da vida, essas esquinas. Então falei: "Acho que, se você não tivesse acreditado em mim, eu perderia o meu emprego!"

Jósik riu.

"O que está em jogo aqui é bem maior do que o seu emprego, *señorita* Eva", e me beijou de novo.

Finalmente, depois de tantos anos, eu não precisava mais olhar para os olhos de Jósik Tatar através das cartas do tarô.

A porta se abrira para ele também.

E, assim, o final desta história é também o seu começo...

... Era uma vez um menino que comeu uma biblioteca inteira.

Ele deveria ter morrido várias vezes, mas não morreu. Anos depois, num outro continente e depois de muitas histórias e volteios e citações literárias e um doido rematado que queria dominar o mundo, o menino cresceu, cruzou oceanos, virou gerente de um hotel num balneário uruguaio...

... E casou-se comigo.

Deixamos nossas instalações no hotel e, com as nossas poupanças mais um empréstimo feito pelos Mugaró, compramos um pequeno e iluminado chalé chamado La Soleada, a poucas quadras do L'Auberge, na Calle Las Rosas — um nome que sempre faz com que Jósik lembre das rosas do seu avô Michael. Aqui, em Punta del Este, caso vocês não saibam, todas as casas têm nomes, como os personagens literários e como as pessoas que as habitam, e viver num lugar assim nos agrada muitíssimo.

É nesta casa — La Soleada — que, depois do trabalho cotidiano no hotel, sentamos, Jósik e eu, para conversar sobre o imenso e inesquecível passado que navegamos — em mares diferentes, mas, misteriosamente, unidos. Como Jósik costuma dizer, as dores passam, mas as histórias ficam para serem contadas.

Nada deve ser esquecido, avisava o avô Michael Wisochy.

Sempre haverá pequenas cidades e grandes injustiças. Sempre haverá sonho, esperança e fome. Paixões juvenis e toque de recolher e violência e vidros de geleia de morango. Mude o que mudar o mundo, sempre haverá os livros, os leitores, as mães amorosas e os ditadores sanguinários.

Mas tudo pode ser contado de um outro modo, de forma que as histórias hão de brotar delas mesmas para todo o sempre... Porque tudo nesta vida são histórias — Jósik, vocês e eu somos histórias que, um dia, se tivermos sorte, serão contadas por aí.

Histórias contadas por avós aos seus netos à beira do fogo em noites de inverno... Contadas por mães aos seus filhos pequenos ao pé da cama antes que adormeçam... Histórias impressas nas páginas de milhares e milhares de livros pelo mundo afora, ressuscitadas a cada vez que um de nós abre um volume de ficção.

Histórias contadas por professores, amigos, leitores, amantes, e até histórias contadas por mulheres fantasiosas como eu, que adoram seu velho tarô com suas trinta e seis lâminas desbotadas pelo uso. Pois, assim como cada um dos livros que Michael Wisochy amou e que Jósik vendeu para o *stabsfeldwebel* Becker, o tarô que Florência me deixou como única herança também ajudou-me a contar para vocês esta história.

Nota da autora

Há um escaninho na minha ficção onde eu guardo as histórias de temática polonesa. Meu avô, Jan Wierzchowski, que emigrou da Polônia em 1936, foi, de fato, o primeiro personagem que eu conheci. Por causa de Jan e das histórias que contava, ou que contavam sobre ele, nasceu esta minha vontade de fabular.

Tendo vivido até os quatorze anos numa diminuta aldeia rural não muito longe de Cracóvia, cidade onde foi batizado, meu avô Jan depois morou por muito tempo em Varsóvia, até que atravessou o mundo num navio aos vinte e quatro anos, e veio dar aqui no sul do Brasil.

A raiz deste livro — a união profunda entre um culto professor universitário e seu neto, que teria sobrevivido nos anos terríveis do Governo Geral nazista com a venda dos livros de seu amado avô — veio-me da viagem posterior que Jan Wierzchowski fez ao seu país natal, após ter se naturalizado brasileiro por conta do medo de ficar retido na Polônia durante o regime soviético. Naquela viagem, ele buscou familiares e amigos que tinham sobrevivido aos horrores da Segunda Guerra, e trouxe tais histórias na bagagem.

A aldeia onde meu avô Jan viveu, segundo consta nos seus documentos, tinha o nome de Terebin. Muitos anos depois, procurando no mapa, vejo que a Terebin que hoje existe no território polonês está mais perto de Lublin do que de Cracóvia. Enfim, talvez a pequena aldeia da minha família tenha mudado de nome sob o jugo soviético, talvez haja discrepâncias entre os documentos que tenho e as histórias que ouvi; mas, como se trata de uma ficção (e o leitor verá que muito do que está aqui é invenção de uma escritora que brincou com arcanos e fantasmas enquanto tecia esta história), resolvi manter o nome da aldeiazinha do avô como ele a chamava, e como ela vive dentro de mim até hoje: Terebin, pequeno oco de mundo ainda repleto de personagens e de histórias por nascer.

Leticia Wierzchowski

Impresso no Brasil pelo
Sistema Digital Instant Duplex da Divisão Gráfica da
DISTRIBUIDORA RECORD DE SERVIÇOS DE IMPRENSA S.A.
Rua Argentina, 171 – Rio de Janeiro, RJ – 20921-380 – Tel.: (21)2585-2000